KB138355

Enjoy Writing Books

초판 1쇄 인쇄_ 2014년 6월 5일 | **초판 1쇄 발행_** 2014년 6월 10일
지은이_ Enjoy Writing Books | **엮은이_** 김선애
펴낸이_ 진성옥 · 오광수 | **펴낸곳_** 꿈과희망
디자인 · 편집_ 김창숙, 박희진 | **마케팅_** 최대현, 김진용
주소_ 서울시 마포구 토정로 222 B동 1층 108호
전화_ 02)2681-2832 | **팩스_** 02)943-0935 | **출판등록_** 제1-3077호
http://www.dreamnhope.com| e-mail_ jinsungok@empal.com
ISBN_978-89-94648-61-3 43810

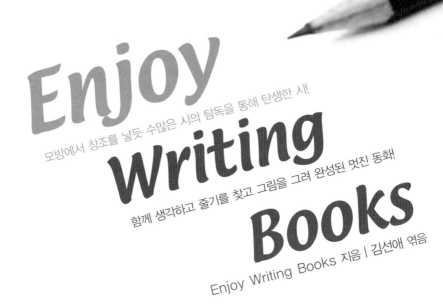

Enjoy
모방에서 창조를 낳듯 수많은 시의 탐독을 통해 탄생한 시!

Writing
함께 생각하고 줄기를 찾고 그림을 그려 완성된 멋진 동화!

Books
Enjoy Writing Books 지음 | 김선애 엮음

꿈과희망

목차

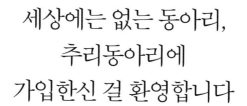

세상에는 없는 동아리,
추리동아리에
가입하신 걸 환영합니다

고산중학교 2학년 11반 조윤주

가족의 필수적인 조건이 사라져만 가는 현재는,
가정불화가 심각해지는 시대.

요즘 가출하는 순위에 1위를 할 정도로 심각해져만 가는 이 문제…. 그것은 바로 가정불화라고 말할 수 있습니다. 어떻게 생각해 보면 가정불화를 심각하게 받아들이지 않는 분도 계실 수 있습니다. 하지만 저희들은 이제 이 가정불화를 자세히 알아보고 가정불화를 막을 생각을 해보아야 할 것 같습니다.

가정불화라고 하면 한 가족이 화목하지 못하다는 뜻인데요. 요즘 가정불화는 이 뜻으로만 끝나지는 않는 것 같습니다. 현재에는 가정불화를 통하여 안타까운 죽음을 낳기도 하는데요. 살인사건으로 변하기도 하고 자살로 이어지기도 합니다. 이 일은 우리나라에서만 일어나는 것은 아닌 것 같습니다. 이렇게 심각해져만 가는 가정불화는 지금 고치려고 하여도 예방하기에는 많은 시간이 필요할 것 같습니다. 저도 사실은 화가 나거나 짜증났던 일이 있으면 부모님에게 화를 내는데도 부모님들은 저를 이해를 해주시며 무슨 일이냐고 다정하게 물어보시기도 합니다. 지금 생각하면 섭섭하고 속상한 마음이 가득하였을 텐데. 정말 미안한 마음이 파도를 타고 들어오는 것만 같습니다. 만약 저에게 부모님이 계시지 않았더라면… 생각만으로도 부모님들의 자리가 얼마나 큰지 깨닫게 되었습니다. 그렇게 저는 부모님께 고마움을 느끼고 있습니다.

그러나 오늘만 하여도 아침 뉴스에 가정불화로 인한 사건에 대해 보도하고 있었습니다. 저는 그 영상이 아찔하기만 하였습니다. 그리고 어떻게 이런 사건을 줄일 수 있을까 생각해 보는 시간도 가져 보았습니다.

그럼 옛날에도 가정불화가 현재처럼 심각하였을까요? 물론 '과거에는 아예 가정불화가 없었다.' 라고 장담하지는 못 할 것 같습니다. 그래도 저의 생각에는 과거에 살았던 분들은 이렇게 '가정불화가 심각하지는 않았을 것 같다.' 라고 생각은 할 수 있을 것 같습니다. 과거에 살았던 분들은 부모님에게 효를 다하였다고 합니다.

효는 자녀들이 부모에게 공경하는 모습이라고 합니다. 이를 통하여 지금 우리들은 본받아야 할 것 같습니다. 제가 1학년 때 가족에 대하여 발표한 적이 있었습니다. 그때 저는 '가족은 나무' 라고 비유를 하였습니다.

우리들은 하나의 나무를 튼튼하게 키우기 위하여 많은 시간과 물과 사랑을 주어야 합니다. 그것은 가족과 비유를 해보았습니다. 가족을 나무와 같은 원리로 생각해 보았습니다. 가족도 나무와 같이 많은 투자가 있어야 할 것입니다. 서로에 대한 관심과 표현, 그리고 정겨운 오고가는 말들, 그래야 하나의 가족이 탄생이 될 수 있을 것입니다.

마지막으로 우리들이 이러한 보도들을 줄이기 위하여 여러 가지 방법을 고려해 봐야 합니다. 그중에서 서로의 의사소통이 가장 중요하다고 생각합니다. 서로의 의사소통, 처음에는 어색할지 몰라도 점차 내가 하고 싶은 말과 고마운 점 미안한 점, 그리고 서운했던 일을 서로 고백해 보면 언젠가 화목한 가정으로 갈 수 있지 않을까요?

차례

등장인물

김혜정
추리동아리의 가입자. 얼떨결에 추리동아리에 참가한 김 혜 정 미술 선생님의 유혹에 그만 추리동아리에 동참을 한다. 여러 번의 추리력을 발휘해 보지만 번번이 잘못된 추리들에 망신을 당하기도 한다.

미술 선생님
모든 아이들에게 상점을 주고 추리동아리를 개최한 주인공, 추리에 대한 사랑이 넘쳐나지만 추리력이 좋은 편은 아닌 것 같다. 그리고 한 가지 특징은 놀라는 순간 일시정지가 된다.

이강현
추리동아리의 가입자. 선생님의 실수에도 재미있다는 표정으로 선생님을 대하곤 한다.

남인아
추리동아리의 가입자. 김혜정과 같은 반이다. 공부를 잘하여 아이들에게 우등생이라고 불리지만 성격이 좋지 않은 것이 허점이다.

강창빈
추리동아리의 가입자. 항상 게임기를 들고 다닌다. 하지만 미술 선생님에게는 벌점으로 협박을 받아 선생님에게 무리수를 잘 던진다.

김수나
추리동아리의 가입자. 미술 선생님을 의심하는 아이 그리고 공부는 전교 2등 할 만큼 머리가 뛰어나다.

이수현
김혜정의 베스트 친구. 혜정이에게 많은 정보를 주어 도움을 자주 준다.

김수원
김혜정의 동생. 아직 4살밖에 안 된 늦둥이. 가족들에게 사랑을 많이 받는다.

1. 추리동아리에 가입하신 걸 환영합니다.

추리동아리에 오신 걸 환영합니다

추리동아리 모집 중
추리에 대하여 좋아하시거나
관심을 가지고 있는 분이라면
누구든지 가능합니다.
당신이 상상하지 못한 그 이상의 추리력을 드리고,
추리에 대한 좋은 기억만 주겠습니다.
가입하고 싶은 분은 미술실에 오시기 바랍니다.

인원수 : 제한 없음
모이는 곳 : 미술실
주의사항 : 없음

뭐야 이건…? 추리동아리 처음 듣는데?

"뭐야 이건?"

옆에 있는 수현이가 한마디 한다. 옆에 있는 나의 베스트 친구 '이수현', 우린 추리동아린지 뭔지 하는 포스터 앞에서 얘기 중이다.

"추리동아리, 어디서 들어 보기는 했는데? 아! 그 추리동아리!"

나도 어디서 들어보기는 하였지만 아직 생각이 안 떠오른다.

"그게 뭔데?"

"어휴 말도 안 되는 동아리지 뭐긴 뭐야. 그 동아리 미술 선생님께서 만들 었잖아. 요즘 미술 선생님이 애들한테 막 추천하는 것 못 들어봤어?"

미술 쌤? 이제야 생각이 나네. 미술 쌤 유명하지, 추리 마니아로…. 그러니 깐 추리동아리까지 만들고 아이들에게 오라고 추천하지.

"아! 나 그 다음 시간 역산데 노트 안 가져왔다. 빨리 빌려야지. 나중에 봐."

"그런 것은 제때 준비해야지."

그러더니 나에게 뜨거운 눈빛을 보내는 수현. 너무 뜨거워서 눈도 못 마주 치겠네….

"응. 빨리 빌려라."

그제야 발걸음을 옮긴다. 근데 추리동아리라. 왠지 말도 안 되는 것은 알지 만 그래도 재밌을 거 같기도 하고 아니기도 하고, 음…….

"재밌을 거 같기도 하고 아니기도 하지?"

난 누가 말하는지 생각도 하지 않고 대답했다.

"네!"

"그럼 해!!"

그럴까? 하고 생각을 하고 있는데 누가 이 말도 안 되는 동아리를 추천을 하나 하는 궁금함에 뒤를 돌아보았다. 근데 이런 누군가 하였더니

"미술 쌤!!"

"어머 잘 되었다! 우리 혜정이가 이렇게 해준다고 하니 선생님이 이렇게

좋은 걸?"

'선생님 저는 분명히 이 말도 안 되는 동아리에 가입한다는 말은 아직 안 했는데요? 거기다 그 동아리에 선생님이 계셔서 더 가기 싫습니다.' 라고 말하고 싶지만 그 순간 벌점이 나에게 안길 수도 있는 것을 잘~ 안다. 하지만 이렇게 순순히 가입할 수는 없지!

"저기 선생님. 제가 벌써 다른 동아리를 가입을 하였는데."

우리 학교 규칙상 의무적으로 하나의 동아리를 가입하고 또 다른 동아리 가입은 물론 가능하다. 하지만 한 가지만 가능하다. 이것이 우리 학교의 규칙. 나는 살며시 그 자리를 피하려고 하였는데,

"우리 추리동아리에 가입하면 상점 1점."

상점!! 당연히 다른 동아리를 가입하지 않았다. 그것을 그저 이 자리를 모면하기 위해 거짓말을 사용했을 것뿐이다. 추리동아리냐 상점이냐, 아~ 고민된다.

"인심 썼다. 상점 3점."

"네. 지금 당장 가입하겠습니다."

아차~ 내가 방금 뭐라고 한 거지?

"근데 그렇게 상점을 마음대로 주셔도 되는 거예요? 거짓말 아니죠?"

맞아 솔직히 아무리 선생님이라고 하셔도 이렇게 상점을 막 주셔도 되는 거야?

"아! 그것은 걱정 하지 마~ 그것은 추리동아리에 가입하면 알 수 있어."

아, 저 말을 믿어도 되는 것인가? 아, 나도 모르겠다. 결국 나는 승리의 웃음을 짓는 선생님을 보아야 했다. 역시 최후의 승자가 웃음을 짓게 되는구나. 내가 졌다니 내가! 분해라~ 때마침 '딩동댕동 댕동딩동' 아~ 참 수학인데 수학 선생님 수업시간에 앉아 있지 않으면 그 즉시 사랑의 매를 아주 아름답게 때리신다. 왜 선생님들은 사랑의 매를 아끼지 못하는 것인가~

"그럼, 선생님 수업 있어서 이만. 혜정아 나중에 미술실반에서 만나자~"

그렇게 달려가시는 선생님, 난 어떡해. 다행히 반에는 안 늦게 들어왔다. 그런데

"숙제 안 한 사람 복도로 나가!"

응 무슨 숙제? 나는 서둘러 옆 짝에게 물어본다.

"뭐데? 뭐야?"

다짜고짜 말하여도 우리는 서로 알아듣는다. 이럴 때 참 신기하다 말이지.

"난 아까 쉬는 시간에 다 했는데, 너는 뭐하고 왔냐? 지금 해도 소용없을 걸? 양이 꽤 있거든."

그 말을 듣는 순간 나는 순순히 복도로 나갔다. 안 그래도 숙제 안 해 혼나는 것도 쓸쓸한데 나 혼자 숙제를 안 했다. 그리고 아낌없이 주시는 사랑의 매 매야 매야 너는 왜 이리 나를 좋아하냐?

"밖에서 손 들고 있어 안 들고 있으면 그 다음에 교무실인 줄 알아."

"네."

아, 손 아파. 근데 옆 반에서 무슨 소리가 들린다.

"복도로 나가~"

누가 나랑 같은 처지인가 보다. 누군지 궁금해 옆을 보니 하하, 이게 누구신가? 수현이네…

"야, 너 책 못 빌렸냐?"

"아니 역사인 줄 알았는데 미술이잖아."

하하, 저 바보.

"근데 책 안 가지고 왔다고 복도까지 나오는 것은 심한데?"

"아, 그것이 감점 받았는데, 수업시간에 떠들었다고 복도로 보내잖아!"

하하 그것은 화내면 안 될 텐데? 분명히 네가 잘못 했는데? 그래도 자신이 뭘 잘못 했는지 모르는 것 같다.

"그래도 네가 있어 덜 쓸쓸하네."

"하하 역시 나의 존재감이란."

바보…. 그렇게 수학시간이 아주 느리게 지나갔다. 그리고 나는 누구? 여긴 어디? 답은 나는 김혜정. 여기는 미술실반 앞. 으악 난 몰라 상점 3점이라는 이야기에 난 미술실반에 왔다. 왜 왔지? 다시 돌아갈까? 아냐~ 저번 두발 때문에 상점 없으면 교육인데 근데 이런 말도 안 되는 추리동아리에 갈 것인가?

"안 들어가면 비키지?"

뭐야. 짜증나는 마음에 나는 보란 듯이 미술실반문을 쾅 열고 보란 듯이 쾅 닫았다. 아, 내가 무슨 일을 벌였지 라는 생각도 잠깐 근데 동아리 맞아? 인원 수가 3명밖에 없어

"안녕 반갑다. 네가 김 혜정 맞지?"

어떻게 처음 보는 애가 내 이름을 알지? 혹시 나를 스토커하고 있는 앤가?

"선생님께서 말하고 갔다…."

아, 그럼 그렇지. 스토커는 무슨… 근데 이 목소리는 뒤에서 아까 그 재수 없는 목소리이다. 획!! 어? 쟤는 그… 음. 나는 보다시피 기억력이 아주 낮다.

"그……. 걔… 그 있잖아, 아 그래 남아일!!"

"그래 나 남아일이다. 내 이름 기억한다고 고생 많이 했다."

할 말 없다. 한 달이나 지나는데 같은 반 남자 애 이름을 모르다니…. 남아일은 우리 반 반장. 공부도 전교 1등. 선생님들이 쟤만 좋아하지. 선생님뿐만 아니라 우리 반에서도 아주 유명하다. 근데 성격이 좀 까칠하다. 아니 좀이 아니고 많이 재수가 없다고 해야 하나? 아무튼 쟤가 여기 동아리일지 몰랐네?

"너 여기 왜 왔어? 추리 좋아해?"

"아니 상점."이라는 짧은 대답과 함께 난 큰 깨달음을 얻었다. 물론 미술 선생님이 만든 일인 것을 짐작하고 있었다.

"큼큼…… 아무튼 여기까지 왔는데 테스트를 받고 가야지? 걱정 마. 어려운 것은 없어 정말 쉬워."

여기 온 것도 마땅치 않는데 테스트까지…….

"이름?"

"김혜정."

"나이?"

"14살."

"여기는?"

"미술실반."

"여기는 무슨 동아리?"

"추리동아리."

"끝."

"이건 그냥 이름, 나이, 장소, 동아리 이름만 얘기했잖아?"

"내가 쉽다고 했잖아~ 왜 남의 말을 못 믿어."

애야 그것은 테스트가 아니라 그냥 내 소개를 알고 싶었다고 하면 된단다. 거기다 남의 말은 안 믿는 것이 좋아.

"그런 표정 짓지 마~ 그저 재미를 위해서 한 거지, 모자라서 그러는 것이 아니야"

"하하, 미안. 내가 표정을 잘 못 숨겼어."

이 말에는 가시와 꽃이 함께 있는 것을 알아주길 바란다.

"아무튼 추리동아리에 오신 걸 환영합니다. 난 이강현이야. 네 옆에 있는 여자 애는 김수나 라고 하고, 그리고 너 뒤에는 있는 아이는 남인아. 마지막 으로 저기 구석에서 게임하는 남자 애는 강창빈."

그러더니 게임한다고 눈길 한번 안주던 애부터 그 재수 없는 애까지

"추리동아리에 가입하신 걸 환영합니다."

라고 소리쳤다.

"어?"

언제 오셨는지 미술 선생님은 양손에는 과자를 들고

"그건 추리동아리 구호야. 그 포스터 봤지?"

아 그 포스터~

"그럼 다 같이 다시 외치자고."

그러더니 강창빈이라는 애가

"또요?"

라는 짜증난다는 목소리로 말하더니.

"너 학교에서 게임기 들고 있으면 벌점이 얼마쯤 될까?"

"빨리 안 해요?"

"너도 여기 온 이유가 나랑 같구나 하하. 이것이 상점의 힘 아니겠어??"

"우리혜정이도 외쳐볼까?"

"네!"

"자, 그럼……."

추리동아리에 오신 걸 환영합니다!!!

"그럼 다시 반으로 돌아가고 혜정이는 다음 교실에 교무실로 와 선생님이 혜정이를 위해 선물 준비했지~"

그러더니

"선물은 무슨 다른 동아리에 가면 더 좋은 것 주는데."

수나가 말했다.

"맞아. 난 그거 벌써 버림!"

강창빈까지 오호 갈수록 무엇이기에 흥미가 사라질까?

"선생님, 그것은 선물이라는 단어에 안 맞습니다."

미술 샘은 마지막 희망에 찬 눈빛을 남인아에게 보낸다.

"그거 여기 앞에 문방구에 500원에 팔던데요? 그래도 저는 유용하게 사용하고 있습니다. 선생님."

저 말에 가시가 꼭꼭 박혀 있다. 나는 보았다~

"하하, 종 치겠다. 빨리빨리 가라."

"너무 기대하지는 마라."

마지막의 수나의 충고

"덕분에 그런 마음 다 날아갔어. 걱정은 하지 마~ 우리가 여기 온 이유가 그것 말고 다른 것 때문인데."

나도 아까 선생님께 하지 못한 복수를 하고 수나와 웃으면서 미술실 반에서 나왔다.

"안녕 정식으로 인사하자! 나는 1-3반 김 수나 아까 선생님에게 말한 것 장난 아니던데 완전 대박!"

"그럼 나도 해야지. 안녕, 반가워. 나는 김혜정이라고 해. 1-5반이고, 너도 장난 아니던데 나랑 쌓이게 같구나. 아무튼 친하게 지내자."

그렇게 우리는 창문으로 얼빠진 선생님의 얼굴 한번 보고 다시 서로의 얼굴을 보고 웃으면서 수다를 하며 반으로 돌아온다.

"근데 그 선물이라는 것은 뭐야?"

"아, 그거. 그냥 작은 수첩 말 그대로 여기 앞 문방구에서 파는 500원짜리 싸구려야."

"아!"

"저기 근데…."

갑자기 수나가 망설이듯 물어본다.

"혹시 남인아 알아?"

"그냥 같은 반인데 친한 것은 아니야!"

"아, 그래. 절~대로 그 애랑 놀지 마!"

응? 이것은 무슨 소리지?

"아니. 너 남인아가 전교 1등인 것은 알지?"

"응."

"내가 전교 2등이거든."

응 그렇구나, 아니 뭐라고? 수나는 나의 부럽다는 시선에 아랑곳 하지 않고 이야기를 이어간다.

"그래서 나는 남인아에게 어떻게 그림 공부를 잘 하냐고 물어보니 그냥 한 번 비웃고 지나가는 것 있지? 참 어이가 없어서."

수나에게는 남인아의 재수 없는 행동이 어이가 없었고, 나는 어떻게 전교 2등이 전교 1등에게 공부비법을 가르쳐 달라는 것이 어이없었다. 그렇게 수나와 남인아의 사이를 알고 반으로 돌아온다. 다음 시간은 체육! 우리 체육 선생님은 요즘 쉬는 시간을 자주 주신다. 그래서 그냥 우리는 입 운동을 하면 된다. 이해가 안 된다면 그냥 수다라고 이해하시면 된다. 근데 이것이 웬일인지. 오늘은 입 운동 하는 날이 아닌 것 같다. 앞에 놓여진 긴 줄넘기들. 하하 단체 줄넘기. 오늘 나랑 같은 조가 되는 애들은 그냥 이번 수행평가는 포기하자~ 라고 생각하면 된다. 하하.

"자, 번호순으로 모둠!"

내 생각대로 순순히 흘려가고 있어 같은 조 아이들의 표정이 모두 이번 수행평가는 포기해야겠다는 표정. 좀 미안해지네… 드디어 체육 시간 후 나는 미술 선생님에게 가 수나의 말대로 500원으로 보이는 수첩을 하나 받는다. 하하, 정말 뒤에 500원이라고 적혀 있고 내가 가는 문방구에서 흔히 보던 것이다. 하지만 기대에 찬 선생님의 눈빛. 정말 못 말린다는 것은 알아줘야 해 정말.

"어때 괜찮아?"

'아니. 선생님 돈이 아까우면 아예 기대를 주지 말던가요! 500원이라면 떡꼬지는 먹을 수 있겠네요.' 이 말이 목구멍까지 올려 왔지만

"네. 잘 사용할게요. 마음에 들어요. 감사합니다."

라고 겨우겨우 참아서 말했다. 그것을 본 이강현….

"하하, 선생. 그래도 선생님 제자 중 착한 학생이 있네요."

라고 말하고 "뭘 부끄럽게~"라고 대답하는 미술 선생님. 하하, 칭찬이 아닐 수도 있어요. 다시 한 번 생각해 보세요. 선생님! 그 제자 중 착한 학생이

저 혼자고 나머지 학생들은 다⋯ 여기까지. 휴 그렇게 교무실을 빠져 나온
다. 그리고 선생님이 주신 수첩을 펴보니 맨 앞 페이지에 글이 써져 있다.

추리동아리에 가입하신 '김혜정' 님
환영합니다.

정말 못 말린다니깐~ 나도 모르게 웃음을 터트렸다.

2. 사라져가는 아이들

지금은 점심 쉬는 시간, 이렇게 맛있는 급식을 친한 친구들끼리 모여 식당에서 이야기를 하며 밥을 먹으며 반으로 들어와서 못했던 이야기를 하거나 밖에 나가 시원한 바람을 맞이하는 이 금 같은 점심 쉬는 시간에 나는 추리동아리 활동 중⋯ 아니다. 좋은 경험을 쌓고 있는 시간이 어찌 금 같은 시간보다 아까워할까? 근데 지금까지 추리동아리에 가입하여 한 것은 청소 또 청소 또 청소? 하하, 이건 아니지, 추리동아리 이름을 청소동아리로 바꿔야겠네.

게다가 아이들이 쓰레기를 많이 버린다고 하여도 이렇게 많이 버리는 건지 아니면 지금 우리 앞에서 계속 감기라며 코를 풀고 휴지를 우리에게 쓸라고 하시는 저 선생님이 문제인가 단단히 결심한 마음으로 청소하는 우리들 앞에서 휴지를 계속 던져주시는 미술 선생님에게 다가가서 따지려고 하였다. 수나와 이강현은 나의 다짐을 보았는지 힘내라는 몸짓을 보였고 남인아, 강창빈도 나에게 응원의 눈빛을 보내고 있다. 나는 그렇게 아이들의 응원 속에서 미술 선생님에게 말씀드렸다.

"미술 선생님 이건 아니죠."

그러더니 선생님은 아주 당당하게

"뭐가? 혹시 청소 보고 따지러 온 거면 그만두는 것이 너에게 좋을 걸? 혜정아. 혹시 상점을 그냥 주는 줄 알았구나? 청소만 하고 상점이라니 얼마나 좋니? 선생님이 먼저 예고를 하였잖아. 그 비밀을 알고 싶으면 가입하라고. 기억 안 나는 것은 아니지?"

아, 그때 그 말이 그 뜻이구나. 처음에 상점을 마음대로 준다고 했을 때 알아야 했는데, 뒤를 돌아보니 애들은 모두 다시 열심히 청소를 하고 있다. 하하 배신자들

"선생님, 그럼 휴지를 쓰레기통에 좀 버리세요. 저희가 주운 쓰레기 70%는 선생님이 버린 것들이 뿐이잖아요."

당황하는 선생님. 다시 아이들에게는 희망에 가득 찬 눈빛으로 변신. 아무 말 못하는 선생님…. 그때 '딩동딩동' 예비종이 친다.

"애들아, 열심히 했다. 마무리하고 들어가."

라고 말씀하시더니 빨리 자리를 피하신다.

"이야! 혜정아, 너 완전 멋있었다. 짱!"

수나야 헤헤 고맙다.

"야, 너 대박이다. 어떻게 선생님에게 그런 말하고도 벌점을 안 받지. 고맙다는 표시로 네가 좋아하는 게임CD 줄게."

라며 말을 건네며 정말로 강창빈은 CD를 준다. 그러자

"제가 게임 하게 보이냐?"

라며 슬며시 CD를 자신이 가지는 이강현. 하하, 그 상황에서 강창빈은 아무것도 모른다는 것이 더 웃긴다. 아무튼 우리는 다시 각각 자리로 돌아간다. 반에 들어와서 시간표를 보니 무서운 사회 수업이네. 나는 사회 선생님이 무서운 것이 아니라 사회가 무섭다.

듣기만 하여도 잠을 불러오니깐. 그래서 선생님이 나의 잠자는 모습을 보며 사랑의 매를 힘차게 손목의 스냅을 이용하여 때려주신다. 빨리 사물함에 가서 사회교과서 챙기고 어느새 조용해진 교실….

"자!! 반장. 안 온 사람?"

"하구남이요."

"이유?"

그건 아무도 모른다. 선생님이 물어보시며 그냥 결석이라 대답만 하라고 했다.

"결… 석이요"

"그니깐 이유?"

"저 선생님께서 결석이라고 말씀드리면 된다고 하셨는데요?"

한참을 가만히 있던 사회 선생님이 알았다면서 수업을 시작했다. 근데 밥먹고 수업하면 정말 정말 힘들다. 그것도 내가 가장 피곤해 하는 사회 수업이다. 선생님의 말씀은 점점 작게 들려오고 선생님이 내 눈앞에 있다가 없다가 정말 눈을 감았는데 왜 이리 다시 눈을 뜨기 힘든지 모르겠다.

"오늘이 17일. 거기다 선생님이 좋아하는 10을 더한 후⋯.30번!!"

"하구남 아냐?"

"맞는 것 같은데?"

웅성웅성 소리가 들리자

"31번 하구남이냐?"

"네!!!"

아이들 모두 대답한다. 물론 나는 제외 지금 눈 뜨기도 힘든데 대답을 어떻게 하니

"그럼 27번 뒤, 28번!!"

"김혜정이요"

어, 내 이름이네. 내가 뭐 잘못했나? 아니 잘못 들었겠지? 근데 애들이 왜 날 보고 웃는 거야?

"김혜정 자냐?"

간신히 눈을 떠 정신을 차려보니 사회 선생님이 날 보고 있다. 아니지 정확히 말하자면 노려보고 있다. 나는 놀란 바람에

"네!!"

하고 소리쳤다.

아이들이 다시 웃기 시작한다. 남인아도 날 한번 보더니 피식 웃는다.

"그럼 너도 네가 잠을 잤던 것 인정하는 거지?"

"네? 아니 그게⋯."

이제야 상황파악이 다 된 나.

"어제 뭐했니?"

어제... 글쎄 어제는 밤 정확히 새벽 2시에 잤다. 주말 동안 놀러갔다가 10시에 도착해서 학원숙제랑 학교숙제 밀린 것들 하면서 엄마는 왜 가기 전에 안했냐면서 나를 잔소리를 들었다. 그 사정을 말하라고 하니

"할 말 없지? 그럼 이번에 숙제 준 거 1번 더 쓰고 와."

"딩동딩동"

"그럼 수업 끝."

그 많은 양을 한 번 더 하라고? 그렇게 할 수는 없지! 어젯밤 사정을 얘기하기 위해 교무실로 갔다. 문을 열라고 하니

"선생님, 하구남 학생 왜 결석이에요?"

사회 선생님 목소리인데?

"그게. 가출했나 봐요. 아직까지 부모님들도 하구남 학생이 어디에 있는지 모르고 있어요."

"진짜요? 우리 반에도 한 명 가출한 것 같은데…?"

"불쌍하네요. 고등학생도 안 된 어린 중학생이 벌써 가출이라니…."

라고 말하자 또 다른 선생님의 목소리가 들렸다.

"그러게요. 잘 곳은 있고 밥은 잘 챙기고 있는지…."

그러더니 또 다른 목소리가

"비켜."

아닌데. 이 목소리는 어디서 많이 들어본 목소리인데?

"비키라고. 교무실 앞에서 뭐하나?"

남인아 목소리. 나는 또 문을 벌컥 열어 벌컥 닫았다. 근데 여기 교무실이지. 하하 선생님들은 모두 나를 쳐다본다. 그러더니 뒤에서

"아~ 매너 없게."

라며 나를 한번 째려보고 우리 담임선생님에게 가는 남인아.

"이씨~ 누구 보고 매너 없대!!"

사회 선생님이 나를 보고

"혜정아, 벌써 숙제 끝났니?"

"하하 그게 사실은…."

나는 주절주절 어젯밤 사정을 얘기했다.

"그래? 그럼 얘기하지~ 하긴, 혜정이가 거짓말 할 아이는 아니니까 선생님이 믿는다."

라고 말하자 나를 한번 째려 보는 남인아. 왜 보냐? 부러워? 그렇게 나는 남인아에게 똑같이 확 째려 주었다.

"그럼 가봐, 곧 있으면 종 치잖아. 그리고 문은 살살 닫아줄래?"

하하 그건 아, 할 말 없네.

"네. 안녕히 계세요"

"선생님 부르셨다고 들었는데요?"

남인아가 담임선생님에게 물어본다. 쳇 아까 나보고 매너 없다고 한 말투와 전혀 다른데?

"아 너 하구남이랑 친하지? 혹시 걔 자주 가는 곳 알아."

"글쎄요. 학교에서는 친하게 지내는데 밖에서 자주 만나지는 않아요."

선생님은 실망한 표정을 짓는다. 그러더니

"남인아, 축하한다. 이번에 너 수학경시대회 나가서 대상 받았다. 축하해."

남인아는 또 나에게 눈빛을 날린다. 이번에는 째려보지는 않고 그냥 싸가지 없게 나를 향한 썩소? 정도. 나는 다시 문을 쾅 열어 쾅 닫았다. 아 맞다! 이러면 안 되는데? 아 몰라~ 근데 애들이 한 명도 아니고 둘이서나 가출하나? 부모들은 얼마나 걱정하고 계실까? 그렇게 나는 아주 지겨운 7교실을 시작하였다. 우리 담임선생님 시간 국어! 아, 근데 아까 나보고 문을 왜 그리 세게 열고 닫느냐고 다짜고짜 잔소리를 하신다. 그리고 나는 자연스럽게 두 눈이 남인아에게로 향한다.

"그래도 죄송하다는 말 안하지?"

"죄송합니다."

"자, 그럼 우리 진도가 바쁘니깐 빨리 진도 나갈까. 오늘은 북한단어와 남한단어랑 뜻은 같은데 단어가 다른 것을 알아보자~ 예를 들면 가라앉힘 약은 남한단어로 해독제라고 해. 반대로 교차로는 남한단어로 사귐 길이라고 하고. 그럼 31번 오목 샘은 뭐지?"

오늘 정말 많이 걸리네! 나는 사실 질문을 못 들었다. 멍 때리고 있었으니. 들었으면 그게 더 이상하다. 그래서 나는 엄마가 항상 나에게 하는 말수굼퍼로 때린다. 라고 하신 어머님의 말씀이 떠올라서

"수굼퍼요."

라고 말한다. 선생님이 웃는다. 거기다 아주 크게

"그것은 사투리인데 네가 그 단어를 알아? 그 단어는 삽이야 그리고 오목 샘은 남한 단어로 보조개야."

아 그렇구나가 아니고 그럼 엄마 말을 해석하면 삽으로 때린다고. 역시 우리 엄마는 성격이 무서워~ 그렇게 국어 시간을 마치고 집에 오는 길.

"혜정아~~ 같이 가~~"

자주 듣는 목소린데?

"아, 수현이구나 미안. 내가 좀 멍 때리고 있어서."

"아니, 괜찮아. 네가 한두 번 멍 때리는 것도 아니고."

"그것은 칭찬이니 욕이니? 난 네가 나보고 생각 많은 아이라고 생각 하고 있어 라고 받아들일게~ 히히."

"너 또 무슨 생각하니? 네가 공부 때문에 머리 쓰는 것은 아니고."

"친구 맞니? 아! 너 정말 추리동아리에 가입했어? 그 이상한 동아리 말이야?"

안 그래도 내가 멍 때리고 있는 문제의 99%는 그 문제다. 1%는 네가 나의 친구인지 대하여.

"아~그 청소 동아리? 미술 쌤이 상점 3점을 준다고 해서 가입 했는데 청

소만 시키는 것 있지?"

그러자 수현이는 안타까운 눈빛을 주며

"너도 희생자가 되었구나."라고 말한다. 내가 왜?

"못 들었어? 추리동아리에 가입한 애들 다 미술 쌤 덕분에 갔잖아."

수현아, 그때는 덕분이 아니고 때문이라는 단어가 더 적합하단다.

"아, 오늘 우리 반 어떤 애가 안 왔는데 걔 벌써 이틀째야."

아까 선생님들이 말씀하시던 그 아이인가?

"혹시 이름 알아?"

그러자 수현이는 당연하다는 듯이

"당연하지. 같은 반 아이데 이름 하나 못 외우는 바보가 어디 있어?"

여기 있다. 그 바보 너 옆에.

"김민나 여자앤데 걔 완전 바쁜 애야. 학원을 하루에 네 개 이상으로 다녀…."

"그런데 하구남. 그 애도 많이 바쁜 애 아니야? 걔도 학교에서 쉬는 시간에 학원숙제만 하던데. 그럼 가출한 이유가 한눈에 보이네! 매일 다니는 학원이 싫어서 가출한 거잖아?"

다음날 아침에 온몸이 뻐근하다. 으악~ 내 눈앞에 내 머리카락을 막 당기며 웃고 있는 동생. 아직 4살 밖에 안 된 내 하나뿐인 동생 김수원. 얼굴이 정말 조금만 하고 하얀 피부에 커다란 눈 내가 보아도 예쁘다.

"근데 너 나중에 나처럼 된다."

라고 하니 울먹거린다. 이것은

"내 말을 알아들어 기뻐해야 해 그냥 그 표정에 화를 내야 해?"

그러더니

"애는 너는 아침부터 하나뿐인 남동생에게 그리 독설을 날려야하니!"

주방에서 소리 지르는 엄마. 나도 엄마 딸인데. 근데 4살밖에 안 된 애가 어떻게 나보다 더 일찍 일어나니?

"우리 수원이 일어났어? 나의 컨셉은 착한 누나다. 그러더니 내 배 위에 뛰어노는 수원이. 아 참! 수원이는 통통하다. 아주 통통!

"악~~~"

나의 죽음을 선생님에게 먼저 알려라 학교 안 가게. 그러더니 이제는 한 술 더 떠 언니 머리카락 당기면. "아악악" 더 세게 당기는 동생,

"이 나쁜 놈…."

"야! 넌 왜 애한테 소리를 질러! 애 놀라게…."

엄마 소리가 더 큰데?

"이렇게 예쁜 수원이 누나가 소리 질렀어요?"

"내 머리카락이 더 놀라거든?"

치… 엄마는 다 동생 편이야. 흥이다 흥! 근데 수원이는 엄마의 마음을 아는지 모르는지 엄마 품에 안겨 있는 수원의 손은 자연스레 엄마의 머리로 가서 힘껏 뜯는다. 그리고 회사 가기 위해 약 30분 동안 머리 손질하는 우리 엄마의 머리카락이 수원이 손으로 간다. 그것도 한손에 6~7개 정도? 엄마는 애써 괜찮은 척 수원이를 나에게 안기고 다시 화장대로 간다. 역시 내 동생. 이 동생 내가 키우고 싶다. 내 스타일이야! 나는 밖에 나와 밥을 먹는다. 원래 밥은 안 먹는데 수원이가 30분이나 일찍 깨워 주는 덕분에 밥을 먹을 수 있는 시간이 생겼다. TV를 보며 밥을 먹고 있는데 수원이가 금세 거실에 나와 리모컨을 밟는다.

"아 좀!"

"지금 가족 불화로 인한 살인사건이이 일어났습니다. 이 사건은"

"오메 요즘에 무섭긴 하나 보네. 혜정아, 너는 행복한 가정에서 태어난 거야~"

화장대에서 머리 손질 다 한 엄마가 나오면서 말한다. 아~ 뭬래 나도 수원이처럼 동생으로 낳지!

"다음 뉴스입니다. 여가수 ○○와 남배우 ○○ 서로 결혼발표를 알렸습

니다. 이들은 많은 축하를 받았습니다."

"와 둘이? 안 어울려 남자가 아까워~."

"왜 예쁘네! 너보다."

그건 당연하고

"빨리 준비해. 벌써 50분 지났다."

에이, 설마가 아니고 빨리빨리~ 준비하자! 오늘 10분 동안 기다린 베스트 친구 수현아, 미안하네.

"너 정말~"

"하하. 미안하다고 했잖아. 미안해, 미안."

"어휴. 내가 착해서 참는다."

나도 착해서 네가 한말 그냥 못들은 척할게. 아무튼 학교 가는 길 오늘 아침 일에 말해주니

"야! 너 왜 우리 수원이 놀라게 해!!"

라고 나에게 소리친다. 하하 그럼 뒷내용을 알려줄게 그러더니 자신의 머리카락을 감싸고

"나 요즘 수원이 못 만나겠다." 라고 말한다. 그래도 다행히 지각은 면했다. 근데 종 치는 시간에 맞춰서 가지도 못했다. 오늘 담임선생님이 지각했기 때문이다. 근데 수현이는 그것이 아닌가 보다. "지각생 나가!" 옆 반 선생님 목소리 하하 다행히 오늘 방과 후에 동아리 활동이 있어 같이 안 갈 수 있다.

"야, 혜정아. 혹시 너 그 얘기 들었어? ○○랑 ○○ 결혼하는 것!"

"당연하지. 야, 솔직히 남자가 아깝지 않나?"

"글쎄? 여자는 너보다는 예쁜데?"

아, 나도 안다고~ 오늘은 6교시~ 체육 2시간. 하하, 시간 겁나 빨리 흘러가네. 기분 좋도록! 방과 후,

"애들아 내가 뭘 들고 왔게?"

"아, 시끄러!"

"시끄러움을 가져 왔네요. 게임소리가 이게 제일 큰 건데 아까 게임소리가 아예 안 들렸어요."

아, 동감! 수나와 나도 고개를 끄덕인다. 잠깐 당황하셨던 미술 쌤은

"창빈아, 압수!"

"아름다움을 가져 왔네요. 빛이 너무 찬란해서 눈을 뜰 수가 없어요."

그러더니 창빈이가 앞을 볼 수 없다는 듯 팔로 앞을 가렸다.

"와~ 배신이다."

이강현의 한 마디 역시 이번에도 수나와 나는 고개를 끄덕였다. 남인아도 동참.

"너희들이 이 마음을 알아!"

우리에게 화내는 강창빈.

"너희들도 안 예쁜데 그런 선의의 거짓말이 얼마나 힘든 줄 알아!"

"풉."

남인아 웃음 터졌다.

"거기까지."

선생님 두 손 다 들었다. 하지만 우리 미술 쌤은 선생님 중에서 가장 젊고 제일 예쁘다. 다른 노총각 선생님에게 인기 짱! 미모가 다는 아닌 것을 이번 기회로 알았으면. 잠시 웃던 강현이가

"뭘 가져왔는데요?"

라고 드디어 물어보았다. 선생님은 기다렸다는 듯이, 아니 100% 기다렸다.

"사건."

엉? 사건?

"쌤! 뭐 사고치고 왔어요?"

나수가 진심으로 물었다. 나도 동감한다.

"선생님 아무리 추리가 좋다고 하여도 그런 것을 생각하면 큰일 나요."

남인아까지 합류~ 하지만 정말 미술 쌤이라면 가능하다. 심하다고 생각하는가? 직접 보아야 한다. 추리에 대한 사랑을 벗어나 집착을. 아, 무서워.

"하하! 우리 수나하고 인아가 개그가 늘었구나. 하하!"

현실을 부정하시는 미술 선생님.

"그게 아니고. 애들아 어제는 2명이나 학교에 안 왔어. 그것도 가출로! 거기다 오늘은 3명. 근데 그 아이들 다 부모님과 선생님들이 가출이라 생각한다. 근데 혹시 납치는 아닐까?"

납치? 그럴 가능성도 있다. 무조건 가출이라고 판단을 내리기엔 이르다.

"거기다 고등학생은 몰라도 아직 어린 중학생이, 그것도 지금까지 5명이나?"

만약 납치 사건이라면 범인은 한 사람일 것 같다.

"아이들이 더 없어질 수 있으니, 빨리 해결방법을 찾아야겠어요. 근데 어떻게 찾죠?"

"우리들은 그들의 공통점을 찾아야 해."

강현이가 안경을 올리며 말했다.

우씨, 멋져 보이잖아. 나도 쟤처럼 하고 싶다.

"왜 하필 그 아이들일까? 그들이 공통점이 없다면 가상으로 그 범인은 모든 학생을 목표로 할 걸? 근데 그들의 공통점이 있다면 그 범인의 목표를 줄일 수 있을 거야"

"오호~ 설득이 가는 말이네."

"선생님, 그 학생들 이름 좀 알 수 있을까요?"

"그럼~벌써 준비했지."

뭐지? 선생님의 역할은 자료 제공?

"자 이제부터 잘 들어~"

2반 하구남(남), 1−1반 김민나(여), 1−4김구나(남),
1−5반 임수주(여), 1−6반 나홍아(남)

그러니깐… 각 한 명씩 알아오는 거다?

"잠깐만요!"

혹시나 하는 마음에….

"하구남하고 김민나의 공통점은 제가 알고 있어요. 학원. 그러니깐 바쁜 생활과 많은 학업 스트레스가 있었던 거 같은데 그것도 알아보는 거 어때요?"

"좋아!! 그럼 그 아이의 성적과 학원 다니는 수까지 알아보자!"

라며 강현은 웃으며 나에게 대답해 주었다. 아! 천사다. 당신을 믿습니다.

"그것까지 귀찮게…."

저러니 재수 없다는 소리만 듣지.

남인아, 악마다. 당신을 믿… 아니지 당신을 증오하겠습니다. 하하. 영원히 ~~~

다음날. 오늘은 목요일 6교시이다. 내가 제일 좋아하는 요일이다. 어제와 같은 이유다. 그저 6교시라는 점? 하지만 체육 2교시 대신 사회와 과학이 있다. 그것도 점심시간 후 5, 6교시 오늘의 목표 안 자기! 아, 그보다는 난 1−3 이아진에 대해 조사해 봐야지 그래서 여기는 1−3반 앞. 근데 누구한테 물어보지?

"어… 혜정아!"

어? 쟤는 6학년 때, 같은 반이던 수이.

"수이야!"

복도에 있던 모든 애들이 나에게 뜨거운 시선을 주었다. 그 고요함을 깨는 한마디. 아니, 한마디도 아니다.

"남인아, 저 악마!!! 왜 하필 거기에 있나고……."

"하하! 혜정아, 여긴 어쩐 일이야?"

지금 수이가 나에게 이상하다는 눈빛으로 말하고 입으로는 여기 어쩐 일이냐고 묻는다. 미안하다, 친구야.

"아 흠 흠… 혹시 이아진이라고 알아?"

"당연하지 같은 반 애들 이름 못 외우는 바보가 어디 있어?"

"너 혹시 수현이라고 아니? 혹시 둘이 짜서 나에게 장난치는 거지?"

"이아진… 걔? 오늘하고 어제도 안 왔어. 그리고 뭐 특별한 사항은 없고 막둥이가 있어. 그래서 부모님이 그 막둥이를 엄청 좋아한다나 뭐라나~"

"그 마음 알지 왜 모를까…."

"아참. 그것보단 수이야, 혹시 이아진이라는 애 학원이나 학업스트레스 같은 것 있었어?"

그러자 혜정이가 곰곰이 생각해 보고는

"응 아마도? 걔는 문제집 푼다고 애들이랑 말을 자주 안했거든. 역시 내 생각이 옳았어. 그냥 학원가기 싫다고 가출했는데 우연으로 5명이나 가출을 한 거지. 뭐 좀 싱겁게 사건 해결했네."

이 소식을 미술 쌤에게 알려드리려고 얼른 미술실반에 갔다. 미술실반의 문을 열자마자 인사 대신 나의 첫 번째 추리가 옳다는 것을 알리고 싶었다.

'벌컥'

"선생님, 선생님! 제가 이아진에 대하여 알아보았는데 역시 학업에 스트레스를 가지고 있는 애래요."

정말 놀란 눈으로 날 5분 동안 쳐다보는 선생님. 거짓말 아니고 정말 5분!!

"어? 아, 그래 찬빈이도 그런다고 하더구나. 내가 아무 일도 아닌 것에 사건이라고 좋아라 했지."

강창빈도 한마디 했다.

"쌤, 추리 좋아하면 이것이 사건인지 그냥 가출인지 구별도 못해요? 나, 참."

"하하하하. 미안하구나, 찬빈아."

왜 저러지? 벌점으로 협박할 줄 알았는데? 무슨 일 있었나? 아! 그러고 보니 강창빈이 매일 들고 다니는 게임기가 없네… 약점이 사라졌군.

"그니깐 너 선생님에게 말대꾸했지. 교사 지시 불행으로 벌점."

하! 말도 안 돼! 억지다 억지. 근데 당황하는 강창빈.

"하하. 선생님, 지금이 무슨 수업 시간이에요? 아니다. 제가 이 상황으로 보았을 때 그건 너무 억지에요."

그러더니

"아, 그런가?"

이 선생님 도대체 어떻게 학교 선생님이 될 수 있었을까? 정말 궁금하다. 게다가 내가 도와주어서 신이 난 강창빈.

"역시 공부 잘 하는 학생이란!"

"나 공부 못 하는데?"

"내가 그때 못 주었던 CD 줄게 그게 어디 있지?"

그건 아마도 이강현에게 있을 걸. 계속 게임 CD를 찾는 강창빈과 계속 강창빈의 약점을 찾는 미술 선생님.

"흠. 음. 창빈아! 너 교복 불량으로 벌점 받고 싶구나. 그리고 학교에서 누가 운동화 신고 오니. 또 뭐가 있을까?"

진심으로 강찬빈을 쳐다보면서 살피는 미술 쌤. 하하, 왜 안 나왔나 싶어서 근데 그것 찾는데 그리 많은 시간이 걸리나? 그러자 강창빈의 눈빛이 변했다.

"우와 이렇게 추리에 대해 모르는 게 없는 분께서 실수도 하네요. 어때요. 고수도 한 번의 실수는 있어요. 우리 아름다우신 미술 선생님!"

하하. 아, 배신자. 내가 널 구해 주었는데. 그런데 이제부터 널 무리수 강창빈라고 부르고 싶다. 말솜씨가 장난 아냐. 장사하면 잘하겠다. 안 맞는 사이즈도 막 사게 하는, 근데 선생님은 또 좋다고 맘껏 웃는다. 아무튼 나도 추리

쪽으로 타고났어.

"음하하하!"

"너 남자구나. 왠지 여자로 안 보이더라고. 내 눈이 이상한 게 아니었어."

음하하! 이 재수 없는 남인아에게 들켜버렸군. 하하⋯ 아니 그것보다 날 남자 취급을 해? 아무리 웃음소리가 남자 같아도 그렇지 난 완벽한 여자인, 아, 이 말은 빼야겠구나. 생긴 것도 어쩜 남자처럼 생겼을까. 나는 강창빈처럼 무리수는 도저히 나에게 무리다. 완전 여자목소리같이 콧소리를 내며

"호호. 인아, 이번에 나의 추리 실력을 보았지? 어때 공부는 안 되지만 추리에는 확실히 뛰어난 나의 추리 실력?"

"응. 똑똑히 봤어."

그래 그래. 이 정도면 추리 엄친아라도 울고 갈 나의 추리실력 음하하하.

"너는 어쩜 공부도 별론데 추리도 별로냐? 아니다 아니. 말 잘못했네. 완전 엉망인 너의 추리 실력에 나도 울고 가겠다."

음하하하. 뭐 내가 뭘 들었지? 내 추리 실력이 별로야? 왜? 어째서?

"내가 맡은 임수주라는 애는 학원은 아예 없단다."

그 순간 기다린 듯 웃어대는 두 분 웃는 모습이 많이도 닮았네. 누가 보면 가족이라고 해도 믿겠다.

"거기다 부모님들도 그 애 공부 쪽으로 스트레스 안 받게 했나 봐. 진로가 중요하다며."

"에이, 설마 거짓말. 너 일부러 인정하기 싫어서 거짓말 하는 거지? 맞지? 괜찮아. 어떻게 엄친아라도 완벽할 수는 없어."

"그건 아닌 것 같아, 혜정아."

라고 말하는 이강현.

이강현조차⋯ 아니 천사는 거짓말 안하는데 뭐야. 악마를 위한 선의의 거짓말을 하는 거구나? 이강현이 역시 착하긴 하구나. 천사야 천사. 그런데 진실은 안 바뀌어! 강현아, 악마를 위해 선의의 거짓말조차 아까운 애거든.

"거기에 동참!!"

허걱 수나 너까지…

"나도 조사해 보았는데 결과가 정 다르게 나왔어. 공부에는 부모님께서 관심이 없더라고 음악 쪽으로 타고나는 애라더라. 힘내라 혜정."

뒤에서 더 크게 웃어대는 두 분. 이제 저분들은 포기해야겠다.

"하하. 사람이 실수할 수도 있지 안 그래요, 선생님? 선생님도 아까!"

"에취! 에취!"

갑자기 기침을 하시는 선생님

"애들아. 선생님이 몸이 안 좋아서 이쯤에서 헤어지자. 빨리 나가. 빨리빨리!"

아까 그 일을 애들한테 들키고 싶지 않나 본다.

"혜정아. 너의 추리는 빗나갔지만 그래도 힘내. 조금의 일리가 있었잖아."

강현아! 감동~ 감동.

"어이 공부 못하고 추리 실력도 없는 내 앞에 계시는 분 비켜."

이씨 남인아.

"남인아. 네가 감히 나의 친구 혜정이에게 그런 말을?"

엥 뭐야 강창빈.

"내가 남인아의 약점을 찾았거든."

강창빈은 의미 모를 미소를 남인아에게 날린다. 이것을 알고 싶어 죽는 1인.

"뭐야? 뭐야?"

바로 전교 2등, 수나.

"하하. 그게 말이야."

"잠깐!!"

뭔가 있긴 있나 보다. 남인아가 이리 안절부절 못 하는 것을 보니.

"강창빈 너 혹시 김혜정에게 주려고 한 CD 누구한테 있는지 아니?"

"아니! 너 알아."

"그거 이강현이 가져갔어."

아 저 배신자~ 당황하는 이강현.

"아! 그거 너 나한테 주었잖아. 근데 내가 게임 안 한다고 해서 이강현에게 네가 주었잖아."

고개를 끄덕이는 이강현, 그리고 아무 생각 없어 보이는 강창빈의 표정, 그리고 계속 남인아의 약점을 캐묻는 수나 하하 솔직히 나도 궁금하다.

"거기 누구야. 지금 6시야. 빨리 가!"

경비원 아저씨 이다. 근데 왜 이리 빨리 보내는 거야 남인아 약점을 알고 싶은데! 밖에 나오는데….

"담임 정말 짜증나. 아니 아까 종례시간에."

하하 수현이가 아직 가지도 않고 날 기다리고 있다. 아 무서워 다행히 오늘 나 때문에 지각하는 것은 잊은 모양이다. 수현이는 지금까지 나를 기다리고 있었다. 이것을 우정으로 해야 하는지 아니면 멍청한 건지 아무튼 이런 저런 생각 때문에 나는 또 멍을 때리고 있다. 공부도 아닌 것 같은데 왜 그렇게 많은 애들이 가출까지 하는 거지. 또 다른 공통점이 있는 건데 우리가 발견하지 못한 건가.

"혜정아!!!!"

"네?"

내가 뭐라고 하였지? 친구에게 존댓말이라니. 거기다 수현이의 성격까지 생각해 보면

"크하하하. 나보고 존댓말을. 어이구 우리 동생 이 언니한테 무슨 할 말 있냐? 말해 봐. 이 언니가 다 해결해 줄게. 원하는 거 있어? 하하하."

이렇게 나올 줄 알았다. 내가 원하는 거 다 들어준다 말이지.

"세계 지배!"

잠시 할 말을 잃은 수현이.

"……알았다. 그만 할게."

결국 포기선언을 한다. 왜 나는 이제 슬슬 재미있어지는데?

"왜 언니, 저 세계 정복하게 해주세요, 언니."

나는 콧소리까지 넣었다. 정말 내가 들어도 한 대 때리고 싶을 정도로.

"……"

어머나 수현이의 손이 부들부들 떨며 한 20cm 정도 올라왔다. 아이 무서워라, 아 죄송합니다. 독자들 분. 훗, 넌 나에게 안 돼, 인마. 아직 어리네. 음하하하.

"청소동아리 잘 되고 있냐?"

한참 동안 서로 말이 없었는지 수현이가 먼저 말을 한다. 내가 수현이가 추리동아리 말할 때마다 청소동아리라고 세뇌교육을 시켰더니 아주 효과가 좋게 나왔다.

"저기 수현아. 김민나에 대해 더 아는 것 있냐? 같은 반이잖아."

그러더니 헛기침 3-4번 하더니

"혜정아, 이 누님의 배가 배고프다고 한다."

아 참. 오늘 까다롭게 구네.

"하하, 누님. 제가 간식을 사드려도 될까요?"

적응력은 나의 하나의 장점이라고 보면 된다.

"음, 그래. 허락해 주지. 근데 이 누님의 배가 떡볶이를 먹고 싶어 하네. ○○떡볶이 집."

허걱. 거기는 우리 동네에서 제일 비싸고 양이 적어 한번 가보고 절대로 안 가본 ** 떡볶이 집. 강적이다…

"하하 언니~ 제가 용돈을 7일 후에 받거든요. 그래서 지금 돈이 별로 없는데 아니 돈 문제가 아니에요. 그 남은 돈은 당연히 언니를 위해서 다 쓰고도 남죠. 근데 제가 더 맛있는 곳을 아는데 거기로 가시면 안 될까요?"

나는 최대한 불쌍한 목소리로 수현이에게 말했다. 정말 수준 맞춰 주기 힘들어!

"혜정아, 이 언니는 입이 아주 고급스러워서 거기 아니면 떡볶이를 잘 못 먹어 동생이 아직 언니 입맛을 잘 모르는구나. 섭섭하다."

내가 더 섭섭하다. 이렇게 나온다 말이지. 작전 수정.

"너 이러기야? 입이 고급스러워? 그럼 저번 주 토요일 ○○떡볶이는 코로 먹어서 나는 하나도 못 먹게 하고 혼자서 2인분 그렇게 먹었어. 그럼 나는 거기서 너에게 떡볶이 베짱이 없어. 더 이상 너에게 떡볶이 못 사주겠다. 그럼 잘 가라. 나 먼저 간다. 나 오늘 너에게 엄청 섭섭해!"

당황한 표정을 짓는 수현. 솔직히 나라도 당황하겠다.

"저기 혜정아. 이 언니가 잘못했어. 그냥 매일 가는 곳으로 가자."

"뭐 언니? 왜 이래 내가 너보다 생일도 더 빨라~ 아니지 그래도 네가 언니 행세를 하고 언니보다는 오빠라고 해줄게"

나는 1초 만에 수현이를 남자로 만들었다. 오빠라고, 그리고 아까도 말했 듯 넌 나에게 상대가 안 된단다.

"음하하하하."

"너도 남자 같아. 아니, 그냥 너 혼자 남자다."

그렇다면

"오호호호"

어쩔 수 없다는 혜정이의 표정. 결국 수현은 ○○ 떡볶이 집으로 갔다. 3인 분 떡볶이를 맛나게 드시는 수현이.

"정말로 입맛이 고급스럽네!"

맛있게도 먹는다. 꿀꺽. 아무튼 본론으로 돌아가서

"그니깐 그 애는 또 다른 음, 다른 아이와 특별한 점이 뭐야?"

"몰라."

"……뭐? 모른다고. 왜 내가 여기에 왔는데?"

"몰라. 네가 사 줬잖아. 난 안다고 한 적이 없고 그냥 배고프다고 했다."

당했다. 이씨. 분하다. 나는 재빠르게 수현이 앞에 있는 3인분 접시를 3개씩 찍어 흡입하기 시작한다.

"욱 읍읍 욹읔 음."

독자들을 위하여 해설 해드리겠어요.

"야 이거 내거야!"

"움움움욱 우우 욱우."

"어쩔라고 내가 샀어!"

상대는 떡볶이에 목숨을 내민다. 상대가 만만치 않다. 아~ 이 방법 밖에는 없어. 수현이를 복수하기 위해서는

"아줌마, 튀김 추가요."

떡볶이 못지않게 튀김을 좋아하는 우리 수현이. 내가 왜 너의 입맛을 모르겠니? 그렇게 고급스러운 입맛!

"저기 혜정아…"

갑자기 떡볶이에 손을 떼고 떡볶이 접시를 나에게 민다.

"아, 그리고 오징어만 6개 주세요!"

그중에서도 오징어튀김을 좋아하는 우리 입이 고급스러운 언니 눈빛이 확 바뀌는 수현.

"혜정아, 너 이 사실 아니?"

나는 떡볶이를 먹는 다고 바쁘다.

"우걱우걱. 아니 몰라. 알고 싶지도 않아."

수현이는 아줌마가 오징어튀김을 자르는 모습을 보고 나를 재촉한다.

"네가 찾는 그 아이 사라진 후부터 매일 밤마다 피리소리가 들린대."

"그건 그냥 괴담 아니야?"

그래도 내가 봐줬다.

"우걱우걱. 진작 그러지. 자, 떡볶이."

그제야 웃는 수현이. 참으로 순진하다.

"여기 오징어튀김!"

아줌마가 오징어튀김을 주신다.

"너는 우리 단골이어서 새우 2개는 서비스~"

"감사합니다." 하고 먹는 수현이의 목표물 오징어튀김 접시를 휙 가져간다.

"야!!"

정말 한이 맺힌 목소리.

"왜 나는 너에게 튀김 사준다는 소리 없었다."

"그럼 새우튀김 2개는 줘. 내가 단골이어서 준 것이잖아."

"어머 고마워. 네 덕분에 튀김도 먹고. 그럼 아까 전에 네가 먹었던 떡볶이랑 쌤쌤을 하면 되겠다."

그러더니 이제 수현이는 어쩔 수 없이 내가 먹는 모습을 바라보기만 하였다. 그래서 나는 한입도 안 주고 혼자 다~ 먹었다. 아싸 드디어 복수했다. 후홋 길에 오는 길.

"아~ 배불러. 히히 혜정아 정~말 잘 먹었다…."

이놈의 욕은 쓰지 않겠습니다. 이놈의 착한 수현이가 나의 용돈을 다 썼다. 정말로 오징어튀김을 다 먹으니 우는 것이 아닌가? 그래서 떡볶이 아줌마와 손님들의 눈치로 그만 내 돈을 오징어튀김으로 더 샀다. 일주일 동안 어떻게 해!

"근데 그 피리 소리에 대해 자세히 설명해 줄 수 있냐? 오징어튀김 값은 해야지."

"음."

"또 모른다고 하면 너와 나의 사이는 끝이다."

그러더니 나의 표정을 살피는 수현. 일부러 정색을 하며 말하고 있다. 그 사라진 아이들 중에서 1-4반 김구나라고 남자애 한 명 있는데… 그 애가 어릴 적부터 음악으로 타고났대. 거기다 그 애 부모님 모두 음악가여서 어릴 적부터 부모님이 음악 쪽으로 지도하였나 봐. 그리고 그 아이도 아예 그 쪽으로 실력이 아예 없는 것도 아니고."

수나가 찾는 그 아이가? 수현이는 다시 나의 눈치를 살피고 나는 계속 하라는 포즈를 짓는다. 그중에 그 아이가 좋아하던 악기가 '클라리넷'

"나봐. 클라리넷?"

처음 듣는 것 같은데 어디서 들은 기억도 있고 그럼 답은 한 가지 밖에 없지 음악 선생님이 가르쳐 주셨는데 내가 기억을 못하는 것! 아참 이것이 중요한 것이 아니고 집에 가서 찾아봐야겠다.

"그리고 피리 소리가 났다는 거는?"

그게 나는 제일 궁금하다.

"아, 그거? 그냥 여기저기에서 들리는 소문인데 나도 자세히는 잘 몰라. 어떤 우등생이 책을 가지로 갔다가 들었다고 하던데. 그나저나. 이거 받아."

수현이가 음료수를 내민다. 엥 웬 음료수지?

"너무 너무 고마워서. 떡볶이 사준 것 잘 먹었어."

언제 이런 것을 다 준비했대? 감동이다. 우리는 서로 음료수를 마시면서 집에 온다.

"근데 너 청소동아리 계속 하나?"

잠시만… 청소를 추리라고 해석하시면 됩니다.

"응."

"그럼 이 사실 알겠네. 이번에 추리동아리에서 축제 때 추리로 다룬 연극 한대."

"아, 그래? 무슨 동아리?"

"당근 추리동아리에서이지 몰랐어?"

"응."

당황하는 수현이…….

이 쌤 또 무슨 생각인 거야? 우리가 무슨 밴드부야 아니면 연극부야? 어휴 그럼 그렇지… 한동안 조용한다고 했네. 잊으려고 하면 나오는 선생님의 얄미운 행동들.

"그럼 내일 늦게 나오지 말고!"

라고 말하던 수현이 갑자기 말을 멈춘다. 오늘 아침에 일이 떠올라나 보다.

"야!!!!! 김혜정, 거기 서!"

나는 서둘러 집으로 뛰어간다. 뒤를 돌아보니 무서운 게 쫓아온다. 아, 정말로 무서워!

3. 비밀의 요술피리

'리드를 지닌 원통형의 목관악기.'

음, 뭐지? 리코더랑 비슷하게 생긴 거네. 길고, 아무튼 훗훗 의미 있는 지출이었다. 그렇다는 것은 그 아이는 밤마다 피리가 아닌 클라리넷을 불렀다는 것이니 그 아이는 아마도 학교에서 숨어 있던 거였네.

"음하하하하하!"

"우리 딸 무슨 일이 그리 재밌어. 웃는 것은 꼭 남자처럼 닮았어! 네가 남자로 태어났어야 하는데 아까워. 남자아이로 태어났으면 아주 장군감인데."

사과와 음료수를 가져오시면서 오신 엄마. 하하 민망하다. 근데 엄마 장군감은 좀 아닌 듯해요. 와 음료수다! '벌컥벌컥' 역시 음료수는 원샷이지~

"천천히 마셔라. 다 마시고 오봉에 담아서 와~"

"오봉?"

그건 뭐지 먹는 것인가? 맛있는 것이면 나는야 더 좋고~

"오봉 말이야, 쟁반 말이야, 쟁반."

"아…… 쟁반."

좋다 말았다.

"우리 혜정이 공부 열심히 하고. 엄마는 회사 갔다가 올게. 그러니."

차마 대답을 잇지 못하는 엄마 무슨 일 있나? 라는 생각과 함께 한 5초 뒤에 나는 내 손에 있는 폰을 발견할 수 있었다.

"너 또 폰 만지작만지작거리고 있었지!"

하필 이때 들어오시나.

"아까까지는 정말 공부하고 있었는데 엄마가 딱 쉬려고 했을 때 들어왔어."

엄마에게 아무 말도 안 들리는 것 같다.

"너 폰 압수야! 엄마가 회사에 갔다 올 때까지 내가 가지고 있는다. 공부 좀 해라. 중학생 되면 더 열심히 해야지 에휴~"

진짜 방금 전까지 공부했는데. 왜 내 말을 안 듣는 건지 아니면 정말로 안 들리는 건지. 아, 오늘 수현이랑 만나서부터 헤어질 때까지 잔소리만 듣고 왔다.

"어떻게 네가 나를 배신할 수 있어?"

"아니, 그게."

"아니. 너는 알고 있었지? 내가 널 기다리는 이유가 어제 내가 너 때문에 지각했다는 것 알고 있었지?"

"응."

"근데 왜 너 얘기 안했어?"

"네가 멍청하게 까먹고 있었잖아."

그러더니 잠시 당황한 듯이 보이더니

"아. 그러면 네가 내가 왜 기다려야 하는지를 가르쳐 줘야지."

웃기시네.

"야. 그럼, 네가 나에게 무언가를 잘못하였다. 근데 너는 나에게 먼저 미안 하다고 하겠나???"

저걸 또 잠시 고민을 한다. 그러더니

"응!"

이란다. 거짓말 그 후 우리 한참 동안 아무 말을 안 했다. 하하 아!

"잘 가!"

라는 말은 하였구나. 아~ 어찌 오늘 아침부터 미술인가 뭐 어차피 다른 과 목에 비하면 좋은 것이지. 그림만 그리만 되잖아.

"야! 야! 내가 무엇을 가져 왔게?"

우리 반 반장이다. 다른 아이들은 요란한 목소리에 놀랐지만, 나는 갑자기 혹시 미술 선생님에게 아들이 있나? 라는 생각이 들었다. 이 대사는 저번에 미술 선생님이 말했던 대사.

"오늘 우리 미술 운동장으로 나가서 풍경화 그린대…."

그 후 아이들의 환호 소리가 들어갑니다.

"이야!"

나도 좋은 마음에

"야호!"

라고 외쳤는데 잊으려고 하면 들리는 이 재수 없는 목소리의 주인

"무슨 여기가 산이야 야호라고 하게."

"거 참 미안하게 되었습니다."

"거기다 너희들 기말고사라는 것은 잊은 것이냐? 공부는 안 하고 놀 생각만 하지?"

그러자 아이들은 남인아를 쳐다보았다. 아직 째려보았다에 더 가깝네? 아무튼 그런 시선을 느껴지기는 하였는지.

"아, 뭐. 어찌 보면 이렇게 한번씩 뛰어주어야지 뇌가 잘 작동되겠지?"

그제야 아이들은 다시 하던 일에 집중을 한다. 아, 정말 너 덕분에 시험이라는 것을 알았어. 정말 시험 치기 하루 전에는 아무 느낌이 없는데 1교시 시험지를 받으면 정말 실감이 생생해진다. 그런데 이번에는 누구누구 덕분에 빨리 시험에 대해 실감을 느꼈네? 이런 고마워서 나는 어떡할까?

"자! 오늘은 풍경화를 그린다. 그렇지만 내일이 시험인데 이번 시간만 신나게 뛰라고, 여자 아이들은 빨리 입 운동을 해야지? 그래도 그림은 다 하고 놀아라!"

오늘 따라 선생님의 얼굴에서 빛이 난다. 완전 존경합니다. 그렇게 우리는 단 10분이라는 시간으로 풍경화를 그리고 수다를 떤다.

"야 너희들 그거 알아?"

"아니."

애들은 아직 듣지도 않고 대답을 한다.

"장난 말고, 귀신이 돌아다니고 있대. 우리 학교에!"

"누가 그러나?"

"경비원 할아버지가 직접 보았대. 그것을 사진으로 찍었다고 보여줬는데 학생귀신처럼 보임. 내가 직접 보았다니깐."

학생 귀신은 대체 뭐야?

"너는 어떻게 보았는데?"

"그게 내가 교과서를 놓고 와서 다시 학교로 왔거든. 근데 할아버지가 나 보고 되도록이면 가지 말라고 하는 거야. 그래서 이유를 물어보니까 사진을 보여 주시던데? 경비원 할아버지도 빨리 퇴근하고 싶은 표정이었어."

할아버지는 그렇게 무서워하시는데 왜 이 일을 계속 하시는 것이지? 아니 그것은 그렇다고 하자. 그렇다면 어떻게 사진을 찍었을까? 아, 몰라. 그냥 아이들에게 들어오지 말라고 위험하다고 알려주고 싶었겠지. 그러더니

"근데 거기다가 이젠 교감 선생님 있잖아."

"그분은 왜?"

"우리 학교에 들어 온 지 얼마 안 되었잖아."

"그렇지."

"근데 그렇게 구석구석 살피고 계신대. 그래서 혹시 스파이가 아닐까?"

무슨 귀신이야기에서 스파이이야기로 흘러가 그냥 우리 학교에 관심이 많겠지. 이 말들 들어도 되는 거야? 갑자기 의심스러워지는 것은 기분 탓일 거야. 그렇게 믿을게. 손목시계를 보니 곧 있으면 종 칠 시간이다. 그런데 저렇게 1초의 흐트림도 없이 문제집을 푸는 재는 뭘까. 나는 용돈을 준다고 하여도 저리 열심히 하지는 못하지 싶어. 뭐 그것은 진실이고.

"아!"

그러더니 쳐다보지도 않고

"뭐?"

라고 하는 남인아. 내가 수나가 아닌 것을 고맙게 느껴라.

"고맙다."

"뭐래? 갑자기?"

아, 어색하다. 심각하게 정말로.

"큼 너 왜 그리 공부를 열심히 하는 거야?"

그러더니 나를 흘끔 쳐다본다. 그러더니 뜻밖의 대답을 한다.

"나는 형 2명과 언니 1명이 있어. 나는 막둥이고."

몰랐네? 아니 모르는 것이 당연한 것이 아닌가?

"우리 형 1명은 하버드대학교를 졸업했어. 다른 형은 지금 유학 중이고 언니는 서울대 진학 중이야."

피는 절대 못 숨기는 것이구나. 오늘 뼈 속까지 알았다. 그래서 내가 전교 1등을 하면 칭찬은커녕 '너는 당연히 잘 해야지' '역시' 라는 말 밖에 못 들었던 것 같아. 그래서 나도 당연하다는 것으로 받아들이고.

의외네 나는 '공부가 세상에서 제~일 쉬웠어요.' 라고 할 줄 알았는데.

"그래서 나는 아직 아이들이 가지고 있는 꿈 목표를 한 번도 생각해 본 적이 없어. 그래서 커서 무엇이 될지도 모르겠어."

"하. 너 바보니? 나는 네가 똑똑한 줄 알았는데."

그러더니 나를 째려본다.

"아니. 내 말은 인생은 너의 것인데 왜 네가 부모님의 말씀에 다 들어 주어야 해? 아니 물론 부모님의 말씀은 다 옳지만 그래도 네가 하고 싶은 것은 하고 살아야지."

갑자기 무슨 생각을 하더니

"고마워. 나도 너 원하는 거 하나 알려줄게."

내가 원하는 것?

"너의 약점을 원합니다."

당황하는 남인아.

하수나가 그리 원하는 답변 내가 알고 만다.

"아니 다른 것."

"세계 정복."

그러더니 도저히 못 참는다는 표정으로

"너 속마음을 생각하는 것 가끔 입으로 내뱉거든?"

"내가? 언제?"

"지금."

남인아 말이 맞기는 맞나 보다.

"그래서 아까 고맙다고 하였구나."

"이제 가지? 저기 선생님이 우리를 부르는데?"

어? 정말인데 나는 종 치는 거 못 들었는데….

아이들이 우리를 기다리는 눈치이다.

"우리 인아하고 혜정이 추리동아리로 통해 많이 친해졌구나. 이것이 다 선생님의 노력으로."

"웃기시네!"

"뭐 선생님에게 웃기시네! 너 혜정이! 이 시간 마치고 교무실로 와!"

나는 다시 남인아의 말이 기억났다. 너 속마음을 생각하는 것 가끔 입으로 내뱉거든? 하하 오늘 습관이 무서운 것도 뼈 속 깊이 알았다.

그래서 나는 교무실에서 혼날 준비를 하는데

"혜정아~ 인아랑 선생님 덕분에 친해진 것 맞지?"

이것은 또 무슨 소리? 혼날 줄 알았는데?

"선생님, 제가 아까 선생님에게 말 실수를 하였는데요?"

그러더니 아무것도 아니라는 듯이

"아, 그거. 너 가끔 속으로 하는 말 밖으로 내뱉잖아"

선생님도 알고 계셨구나 그때 기억 안나니? 왠지 말도 안 되는 것은 알지만 그래도 재밌을 거 같기도 하고 아니기도 하고 음…….

"재밌을 거 같기도 하고 아니기도 하지?"

아! 이때 선생님이 나보고 추리동아리 하라고 할 때 내가 혼잣말 하는 것을 들었구나. 다시 한 번 습관이 무서운 것을 깨달았다.

"종 치기 전에 들어가."

"네!"

정말 싫다.

"애들아, 내일 시험이니 컴퓨터 사인펜 가져와. 안 가져오는 즉시 나에게 맞는 것이라고 알면 돼."

협박이야. 이것은 분명. 으악. 내일이 시험이라고? 망했다! 문제집을 보면 요점 정리만 반짝 빛나고 문제는 처음 부분에는 열심히 풀다가 갈수록 흔적들이 없어지고 있다. 와우 놀라워라.

신기하도다!

아 뭐래!

갈수록 정신이 이상해지고 있어 난 몰라~

그렇게 허무한 시간이 지났다. 밤샘이고 뭐고 나는 컨디션을 중요시 여긴다. 그래서 9시에 갔다.

"시험 잘 치고 와~"

왜 이리 엄마의 응원이 잔소리로밖에 안 들리는 것인지 그리고 나는 3일이라는 끔찍한 시간을 보냈다. 어느 덧 3일 후, '벌컥.'

"아아 악!!!"

미술 쌤의 비명소리… 나는 왠 까마귀가 들어 있나 싶었네. 죄 짓은 것 있나? 왜 이렇게 놀란데? 아참! 죄 있지. 축제날, 추리동아리가 뭐한다고? 무슨 연극부도 아니고 참…

"하하. 혜정이 왔구나? 오늘 수업이 일찍 마쳤구나?"

"오늘 시험 끝서서 일찍 마치기로 되어 있는데…"

선생님은 오늘 감독 안 하셨나?

"그래서 시험은 잘 봤어?"

내 옆에 있는 수나가 물어본다.

"응 그냥 그랬어…."

솔직히 못쳤지만.

"못쳤구나? 뭐. 너에게는 그리 놀랍지 않겠지."

저 악마, 남인아. 수나는 남인아에게 물어본다.

"몇 점?"

"내가 왜 너에게 알려 줘야 하는데?"

역시 그 재수 없는 말투. 근데 이번에는 수나 꼼짝도 하지 않는다?

"음하하! 난 너의 약점을 알았다."

당황하는 남인아. 그러더니 창빈이를 쳐다본다. 눈을 못 마주치는 창빈.

"알았어. 내 점수 어차피 다 알게 될 거 뭐 나 이번에 올백이다."

수나는 다시 패배의 자리로 돌아간다.

"하하 왜? 너도 이번에 잘 치지 않았어? 내가 알기에는 그런데?"

"이강현까지 어? 웬일로 한 명도 빠짐없이 다 모였대? 참고로 강창빈도 늘 구석에서 게임을 하고 있다. 안 오는 날이 없지 싶다."

"하하 웬일이야. 한 명도 빠짐없이 다 모이고 말이야. 오늘 약속도 없었는데 말이야…."

선생님도 놀라긴 했나 보다.

"쌤!!!!!!!!!!!"

힘껏 외치는 수나….

"야. 너 가수해도 되겠다."

"쌤, 이건 아니죠. 어떻게 시험문제를 이렇게 어렵게 내요? 거기다 시험 전에 그냥 애들에게 풍경화 그리라고 안심을 시키더니 이게 뭐예요? 미술 때문에 올백을 못했잖아요. 아니 어떻게 이 그림이 언제 만들어진지 어떻게 외워요!!!"

수나는 20번을 가르치며 말했다. 레오나르도 다 빈치가 제1밀라노시대

때, 1495년에서 1497년에 걸쳐 그린 최후의 만찬 그림 … 참 어처구니없는 문제였지. 다시 생각을 하여도 기가 찬다. 〈문제〉1번

제1밀라노시대 2번 제2밀라노시대 이런 식으로 5번까지 채워 나갔다. 하하 쌤은 분명

"이 그림, 즉 최후의 만찬 중 자신을 배신하는 범인을 찾는 그림이라며 이 문제는 꼭 시험문제에 나온다고 별을 팍팍 주시던 미술 쌤 당연히 나도 그 문제 틀렸지. 나올 줄은 알았지만 이렇게 나올지는

"맞아 맞아. 이건 아니죠. 쌤!"

이강현까지도. 그래서 너희들이 이곳에 다 모였구나.

"야… 너도 틀렸지, 강창빈."

당연하듯 물어보는 강현이. 맞아 솔직히 하루 종일 게임만 하는 애가 무슨

"아니 맞았는데? 미술 100점임."

허걱! 미술 쌤 또한 놀랐다. 아니 자세히 말하면 우리들 중 제일 놀랐다. 좀 웃기는 하지만 그렇게 수나는 강창빈의 점수를 듣고 다시 승부욕에 불태웠다.

"너는 몇 점?"

"나?"

여기서 누가 더 있니 이런 질문을 보낼까.

"아마도 올백?"

하하 여기는 무슨 추리동아리에서 청소동아리에서 이제는 천재동아리로 이름을 바꾸어야겠다.

"어버버…."

너무 놀랐나보다. 수나. 강현이도 화가 났는지

"그러면 여기는 왜 왔냐?"

"나? 원래 오는데."

아, 그렇지. 항상 있었으니간.

"너도 틀렸냐?"

남인아 제발 틀려라 제발 틀려라…!!!

"아니. 아까 올백으로 한 것은 어디로 들었냐? 그리고 내가 그 습관을 알려주었으면 좀 고치지? 어떻게 그리 간절하게 틀리기를 원하냐?"

"하 참…."

"누가 들으래? 듣지 마! 네가 안 들으면 되잖아."

물론 지금 그 질문을 한 것은 나이고, 아까 남인아에게 올백이라고 들은 것도 나이다.

"근데 너 어떻게 올백이냐 갑자기 그렇게 잘 될 수가 있냐?"

"아, 내가 시험을 잘 치는데 카드에 옮길 때 안 옮겨. 뭐 이번에도 그렇고."

정말 이해가 안 되네. 왜 안 하지 그리 좋은 머리도 있는데

"공부 잘하면 부모님께서 곤란해지거든."

그게 무슨 뜻이지?

"뭐래? 아무튼 이번에도 너는 카드에다가 표시를 안 했다는 것이니. 뭐 나는 이번에도 전교 2등은 하겠네."

못 말린다.

"저기, 강현아. 궁금해서 그러는데 너도 공부 잘하니?"

그러니

"100등 안에 들지."

그렇게 잘하는 것은 아니지만 나보다 잘했다.

"뒤에서."

음. 내가 더 잘한 것 같다. 아니 비슷하나? 아, 몰라. 나의 점수는 시크릿. 물론 엄마에게는 안 통하지만.

"너희들은 그것도 100점 못 맞냐?"

악마야~악마!!!! 다른 애들에게 불난 집에 기름 파는 남인아를 이를 갈며 물어보는 수나. 하하, 우리 수나 무섭다. 무서워.

"그러면 너는 왜 왔는데."

이를 갈며 말하는 수나. 와~ 이 갈은 소리가 여기까지 들리네. 신기해라.

"우리 축제."

"아하. 너는 나와 같은 조건으로 왔구나."

갑자기 딸꾹질하는 미술 쌤 찔리긴 하나보다. 뭐 덕분에 내가 할 말은 남인아가 대신 해줄 것 같다.

"그게 뭐 우리 축제 때, 뭐 하냐?"

"에이. 설마 우리가 무슨 연극부야 아니면 밴드부야."

"그러게."

"만약에 한다면 저 이 동아리 그만둡니다."

비장한 목소리의 강현. 나도 데리고 가주면 안 되니? 하하 그제야 진술을 내뱉는 선생님.

"교감 선생님이 추리동아리 반이 무엇을 하는 반인지 궁금하데 그래서 선생님의 부탁으로 내가 어쩔 수 없이 승낙했어."

음 그렇게 된 거구나.

"선생님이 교감 선생님에게 자랑하다가 자신도 모르게 내가 한다고 먼저 얘기한 것은 아니고요?"

말씀을 못 하시는 선생님. 그렇게 되면 우리들의 입장이 곤란한데? 못 들은 척 말을 잇는 선생님

"그래서 우리가 이렇게 청소만 하는 모습을 보일 수는 없잖아. 제발 한번만 날 도와주라…"

갑자기 불쌍히 여겨지는 선생님. 하지만 선생님이 왜 갑자기 자랑을 하였는지에 대한 죄는 치러지지는 않았다.

"이번에 상점 2점 추가해 줄게."

어차피 청소를 시킬 줄은 나도 안다. 근데 그렇게 해서라도 우리는 지금 상점이 필요하다. 그래? 오호 뇌물이라. 제 점수는요….

갑자기 선생님이 너무 너무 너무 불쌍히 보여 제가 도와드리겠습니다. 축하드립니다.

"선생님 그래서 이 사건을 빨리 끝나기 위해서 말인데요. 혹시 피리 소리 이야기 들어봤어요?"

"응, 우리가 찾고 있는 아이들이 사라진 후 그 소리가 들린다는 소문은 들어 봤어."

쳇. 나는 이것을 수현이에게 많은 돈을 투자하여 얻은 정보인데, 만나기만 해라. 내가 떡볶이 귀신이 되어 너에게 돌아가마. 그래서 아이들에게 같이 방과 후, 남아 있다가 함께 찾아보자고 제안을 했더니…

"으악! 안 돼. 너희들 위험해 안 돼. 거기에 그것은 그냥 헛소문이면 어떻게 할라고? 절대 안 된다."

"그냥 선생님이 제일 무서워하는 것 같은데. 우리 걱정은 무슨…. 그저 자신의 몸을 보호하는 것이지."

"그거 진짜데…."

"응? 수나가 어떻게 알지?"

"그 소리 제가 직접 들었어요. 시험 전에 교과서 놔두고 와서 한 8시에 다시 가보니 피리소리가 들리더라고요."

수나의 증언으로 우리들은 다시 오후 8시에 만나기로 했다. 그리고 선생님께서 수나에게 원망의 눈빛을 보이는 것은 나는 보았다. 이 두 눈으로.

4. 뜻밖의 선물

지금은 오후 8시이다. 근데 아까만 하여도 맑던 하늘이 점점 어두워지더니 곧 비가 내리기 시작한다. 그것도 많이…. 그럼 들어갈 볼까? 다 모였으니깐,

"그럼 문 열죠?"

"응? 아… 그래 잠시만, 잠깐! 열쇠 누구한테 있어?"

그것을 우리한테 물으시면 어떡하시나? 당연히 선생님이 가지고 있어야지… 그때?

"거기 누구시오?"

뒤쪽에서 한 할아버지의 목소리가 들렸다.

"누구신데 이 늦은 밤에 그러고 있소?"

아! 경비원 할아버지시다. 그래서 경비원 할아버지에게 우리가 여기 온 사정을 주절주절 설명하고 열쇠를 좀 빌리겨고 하니.

"뭐? 밤마다 학교에서 소리가 들린다고? 떽! 이놈들이 할아버지에게 놀리면 안 돼~ 내가 오늘도 온종일 학교를 돌아다녔어. 비가 많이 오는 바람에 다시 학교에 돌아와 한번 쭉 돌아보았지만 아무것도 없었는데…. 하지만 너희들의 뜻이 정 그렇다면 말리지는 않을게. 그래도 꾸무리하니깐 얼른 들어 가야 해."

"네!!!"

다행히 경비할아버지의 도움으로 학교로 들어갈 수 있었다.

"그럼 열심히 해라~~~"

'스으으으 스으으으 탁'

할아버지 나갔나 보다.

"어디 소리 안 들려요?"

"응? 어어 난 안 들리는 것같은데?"

당연하지. 자기 손으로 귀로 막고 있으니 그것이 들린다면 더 이상한 것이다. 그러자 도저히 안 되겠다는 듯, 강현이가

"안 되겠어. 이러면 안 되겠다. 우리 흩어지자!"

다 동의하였으나 한 분만은 안 돼!!! 너희들까지 위험해 질 수 있어요. 그럼 안 되고 말고. 그니깐 우리는 헛소문이라고 판단하고 이제는 나가자…

"하하 학생들이 아닌 어른들이 이러시니… 어쩌지…."

"그래. 그럼 우리 두 팀으로 나누자."

"그냥 안 가는 것은 안 되겠니?"

이런 이런 언제는 축제날 무슨 일을 벌려놓고 이러시면 곤란하죠. 선생님!

"더 이상은 안 돼요. 그럼 나랑 수나랑 선생님은 음악실로 갈게. 그러면 창빈하고 남인아하고 혜정이는 미술실로 어때?"

"뭐. 지금은 누구하고 짝이 되었는지 중요하지 않으니깐 내가 왜 하필 남인아랑 같은 조냐고 안 물을게."

뭐냐? 그 표정은? 내가 아~주 착해서 나랑 조 되는 거 인정한다는 뜻이냐?

"응… 하하 남인아가 내 맘을 다 알았네. 아하하!!홍!"

"흠흠. 너네 출발 안하냐? 저쪽 조 벌써 출발했는데…."

무슨 말 소리가 들린다. 누구지? 미술실로 다가갈수록 그 목소리는 점점 커진다. 누구인지는 잘 모르겠지만 정확한 것은 여자목소리다.

"아 그러니깐…."

우리들의 발소리를 들었는지 잠시 동안 아무 말도 없었다. 그때,

"까아아아악!"

어두워서 잘 보이지는 않았지만 미술실에 들어와서야 그 사람이 누구였는지 알 수 있었다. 교감 선생님. 항상 진한 향수 냄새 때문에 알 수 있었다. 근데 왜 이 늦은 시각에 교감 선생님이 계시는 거지? 혹시 이 일은….

"교감 선생님의 자작극이야?"

창빈이가 먼저 말했다.

"그래. 그런 가능성이 적다고는 할 수 없어."

남인아까지 그럼 이 일은 아무래도….

한편 선생님이 계시는 조.

수나는 무엇이 그리 이상한지 바닥만 보고 걷고 있다.

"이상해. 왜 물이 없지?"

근데 갑자기

"삐리리리리리리리삐~"

동시에

"클라리넷!"

얼른 음악실으로 뛰어갔다. 물론 선생님을 제외하고. 그리고 아이들은 놀란 광경을 봤다. 머리가 긴 여자 앞에만 작은 불빛이 켜져 있고, 그것에서 클라리넷의 소리가 들려왔다. 하지만 더 놀라운 것은 그곳에는 아무것도 없었다. 있는 것은 옆에 피아노 하나. 그리고 그 여자와 거리도 상당히 먼 곳에 있어 연주하는 것은 불가능하다. 거기에

"팔이 없어…."

"끼악악악!"

수나는 무작정 달렸다. 아무 생각 없이 말이다. 헥헥 모두 괜찮아? 선생님, 강현, 수나 다 있네….

"무슨 일이야?"

애들아? 아이들 모두가 다 모였다.

"괜찮아? 아까 비명소리 들리던데…."

"귀신 귀신 귀신!"

수나는 멈추지 않고 계속 주절주절 귀신이라는 단어만 말하고 있다. 왜 그러지?

"그게 아까…"

"차직 차직."

"어 무슨 소리지?"

"다 뛰어!!!"

강현이까지 겁먹은 채 도망만 친다.

"아까 우리가 귀신을 봤어!"

귀…신! 소리가 점점 빨라진다.

"까악아악!"

다행히 모두가 밖으로 나올 수 있었다.

"귀신이라니?"

그게… 우리는 그제야 그 걸음이 왜 귀신소리라는지 알았다. 휴 그래도 다 무사해서 다행이야. 지금 10시

"띠리리리 띠리리리~"

"까악!"

귀신이 아직도…

"아~ 미안 미안. 알람을 했거든."

아… 비매너남 강창빈. 그렇게 귀신소동은 막을 내렸지만 아직까지 그 여운이 남아 무서움이 가시지 않는다.

다음날 우리 모두 멍 때린 채 추리동아리에 앉아 있다. 뭐지 뭐지 진짜 귀신이냐? 그렇게 시간이 흘러 종이 쳤다. 이젠 아무 말도 없이 반으로 가고 있다.

"어… 다음 시간 음악이구나… 음악 아아아아!!!!"

애들이 날 이상하다고 쳐다보고 있다. 힝… 니들이 귀신에게 쫓겨봐라. 조심스레 음악실에 들어갔다. 이게 웬일이냐 귀신은 어디에도 없고 수나가 봤다는 곳에는 그냥 다른 자리와 같다. 그냥 자리에는 빗자루가 눕혀 있을 뿐 하지만 수나가 보았던 게 눕혀진 빗자루라면 작은 빛과 음악실에는 없는 클라리넷소리는 대체 무엇인가. 아~ 몰라.. 그 빗자루가 마법 빗자루냐? 빗자루를 흔들어보고

"날아라 얍!"

외쳐 보았다. 아 역시 내 추측이 맞았어. 난 더 욕만 먹네… 하하 애들아~ 다 들려… 그렇게 멍한 학교생활을 마치고... 미술쌤이 우리를 불렀다.

"너희 조는 뭐 본 것은 없나?"

"아… 저희 그게 교감 선생님을 본 것 같은데…."

"뭐? 교감 선생님?"

선생님과 애들은 동시에 묻기 시작

"왜? 너희들 봤니?"

"뭐라고 하셔?"

"뭐하고 있었어?"

아 참 차근 차근 우리는 침착하게 우리가 아는 것은 향수 밖에 없다고 말씀드렸다.

"아~그래 아 내가 말하고 싶은 것은 아까 너희들이 간 후 발견한 건데 편지 한 통이 있더라고. 추리동아리에게 라고."

"그래서 뭐라고 해요?"

"…너희들 기다렸어…. 의리 지키는 선생님 아니냐?"

"싸나이겠죠. 그리고 걍 무서워서라고 얘기하세요."

수나 신경선이 완전 바짝 세워져 있구나.

"여기…."

강현이가 읽기 시작한다.

추리동아리에게.

잘 들어라. 추리동아리야!

어제 일은 그냥 겁만 준 것이다.

다시 한 번 우리들 눈에 보이면

그때는 겁만 주는 것이 아닐 것이다.

너희들이 조막띠만하여 봐준 것이다.

계속 이러면 너희들이 찾고 있는 아이들이

어떻게 될지는 너희들이 판단해라.

모두의 안전을 위한다면.

저지레하지 말아라.

5. 착한 피리 부는 사나이

이게 무슨 소리야? 조막띠? 저지레? 도대체 무슨 소리야? 아이들은 아직 편지에 이상한 점을 찾지 못했나 보다.

"어떡해⋯ 죽인대. 우리를 설마 오늘 밤에⋯."

"시끄러워요!! 선생님. 제발 귀신이고 뭐고 이상한 소리 하지 마요."

이강현이 소리를 버럭 질렀다.

"세상에 귀신은 무슨 귀신 말도 안 돼. 그리고 귀신이 어떻게 글을 써! 제발 정신 좀 차려 애들아."

"그치만 학교에 있는 귀신은 꽤 똑똑한 귀신일 수도 있잖아⋯."

"아! 진짜 선생님, 제발 그런 말 좀 하지 마요."

그때, 남인아가 어딘가로 뛰어간다. 뭐 지금 아이들은 귀신에 대한 찬성이다. 반대이다 에 정신이 팔려 아무도 관심이 없었지만,

"이거 다 교감 선생님이 꾸미신 일이 아닐까? 그때 본 사람은 교감 선생님 뿐이야."

수나가 조심스럽게 말하자 그제야 토론이 끝이 났다. 그래 우선 교감 선생님을 먼저 만나보아야겠어. 무작정 우린 교감실로 갔다.

"어어어? 너희들 웬일이니?"

누가 들어도 알 수 있는 떨리는 목소리. 정말 그 귀신소동은 선생님이 꾸민 이야기일까. 그런 가능성도 있어.

"교감 선생님. 어제 어디에 있었어요?"

"어 그러니까 사실은⋯."

교감 선생님의 말씀은 이렇다. 어제 시험이 끝난 후라서 선생님들은 모두 보내시고 다시 한 번 학교를 순찰하였다고 한다. 갑자기 내리는 비에 교감 선생님은 당황하였다고 한다. 그때, 어딘가에 울리는 피리 소리를 놀라 음악실

로 다가가보았고 우리가 본 그 귀신을 보았다고 한다. 그래서 너무 놀란 나머지 아무곳으로 가 보았는데 그곳이 미술실이란다. 그래서 얼른 먼저 간 선생님들께 전화중이었다. 그때 갑자기 발소리가 들리니 귀신인 줄 알고 뒤도 안 돌아보고 뛰었단다. 여기까지는 교감 선생님의 주장. 하지만 여기서 우리는 다시 생각해 보아야 한다. 교감 선생님이 이 일을 만들고 자신의 알리바이를 만들었거나, 아니면 교감 선생님의 말씀이 옳거나, 두 가지 중 하나이다. 하지만 그때 우리가 본 교감 선생님의 시간과 선생님조가 귀신을 본 시간이 거의 동일하다고 볼 수 있다. 교감 선생님이 가시자 마자 우리는 그 향수 덕분에 교감 선생님인 것을 알았을 때, 수나의 비명소리를 들을 수 있었다. 과연 무엇일까? 어? 수나도 없었겠네? 어디로 사라진 거야? 복도에서 수나를 볼 수 있었다.

"뭔가 이상해. 그게 뭐지?"

"뭐 찾았나?"

"혜정아. 우리 혹시 오기 전에도 비가 오지 않았니?"

"응. 우리가 내가 집에 나올 때 비가 내려으니… 아마도?"

뭐야 수나에 이어 이강현까지 이상한 짓을 하고 있다. 교문 앞에서 쓰레기를 뒤지고 있다. 저기는 창빈이가 온 반에 들어가서 다시 그 아이들에 대하여 묻는 것이 아닌가? 이상하네. 왠지 왕따 된 느낌? 아하하하하. 아닐 거야. 내가 왜 왕따야

"야!!!!!!!!!!!!!!!!!!!!!!!!"

아 귀멍어리 터지겠네. 누구야?

"내가 몇 번을 불러!"

수현이구나. 너라서 내가 참는다. 어휴

"왜 축제날 연극 잘 안 되나?"

"아 참. 연극!!!"

"수현아. 축제 얼마 남았어?"

"엉? 모래잖아…. 니가 하는 연극은 둘째날이니깐. 아마도 내일 모래?"

오마이갓! 사건도 끝나지 않았는데 축제라니 그것도 내일 모래… 망했다. 그렇게 왕따에다가 망한 나는 또 엄마에게 성적표로 얻어맞았다.

"어이구. 니 공부지 내 공부냐? 조막디만한 것이 지금이라도 공부해야지! 그래도 성적 올라가서 이번에는 무슨 잔소리는 안 할게 다음부터 똑바로 해라 알겠나?"

조마띠만한 것 그거 협박 편지에서

"엄마! 조막띠한 것이 뭐야? 빨리 급하단 말이야?"

"그거? 조그마한 게 라는 뜻인데 엄마 친구가 사투리를 자주 써서 엄마도 한두 개 배웠지. 들어가서 자라. 내일 안 깨어준다."

쳇… 사투리라 사투리 설마….

다음날.

아무리 생각해 보아도 교감 선생님 밖에 없어…. 그럼 그 귀신 소동의 범인은….

"경비원 할아버지!"

추리동아리 모두 합창을 하고 모두 의아해 한다. 니가 어떻게 그것을 알았냐는 듯이…. 물론 선생님만 이해하지 못한 표정이시다. 어쩌나….

"그 전에 할아버지를 모시는 게 좋겠죠?"

"그럴 필요 없어. 나오시죠? 할아버지."

남인아의 부름에 정말 할아버지가 우리 뒤쪽에서 나오셨다.

"할아버지는 아무래도 우리들에게 불안감이 있었을 거야. 그래서 우리 뒤를 밟고 있었지. 그럼 우리가 찾은 실마리를 하나하나 공개를 해볼까? 수나야. 너 먼저 할래?"

"그럼 뭐… 나 먼저 하지."

내가 그날 할아버지가 이 사건의 열쇠인 줄은 전혀 몰랐지. 하지만 복도에 들어서자 이상했어. 그날 갑자기 내린 비에 당황하던 할아버지는 다시 돌아

오던 길에 우리들을 발견하고 분명히 '내가 오늘도 온종일 학교를 돌아다녔어. 비가 많이 오는 바람에 다시 학교에 돌아와 한번 쭉 돌아보았지만 아무것도 없었는데…' 라고 말했어.

기억나는지 모르겠지만, 나는 그 말에 당연히 복도에 물이 있을 줄 알고 땅만 보고 다녀는데 아무데도 물은 없었어. 할아버지에게 젖어 있던 옷이나 신발에서 떨어질 물이 한 방울이라도 없는 것이 이상하지 않아? 우리에게 거짓말을 한 거지. 아무래도 이제 퇴근 시간이라 슬슬 집에 갈라고 가는데 얼마가지 않아 비가 내리는 거야 그래서 할아버지는 다시 학교로 돌아왔는데 우리들을 보고 놀랐겠지. 그래서 당황한 나머지 할아버지는 우리에게 거짓말을 한 것이고 왜 거짓말을 했는지 곰곰이 생각해 보았는데 아마도 학교에 숨겨놓은 아이들을 들키고 싶지 않아서겠지.

"그럼 이강현! 네가 찾은 것은 뭐야?"

그렇게 자연스럽게 강현에게 묻는 수나. 그래서 계속 땅만 보고 다녔구나. 아무튼. 강현이가 말하려고 하는 순간,

"잠~시만 그렇다면 교감 선생님은?"

선생님은 모르시면 가만히 있지….

"흠, 그럼. 그것도 제가 같이 설명해드리면 되죠? 혜정아. 너희가 갔을 때, 소리 지르고 교감 선생님이 도망갔다고 했지? 그리고 향수냄새가 났다고 했고."

나는 강현이를 향해 고개를 끄덕였다.

"선생님. 이건 어딜 보나 교감 선생님을 범인으로 몰 수 없어요. 만약 교감 선생님이 범인이었다면 도망보다는 더 현명한 선택을 할 것이고 향수같이 냄새를 남긴다는 것은 멍청하지 않고는 불가능해요. 그리고 내가 찾은 실마리는 내가 교문 앞 쓰레기통에서 찾은 비닐봉지와 실이야."

웬 비닐봉지와 실?

"실은 우리에게 할아버지가 문을 열어줄 때, 혹시나 해서 만든 책과 실을

이용하여 문을 닫았지. '스으으으 스으으으 탁' 소리 기억나? 할아버지 죄송하지만 문을 열어 주시겠습니까."

할아버지는 아무 답 없이 문을 열었다.

"그럼 다시 닫아 주시겠습니까,"

할아버지 똥개 훈련 시키나? 그렇게 안 보았는데 라고 따사운 눈길을 주고 있는데, '스으으으 탁' 어?

"그럼 제가 준비한 이 책을 문에 끼우고 실을 연결한 후, 문을 다시 닫아 보겠습니다. 먼저 책을 빼고 나서."

스으으으

"문이 닫기고 있습니다."

어? '스으으으 탁' 두 번이나 소리가 난다. 첫 번째는 책을 빼는 소리 두 번째는 문이 닫기는 소리. 아, 그렇구나!

"여러분이 본 듯, 할아버지는 책을 뺀 사이에 다시 학교로 들어왔던 거죠."

"근데 왜 그냥 다시 문을 열고 들어오지 않고 꼭 그렇게 문을 닫아야 했나? 다시 문을 열고 들어올 수 있잖아."

"그건 아무래도 우리들이 먼저 들어와 숨긴 아이들이 발견될까 두려워서겠지. 물론 할아버지는 어디에 숨긴 줄 아니깐 우리보다 더 빨리 그 아이들을 찾을 수 있을 거야. 그치만, 그 시각은 비가 내리던 때 어두컴컴해서 밖에서 안을 잘 볼 수 없을 거야. 그 아이들이 입구에 있는데 그것을 미처 확인하지 못하고 들어오면, 아이들이 당연스럽게 자신을 오해할 수 있으니깐, 같이 들어온 거지."

"하지만, 우리는 왜 할아버지를 발견하지 못했어?"

"그것도 안이 어두컴컴해서 잘 보이지 않았잖아. 우리는 당연히 우리밖에 없다고 생각하고 들어온 거지."

아, 그렇구나. 우리들은 할아버지가 우리 옆에 있는 줄도 모르고….

"또 쓰레기에서 발견된 비닐봉지."

비닐봉지 안에는 별것 없었다. 축축한 진흙이 좀 들어 있긴 해도.

"나도 처음에는 이것이 뭔지 몰랐는데 우리가 귀신에게 쫓기던 그때 무슨 소리가 났는지 기억나? 뛰는 소리인데도 사람이 뛰는 소리는 아닌. 그것은 아마도 경비원 할아버지가 뛰는 소리일 거야. 이 비닐봉지를 신발에 쓰고, 뛰면."

강현이는 직접 그 비닐봉지를 자신의 신발에 끼우면 제자리 뛰었다. 어? '차직 차직' 그때 그 소리다!

"그럼, 알겠지? 할아버지는 자신이 납치한 아이들을 발견하지 못하도록 우리를 놀라게 한 거지. 그렇다면 수나의 말대로 복도 어디서나 물은 발견하지 못하였을 거야. 혜정아, 네가 찾은 건 뭐야?"

어? 내 차렌가?

"음… 그렇니깐 우리가 어제 받은 그 편지 다시 볼 수 있을까요?"

선생님께서 나에게 그 편지를 주었다.

"여길 봐 조막띠, 저지레 이 뜻이 뭔지 알겠어?"

아이들 모두 무슨 소리라는 뜻이다.

"어제 찾아보니, 조막띠는 조금한 것이 저지레는 말썽을 피우는 것에 대한 말이고 이것은 모두 사투리지. 그리고 우리가 할아버지를 만나고 하신 말씀 기억나? 그래도 꾸무리하니깐 얼른 들어 가야 해 라는 말 이것 또한 사투리야. 날씨가 어둑수룩하다는 뜻이지. 이것을 통해 난 할아버지가 이 편지를 쓸 가능성이 높다는 것을 알았지. 그럼 창빈, 넌 무엇을 찾았냐?"

그러니…

"나보다는 인아 먼저 하는 것이 좋을 것 같은데? 인아, 너부터 해."

"뭐야 패스?"

"그때 수나하고 이강현이 본 그 귀신과 그 피리 소리 아닌 클라리넷소리 주인을 찾았어."

오~ 특종 잡았네~ 아 우리가 신문 기사는 아니지. 아무튼 궁금한데?

"너희들 음악실 가봤는지는 모르겠지만 그곳에는 그냥 빗자루가 거꾸로 되어 있을 거야. 그리고 너희들은 귀신이 아닌 그 빗자루를 본 거구."

"그럼, 그 빛과 클라리넷인가 피리 소리는? 내가 똑똑히 봤거든."

"그래 맞아. 그리고 그 문제점은 이 핸드폰에 있어."

"응? 핸드폰? 웬 핸드폰?"

"이 핸드폰을 보면 우리 갔던 시각에 알람이 되어 있어. 그리고 이 핸드폰은 그 빗자루 밑에 떨어져 있었고."

아, 그럼. 그 소리는 알람 소리였구나. 그 아이가 핸드폰주인이라면 그 아이는 클라리넷을 좋아했고 그 소리는 녹음하여 알람 소리로 맞추었구나.

"그럼, 그 빛은?"

갑자기 역할이 바뀌는 것 같은 이 느낌은 뭐지? 선생님이 물어보시네….

하하. 뭐 그럴 수도 있지.

"선생님, 알람이 울릴 때, 빛도 같이 나오는 걸 모르시나 봐요."

하하. 사실은 나도 몰랐다. 왜!!!

"그러니깐 결과로는 이 할아버지가 납치범이지."

자신있게 남인아가 할아버지를 가리키면서 소리 지른다.

"웃기고 있네!"

뭐야? 할아버지도 아닌 창빈이가… 뭐 잘못 말한 것이라도 있나?

"납치범이라고. 하… 도저히 웃겨서 말을 못하겠네. 너희들 혹시 이 할아버지가 범인이라는 것이야? 이 할아버지는 오려히 그 아이들을 도와준 분이신데?"

이건 또 무슨 소리인가? 할아버지가 범인이 아니라는 뜻? 당황하는 듯 남인아가 말까지 더듬으며

"하지만 지금까지 우리가 추측한 게 아니라는 말이야?"

"아니. 너희들의 추리는 맞아. 그치만 할아버지는 그 아이들을 숨긴 것이 아니라 오히려 도와준 거라고. 애들아 우리가 그 아이들에 대해 조사할 때 공

통점을 못 찾았어?"

"공통점이라면?"

"아, 그렇구나. 역시 내 말대로 학업스트레스…."

"아니."

내 말을 딱 자르네. 하하, 기분 나빠!!

"우리들이 그 아이들 대해 알아볼 때 무슨 특별한 점 있었어? 그건 아니지. 그럼 그 아이들 모두…."

"특별한 점이 없었다."

"아니에요. 선생님, 그 공통점이 만약 선생님 의견대로 특별한 점이 없다고 사라졌다는 것은 말도 안 돼요. 그렇다면, 왕따겠죠. 어제 다시 물어보니 알았어요. 반 아이들 대부분은 그 아이들에 대해 자세히 아는 것이 없었어요."

"그럼 왕따는 아닌데. 아이들에게 괴롭힘을 당했던 것도 아니고…."

수나는 창빈이 의견에 토를 달았다.

"너희들은 무관심 또한 하나의 왕따인 것을 모르냐? 아무래도 그 공통점 때문에 아이들이 하나 둘 사라진 것 같은데… 아닌가요, 경비원 할아버지?"

"맞다. 나도 처음에는 아이들이 사라지는 줄 몰랐단다. 근데 경비 중 한 아이를 보았지. 그 아이는 아이들에게 다가가는 것이 너무 힘들었는데, 그것이 매일매일 지나다 보니 스트레스가 점점 커져나 봐, 그래서 가출을 생각했대. 근데 그 후, 아이들 수가 점점 늘어났어. 나도 감당하기 어려울 정도로. 그래서 오늘은 정말 선생님들에게 말씀하려고 했는데, 미안하다 얘들아."

그렇게 이 사건의 막은 내렸다. 그 아이들은 다시 부모 곁으로 와 사정을 말씀드렸다고 하고 이 사건을 알게 된 선생님들도 아이들의 왕따에 대해 대비하자며 교감 선생님의 허락을 받고, 7교시 동안에는 직접 경찰이 와서 왕따에 대해 설명해 주었다. 그치만 아직 우리는 끝을 내리지 못하였다. 누구누구 덕분에….

6. 추리동아리에게 해피엔딩이란

"그럼 사건도 마무리가 되었는데. 슬슬 집으로 돌아갈까?"

아직 상황판단이 서지 않는 것 같다.

"선생님이 벌린 일은 아직 해결이 안 된 것 같은데요?"

하하. 남인아, 웬일로 나랑 같은 생각이냐? 선생님은 그제야 생각이 났는지 한동안 말씀이 없다.

"선생님, 축제는 내일이라고 하네요."

더 커지는 선생님의 눈. 하하, 수나 화났다.

"선생님이 이 일을 꾸몄으니 내일까지 대본 만들어 오세요!"

선생님은 우는 시늉을 하시다가 고개를 끄덕인다.

"내가, 내가 잘못했어. 애들아…."

그래도 우리는 선생님께 조금의 배려도 주지 않았다. 그때,

"선생님."

뒤를 돌아보니 그 사라진 아이들과 경비원 할아버지시다.

"축제 때, 연극을 한다고 들었는데… 괜찮다면 저희가 도와드려도 될까요? 그날 감사의 의미입니다."

"네!"

선생님 그때는 최소한 한번의 '아니요 괜찮습니다.' 라고 하고, 두 번째의 물음에 '괜찮은데, 정 그렇다면 신세를 지겠습니다.' 라고 운을 띄운다고 합니다. 얼마나 구원의 손길이 필요했으면… 그렇게 시간이 흘려 드디어 축제 날이 왔다. 선생님의 눈에는 '나 어젯밤을 새우며 적은 거야' 라고 말해 주고 있다. 하하. 하루 만에 그것을 다 어떻게 적었대. 선생님은 우리에게 대본을 각각 주었다. 우와 의외로 잘 썼다. 마음에 든다. 아이들 모두 나와 같은 생각인지 모두 미소를 머금고 있다.

"선생님, 미술 선생님 하지 말고 그냥 국어 선생님 해요."

라는 수나의 칭찬으로부터.

"어제 고생 좀 했겠어요?"

라는 장난스러운 칭찬의 강현까지 아이들은 선생님에게 칭찬을 하며 파도타기를 하고 있다. 그런데 우리는 이런 시간이 없다. 빨리 빨리 연습을 해야 한다. 연습! 다행스럽게 우리의 경험을 바탕으로 적은 거라 대본이 술술 외워나간다. 이렇게 해가 저물 때까지 우리는 축제를 즐기지도 못하고 오로지 연습만 했다. 어찌 보면 우리는 아무도 투정도 부리지 않고 연습만 한 것 같다. 집에 오는 길 수현이랑 같이 집에 가는 길이다.

"야~ 추리동아리가 한 일 했네~"

그럼 그럼 우리가 얼마나 이 일에 노력했는데.

"아, 그리고 추리동아리 이제 인원 많아지겠네?"

그러나 그럼 좋은 거지 사람이 많을수록? 나는 집에서도 연습만 했다. 휴… 내일이 드디어 우리의 축제이다. 아자아자 파이팅! 라고 외치며 잤다.

"혜정아, 양치질하고 자라!"

아, 오늘은 그냥 자고 싶은데 어쩔 수 없지 양치질하러 화장실에 들어가니 동생이 물장난을 하고 있다.

"어이구! 우리 막내 놀고 있었어요?"

오늘은 내가 기분이 좋아서 동생에게 잘해주려고 했는데 샤워기로 장난치던 동생은 나를 바라보다가 하하.

"야!!!!!!"

엄마가 놀랐는지 화장실로 들어왔다. 엄마는 상황 판단 하신다고 몇 분 동안 동생과 나를 번갈아 보다가 그제야,

"픕!!"

하하 딸이 옷이 다 젖었는데 아니 머리도 다~ 그냥 웃고 있다니….

"아, 미안 미안. 혜정아 그냥…."

엄마는 말을 잇지 못하고 웃음이 터졌다. 옆에 동생도 엄마를 따라 웃는다. 이걸 어떻게 해야 하나? 나도 웃어 아니면 계속 화를 내. 하지만 웃음을 택했다.

"아하하하하하."

그러자 엄마와 동생의 웃음소리가 멈추었다. 나는 그것도 모르고 혼자 웃기 시작했다.

"하하하하."

그러자 엄마는 한 마디만 하시고 방으로 들어갔다.

"밖에서 그렇게 웃지 마. 남자 같아."

딸보고 웃지 말라고 하시네. 1분 만에 양치질하고 방으로 와 그냥 잤다.

"웃지 말래…."

충격이다. 내일이 다가왔다. 드디어 오늘이다. 아 긴장돼. 우리들은 다시 한 번 연습을 하고 무대 올라왔다. 10분 동안 우리의 추리가 시작되고 마지막에 모두,

"추리동아리에 오신 걸 환영합니다."

라고 외치며 막을 내렸다. 뜻밖의 반응이다, 모두 앵콜을 외치고 있다. 근데 춤도 아니고 노래도 아닌데… 왠 앵콜? 아무튼 성공적인 무대였다.

"그럼 이번 사건은 해피엔딩으로 막을 내렸네요."

"그렇지."

수나가 내게 답변을 해주었다. 이 사건 이후 우리는 친해지고 교훈을 얻었다.

"우리에게 해피엔딩이란 누구 하나 피해를 보지 않았다는 거야. 그 아이들도 다시 집으로 돌아가 아이들과 친해지려고 노력하고 우리도 덕분에 이렇게 화려한 축제의 막을 내렸으니."

선생님은 우리들의 종이컵에 음료수를 주시면 건배를 하자고 건의하였고 우리는 시키지도 않았지만 모두 외쳤다.

"추리동아리에 오신 걸 환영합니다!!!"

용수, 시를 쓰다

고산중학교 3학년 3반 김용수

안녕하세요.

'용수, 시를 쓰다'의 작가 김용수입니다.

제가 이 시들을 쓰게 된 계기는 이 시를 읽으시는 분들이 제 시에 공감하여 "아, 나도 이때 이런 느낌이었지.", "나도 이런 적이 있었어."라는 등 자신의 느낌과 추억을 조금 되돌릴 수 있는 계기가 되었으면 하는 마음에서 써 보았습니다.

다음 페이지부터 읽으실 저의 약 서른여 편 가량의 시들은 제가 너무나도 솔직하게 쓴 시들입니다. 혹시 기술적인(비유, 대조, 심상) 부분이 부족해도 "역시, 솔직하게 썼구나!" 하면서 읽어 주시길 바랍니다.

마음

기댈 곳이 필요하다

아파도 아프다 할 수 없고,
들어주고, 걱정해 주고, 도와줄 이가 없어요

슬퍼도, 슬프다 할 수 없고
마음 놓고 털어 놓을 사람이 없고
울고 있을 때, 다독여 줄 사람이 없어요

내가 외톨이어서가 아니에요
내가 아프고, 힘들고, 슬픔을 보이면
모두가 힘들어 하니까요

하지만요
너무 슬퍼요, 너무 아파요,
너무 속상합니다

그런데도
믿고 털어 놓을 사람이 없고
언제나 편히 기댈 수 있는 사람이 없어요.

▶시에 대하여
어떤 그룹에서 리더라는 자리에 올라보면 힘든 일이 적지 않습니다.
그래도 힘들다고 맘 편하게 말하기 힘들다는 것을 표현한 시입니다.

나는 누구인가

나는 누구일까
영화, 드라마의 유행어만을 사용하고
유명 상표만 입고 연예인이 입는 옷만 입고
'개성'이라는 진실이 빠진 '자기과시'라는
거품이 가득한 내 모습, 진짜 나는 누굴일까

자신의 성격을 숨기려고만 하고,
자신의 의견을 당당히 얘기하지 못하고,
나 자신을 표현하지 못하고,
남에게 이끌려가는 '존재감' 없는
'배려'라는 자기 합리화 속에 살고 있다

남에게 잘 보이기 위해 '나'를 숨기고
'아부'라는 가면을 쓰고
'진실'을 숨기고 '선의의 거짓'을
말하는 있는 우리

이젠 '나는 누구일까'를 생각할 때

▶시에 대하여
사람들은 다 저마다의 개성이라는 것이 있습니다. 이는 다른 사람을 모방하면,
이상해지고 자신의 개성을 표현해야만 가장 자연스럽습니다.
꼭 다른 사람의 성격을 따라하려고 할 때 할 수 없는 것처럼,
자기만의 개성을 꼭 찾을 수 있었으면 합니다.

내 마음

잠을 자려는데 마음이 너무 답답해
일어나 창문을 열었다
내 마음처럼 하늘은 흐리고
안개는 자욱하고 조용하다

내 마음이 엉켜진 실타래 같다
끈을 잡고 늘이면 얼마 안가 묶이고
묶인 걸 풀면 또 얼마 안가 엉킨다
끝없는 생각의 연속이다

내 마음이 구름 꽉 끼인 밤하늘 같다
답답해 보이는 많은 구름들,
그 사이 한 개의 별을 찾으려 애쓴다

내 가슴이 답답하다.

▶시에 대하여
가끔 생각이 머리에 가득 차서 아무일도 손에 잡히지 않을 때가 있습니다.
평소에는 아무렇지 않게 넘기던 일들도 깊게 생각하고, 답답할 때,
그 상황을 표현해 보았습니다.

벽

큰 벽이 있다
이 벽은 튼튼했다

사람들이 이 벽을 보고
낙서를 하고, 부수고 흠집을 낸다

가끔, 부서진 곳을 메꾸고
낙서를 지워주는 사람이 있다

하지만 어루만지고, 달래주는 사람보다
낙서하고, 망가뜨리는 사람이 많아
이 벽은 무너진다

항상 같은 자리에 서서,
같은 모습으로 사람을 대하고,
사람에게 해를 끼치지 않고,
오히려 도움을 준 이 벽은
왜 아프고 무너져야 했을까.

▶시에 대하여
사람의 마음을 벽에 비유해 보았습니다. 요즘 욕설과 심한 말을 많이 하는 우리.
그로 인해 상처받는 듣는 사람을 조금 생각하자는 의미에서 써 보았습니다.

애매한 날

해가 난 것도 아니고 흐린 것도 아닌,
애매한 아침
무겁지도 가볍지도 않은 내 몸,
내 몸도 애매하다.

걷자니 멀고 자전거 타기에는 가까운
애매한 학교 가는 길
날씨 때문에 인사도 애매하다.
"날씨 좋지?" 하기에는 흐리고
"날씨가 흐리네." 하기에는 해가 조금은 있는
그래서 "날씨가 애매하네." 해버렸다.

점심시간, 급식도 오늘 따라 왜 이런지 모르겠다.
맛이 있는 것도 아니고 없는 것도 아닌
애매한 맛, 뭘까.

방과 후, 집으로 오는 길 느닷없이 비가 온다
우산을 쓰자니 많이 오는 것 같지 않고,
안 쓰고 가자니 다 젖을 것 같다

오늘 하루는 애매함 그 자체다.

▶시에 대하여

가끔 하루 종일 하는 일이 이상하게 흘러가는 경우가 있습니다
되는 것도 아니고, 안 되는 것도 아닌, 기분이 좋은지 나쁜지….
그런 애매한 날들을 사실적으로 표현해 보았습니다.

여유가 필요하다

빠르고 편한 것도 좋지만
때론 조금 둘러 가는 건 어떨까?

햇살이 주는 따스함도 감사히 받고,
살랑이는 바람과 즐겁게 인사하고,
흔들리며 나를 반기는 풀을 바라보며
조금은 천천히, 여유를 가지면 어떨까?

날아가는 나비도 따라가 보고,
늘 마시던 공기도 한번 느껴보고,
맑은 하늘도 한번 보고,
그냥 지나쳤던 곳들을 다시 보고

우린 너무 바쁘게만 살아
이 여유를 오히려 사치라 느낀다.

▶시에 대하여
혹시 패스트 푸드가 왜 생겨났는지 아시나요? 사람들이 점차 바쁘게 살아가니까
음식을 빠르게 조리해서 빠르게 먹으려고 생겨났다고 합니다.
이 시는 가끔은 여유를 가지고 시간에 쫓기지 않는 하루를 보내자는 의미를 가지고 있습니다.

외로움

문득 외로움을 느낀다
다른 건 아무것도 없다
모두가 똑같이 인사하고
모두가 나에게 똑같이 대하는데,
알 수 없는 벽이 있는 것 같다

인사해도 진심이 느껴지지 않고
같이 대화하고 있지만 소외된 느낌
표정은 웃고 있지만
마음은 서운함이 가득하다

내가 무엇을 잘못했는지
뭐가 서운한 건지 말해 주세요
이 외로움이 너무 싫어요

그냥 평소처럼 행동하는데,
어디서 무엇이 서운한 건지….

▶시에 대하여
나는 평소처럼 행동하는데 주위사람들의 태도가 하루아침에 바뀌는 경우가 있습니다.
아무리 생각해도 잘못한 게 없을 때 답답하고 속상한 마음을 표현해 보았습니다.

참지 마세요

기분 나쁜 일이 있었다면,
혼자 참지 마세요.
누군가든, 어디에든 풀어 놓으세요

슬퍼서, 너무 화가 나서 울고 싶을 때
애써 태연히 웃으려 하지 말고
속 시원히 울어봐요

이렇게 풀고 나면
서럽고, 슬프고, 화나 있던 것들이
아주 조금은 풀릴지도 모릅니다

그러니, 앞으론 참지 마세요.

▶ 시에 대하여
내 주변인들이 너무 힘들어 하는 모습들을 보고 쓰게 되었습니다.
사람이 자신의 감정을 표현하는 것이 좋은 것은 아니지만,
너무 참는 것 또한 좋지 않습니다.
때로는 "나, 너무 힘들어요.", "나 울고 싶어요."
하고 도움을 청하거나, 속 시원히 푸는 것이 좋다는 의미입니다.

하늘

반복되는 일상을
아주 잠시 내려놓고
하늘을 보세요

따스한 햇살
살랑이는 바람
하늘에 늘어져 있는 새털 구름
높은 하늘

우울해지는 기분을 떨치고
하늘을 보세요

편안하게 살랑이는 풀잎과
두둥실 뭉게구름
근심하나 없어 보이는 하늘을.

허비

하루는 24시간이다
지나가는 시간을 잡을 수 없기에
사람들은 열심히 노력한다
자신이 원하는 어떤 것을 위해

하지만 난 뭘 하고 있는가
불 꺼진 방, 의자에 누워
창밖에 내리는 비를 보며
숨 쉬는 거 외에는 그 어떠한 것도,
어떤 것을 위해서도 노력하지 않는다

돌아보면 의미 없이 지나간 시간이 너무 많아
스스로에게 한심함을 느낀다
남들은 저렇게 열심히 노력하는데,
침대에 쓰러져 똑딱이는 시계소리를 듣고
멍하니, 그냥 멍하니 있다.

▶시에 대하여
그냥 생각없이 아무것도 하기 싫어서, 그냥 하루를 보낸 적이 있습니다.
"날씨 좋다…"면서 누워서 창문 넘어 하늘 보고, 밥 먹고, 멍하니 노래 듣고 그러면서도
마음속으론 "공부해야 하는데…"를 되뇌고 있는 시간을 허비 하는 날을 그려보았습니다.

사랑

나는 사랑하는 중이다
내 마음은 겨울
넌 달라
드라마 같은 일상
먼저
문자
비디오

나는 사랑하는 중이다

지금 내 심정이 어떤지 알아?
네 이름 들으면 설레고
나쁘던 기분이 풀리고
얼굴 보면 기쁘다

기분이 나쁘면
내가 미안해지고
기분이 좋으면
그날은 다 좋다

나 혼자 너무 힘들다
내가 너를 백 번 생각할 때,
너는 나를 한 번이라도
생각해 줬으면 한다

바라만 보는 게 힘들다
내가 말하려 할 때,
먼저 말 건네주었으면 한다

어디서 많이 본 것 같지
뻔한 것 같지만 다 똑같아.

내 마음은 겨울

주변에선 여름이래요,
내 마음은 겨울인데.

옆구리는 시렵고,
외로워서 걸린 감기는
약도 없어요

사계절 내도록
길에서, 주변에서 찔러댄 염장덕에
이제는 찔릴 곳이 없고

똑같이 지루한 일상은
눈 감고 살아도 문제 없음
사랑이라는 감정은 메말라 있지만
주는 사람도 없고

사람은 폐인이 되어
내가 삶을 사는 건지
삶이 나를 사는 건지
누가 인생의 주인인지도 모르고

아… 누가 내 마음에 여름을 주리.

▶ 시에 대하여
노래가사를 흥얼거리다가 생각나 쓴 시입니다.
요즘 주변에서 염장을 하도 지르기에 혼자라는 감정을 조금 더 재치 있게 바꾸었습니다.

넌 달라

똑같은 교복을 입고,
똑같은 교과서로 공부하고,
똑같은 급식을 먹고,
모두가 똑같지만

네가 입은 교복은 예뻐 보이고,
네가 공부하는 교과서는 다르고,
네가 먹는 밥이 더 맛있어 보이고,
넌 달라

똑같은 머리스타일
똑같은 체육활동
똑같은 실험을 하고
모두가 똑같지만

너의 머리는 더 찰랑이고,
네가 하는 체육은 예술이고,
네가 하는 실험이 더 재미있어 보여,
넌 달라.

드라마 같은 일상

사람들은 묻습니다
드라마와 영화를 믿냐고
그런데 가끔 믿을 때가 있습니다

흑백영화 같은 내 일상에
무지개 빛 잉크로 다가와
내 삶을 바꾸어 준 그녀

콧노래가 절로 나오고
날씨는 맑게만 보이고
그녀를 보는 게 일상입니다

함께 있는 시간들은
1분, 1초가 아까워
야속한 시간은 빠르게만 갑니다

사람들은 말 합니다.
거짓말 하지 마라
답은요,
사랑해 보면 압니다.

▶시에 대하여
사람들이 드라마와 영화에 나오는 로맨스와 사랑을 거짓이라 합니다. 하지만, 때론 내 삶이,
내 마음이 드라마와 영화 같을 수 있다는 생각에 이 시를 쓰게 되었습니다.

먼저

먼저 연락해 주길 바라고
먼저 말 건네주길 바라고
먼저 웃어주길 바랍니다

먼저 연락하려니
뭐라 할지를 모르겠고
먼저 말 걸려니
딱히 할 말이 없습니다
먼저 웃어 주기에는
너무 부끄럽습니다

먼저 맘을 보여주길 바라고
서투르고, 어색하고
먼저 다가가기에는
정도를 몰라, 그대 맘 다칠까 두렵고
먼저 표현하기에는
그대가 싫어할까 두렵고 창피합니다.

결국 난 겁쟁이인가 봅니다
내 마음 하나 표현 못하고
그러니 먼저 다가와 주세요.

문자

공부로 힘들고, 지치고 기운 없을 때
감기로 아프고, 나른해 누워 있을 때
기분이 슬프고, 우울하고, 고민 있을 때

너의 문자가 온다면
아프고, 지쳤던 일들이 한결 나을 텐데

네 생각에
문자를 보낼까, 말까?
뭐라 하지, 학원인가?
내용이 이상했나?
하고 있을 때

너의 문자가 온다면
'뭐해?' 라는 문자가 온다면
좋겠다.

비디오

아무렇지 않을 줄 알았는데 멍하다
머릿속 한 가지 생각뿐이다
시작부터 끝까지 되돌려 본다
아주 천천히

잊기에는 추억이 아깝다
아프면서도 이 추억을
되감기 하며 울며, 웃고

이제는 다른 누군가와
찍고 있을 비디오
나는 너와 찍은 이 비디오를
몇 번 본 후에야 버릴 수 있을까

난 오늘도, 이 비디오를
잊으려 애쓰지만,
아직까지 추억을 되감아야만
견딜 수 있을 것 같다.

사회

공부 잘하는 애보다

나는 공부 잘하는 애보다
예의 바른 애가 더 좋아

나는 공부 잘하는 애보다
운동 잘하는 애가 더 좋아

나는 공부 잘하는 애보다
음악 잘하는 애가 더 좋아

모두가 다 똑같을 순 없잖아
모두가 공부를 잘하고
모두가 운동을 잘하고
모두가 음악을 잘한다면
이 세상은 이상해질 거야

그래, 공부도 잘하고, 운동도 잘하고
다 잘하면 좋지만 아니잖아
이젠 다름을 인정하고
잘 하는 면을 볼 수 있었으면.

괜찮아 그럴 일 없어

뭐든 잘하고, 좋은 게 최고인 것 같지만
못하고, 모르고, 안 좋은 게 편할 때도 많다.

"어떤 걸 잘하는 사람은 자만하기 쉽대."
"괜찮아, 우린 잘하는 게 없어서 그럴 일 없어."

"공부 잘하는 사람은 피곤하겠다."
괜찮아, 우린 공부 못해서 그럴 일 없어.

"말 많이 하면 빨리 늙는데."
괜찮아, 우린 말 잘 못해서 그럴 일 없어.

"연예인들은 이미지 관리 하니까 힘들겠다."
괜찮아, 유명하지 않아서 그럴 일 없어.

때론 이렇게 조금 모자라고, 부족한 게 좋다.

▶시에 대하여
누구나 최고를 외치지만 때로는 최고가 아니기에 편할 때가 있습니다. 못하니까 하지 않아도 되고, 조금 실수할 수 있고, 신경을 덜 써도 되니까요. 너무 최고만을 바라지 말자는 의미입니다.

나는 이런 사람이고 싶다

기쁠 때 기쁨을 나눌 수 있는 사람
슬퍼할 때 진심으로 함께 슬퍼할 수 있는 사람
자신만을 생각하지 않는 사람
나는 이런 인간적인 사람이고 싶다

나보다는 남을 더 생각하고
남이 언제나 기댈 수 있고
편안하게 대할 수 있는
나는 이런 따뜻한 사람이고 싶다

다가서기 불편하지 않고
고민으로 털어 놓을 수 있는
함께 있고 싶은
나는 이런 편안한 사람이고 싶다

나는 사람을,
사랑할 줄 알고, 아낄 줄 알고
함께할 줄 알고, 생각할 줄 아는
'인간'이고 싶다

▶시에 대하여
이 시는 그냥 자신의 희망사항을 얘기한 듯 보이지만, 세상의 매정함, 냉혹함을 보여줍니다.
내가 하는 일이 바빠 남에게 귀 기울여 주고, 생각해 줄 겨를이 없는 우리. 친구 또는 주변인을 나
의 경쟁자라고 생각하여 차갑게 대하고, 까칠하게 대하고, 들어주지 않는지 돌아보았으면 하는
의미입니다. 이제는 감정이 메마른 '로봇'이 아닌 이야기에 귀 기울여주고 서로 함께하는 '사
람'이 되는 건 어떨까요.

내가 1등인 이유

사람들은 1등만, 최고만 기억하지만,
혼자서 하는 1등은 없습니다.

내가 1등인 이유는 내가 최고인 이유는
누구보다 잘나서가 아니고
누구보다 특별해서가 아닙니다

누군가는 나보다 늦게 들어오고
누군가는 나보다 성적이 낮아서
누군가는 나보다 늦게 발견해서
그 사람들이 있기에 내가
1등이고 최고일 수 있습니다

만약, 내가 2등보다 늦게 들어왔다면?
만약, 내가 2등보다 성적이 낮다면?

나는 주목받지 못하고,
그저 2등 그뿐일 겁니다.

다름

사람은 모두 다릅니다
성격이 착한 사람, 나쁜 사람, 겁 많은 사람
행동이 조신한 사람, 확실한 사람, 꼼꼼한 사람이 있습니다

다릅니다
완벽히 같은 사람은 없습니다
그렇기에 우리는
사람의 다름을 인정하고, 차이를 인정하며
사람의 특성에 맞는 말과 행동을
해주어야 합니다

다름의 차이를 인정할 때
비로소 그 사람의 진짜가
보일 수 있습니다

마라톤

모두가 목표를 향해 간다
저마다의 속도로

누군가는 빨라서 앞서가지만
누군가는 느려서 뒤처져 있다
그래도 상관없다
우리는 완주를 목표로 하니까

욕심내려 하면
지치고, 쉽게 주저앉아 버린다
자신의 감정을 조절하여
때론 극복하고
때론 감정에 충실해 가며
최선을 다해 완주하면
그걸로 된 것이다

스마트폰

지하철을 타면
사람들은 모두 다 작은 화면을 본다
꼭 그 화면을 보지 않는 사람들은
이상한 사람이 된 기분이다

버스를 타면
모두 다 이어폰을 꽂고 있다
꼭 다른 사람과의 대화는
잘못된 일인 것처럼

작은 화면 대신
주위를 한번만 둘러보세요
자리가 필요한 사람이 있을지 모릅니다

이어폰을 빼고 들어보세요
친구가 말 못하고 있는 고민과 걱정이
있을지도 모릅니다.

이 길을 택한 이유

우리가 남들은 하지 않은 일을 하려 할 때
어른들과 주변 사람들은 말합니다.
"그 일은 먹고 살기 힘들어."
"남들이 하는 것처럼 해."
"모험은 하지 않는 게 좋다."라구요

남들이 하지 않기에 내가 하려는 것이고
누군가는 해야 하는 일이기에
그게 좋은 나여서
내가 좋아서 하는 일입니다

물론 내 행복보다 미래와 생활도 중요하지만
내가 행복해야 그게 비로소 내 생활이고
내가 꿈꾸고 하려는 일이 내 미래일 겁니다

비록 생활이 조금 궁하고 힘들지라도
내가 좋아서 택한 길이고
내가 꿈꿔 오던 길이기 때문입니다

이것이 내가 이 길을 택한 이유입니다.

자기평가

남이 나를 보는 것도 중요하지만
나 자신이 나를 보는 것도 중요하다.
내가 나를 '괜찮다' 하면
남이 뭐라 해도 "그냥 트집일 거야."
할 수 있는 힘이 생긴다

내가 나를 '이상해' 하면,
남이 좋다 해도 "아니야 나는 이상해."
할 것이다.

내가 나를 "난 공부를 잘 할 수 있어 한다면"
실수해도 "괜찮아 그럴 수도 있지" 하고

내가 나를 "난 공부를 못해" 한다면
실수했을 때 "역시… 내가 그렇지 뭐."
하게 될 것이다.

결국 마음먹기에 달려 있다.

자연

푸른 모자를 쓰던 산이
대머리가 되었습니다
맑은 물에 살던 물고기 대신
쓰레기가 살고 있습니다

깨끗한 공기가
시커먼 악마가 되었습니다
아름다운 꽃 대신,
높은 빌딩이 피어나고 있습니다

계속 자연을 훼손하면,

아이들은 풍경화에
빌딩숲과 자동차를 그려야 합니다
아이들이 자연을 잊어버리고,
바둑판 같은 도시에 갇혀 있어야 합니다

우리는 후손들에게
빌딩숲만을 남겨줄 것이 아니고,
공장폐수를 남겨줄 것이 아닙니다
우리는 자연을 남겨주어야 합니다

심해져 가는 한경파괴를 주제로 하였습니다.

우리가 아닌 우리 후손들도 이 세상을 살아 갈 텐데,

아끼고 보존하여, 물려주어야 한다는 의미를 가지고 있습니다.

학교 가는 길

늘 걸어오던 학교 가는 길을
잠시 둘러보세요

학교 오는 길에는
날 시원하게 해주는 나무 그늘이 있고,
날 기분 좋게 하는 활짝 핀 꽃이 있고,
날 반겨주는 바람이 있고,
날 걱정해 주는 해가 있고

학교 오는 길에는
출근 하는 사람도 있고,
등교 하는 내 친구도 있고,
산책 가는 사람도 있고,
가게 여는 사람도 있고.

학생들이 없는 학교

학생들이 없는 운동장이 더 휑하게 보인다
학생들이 없는 교실이 크게만 보인다
학생들이 없는 체육관이 무섭게만 보인다

학생들이 없는 학교는
생기를 잃고, 메말라가며
어두워지고, 늙어간다
학생들은 학교를 밝히는 불이다

학생들이 없는 교문이 멀게만 느껴지고
학생들이 없는 복도는 끝이 없어 보이고
학생들이 없는 벤치는 낙엽만 쌓여 간다
학교에는 학생이 필요하다.

　처음에는 나의 생각을 표현할 수 있는 좋은 기회다 싶어 시작했었다. 글을 쓸까, 시를 쓸까, 만화를 그릴까 고민하다가, 만화는 그림을 못 그려서 취소. 글은 너무 어렵고, 내 생각 표현이 자유롭지 못할 것 같아서, 시를 쓰기로 했다. 내가 참고할 수 있는 시집을 골라 읽어 본 후, 시를 한 편, 한 편 쓰기 시작했다. 소재를 찾는 방법은 주변의 모든 걸 이용했다. 구름을 보고도 시를 썼고, 교과서를 읽다가도, 내용이 생각나 쓴 시도 있다. 가장 많은 도움은 역시 내 마음이었다.

　한 가지 비하인드 스토리도 있다. 지금 이 책에 있는 시는 약 서른 편이지만, 원래 계획은 약 백여 편 가까이 되는 상당한 양이었다. 주제도 세 개가 아닌 네 개였고, 한 주제 당 스물다섯 편의 시가 실릴 계획이었으나, 제출 기한과 편집해야 할 양이 너무 많아져, 지금과 같은 시가 나오게 되었다.

　마지막으로 시를 쓰고 편집하는 동안 꾸준히 읽어 준 우리 책쓰기 부원들과 도서 부원들, 내 친구, 선생님께 감사의 말씀을 드린다.

소 녀 의 꿈

고산중학교 3학년 11반 권용희

1. 나 (동현의 삼촌)

본명 김정현. 여러 가지 발명품들과 그 발명품들이 많이 널려 있는 방, 죄다 특허 신청을 하나 그것 마저 다 떨어지는 인물이다. 그러나 좌절하지 않고 열심히 하려는 자세가 있다. 그리고 발명품을 만들어 달라는 요청과 칭찬까지 해주면 너무너무 좋아한다. 직업은 과학자와 발명가. 그리고 마지막으로 평화 타임 웜홀 기계 본부장으로도 있다. 동현이가 찾아오면 뭐든지 펴주는 착한 삼촌. 그리고 생각이 깊고 어떻게 하면 말을 들을지 생각한다. 그리고 역사 선생님을 마음속으로 좋아하고 고백할 생각을 하지만 실행에 못 옮기는 내성적인 스타일. 그리고 1급 비밀을 말한 장본인으로 소장님의 별명을 왕 잔소리쟁이라고 부른다. 줄여서 '왕잔쟁'이라고 부르기도 한다. 학교에서 강연을 열심히 한다.

2. 김동현

나이 15세. 학교에서 많은 질문을 해 모든 선생님께서 그 질문을 받아 줄 수 없어 매일 선생님께 '방과 후에 찾아오라' 말을 듣는 학생이다. 과학이나 역사에 관심을 매우 많이 가지고 있다. 그리고 도서관에 가서 책을 많이 읽어 다독상도 여러 번 탄 적이 있고 공부도 어느 정도 한다. 그리고 나의 조카이다. 매일 나의 실험실에 와서 여러 가지 물건을 많이 만지고 사고도 한번이 아닌 여러 번을 냈으며, 호기심이 많고 공부에 대한 열정이 가득 차 있다. 그리고 애교도 많고 인기도 많고 정의심도 강한 남학생, 명랑하고 사람을 좋아한다. 그리고 애교도 많은 남학생. 그리고 다른 나라 말에도 관심을 가지고 있다.

3. 하주현 선생님 (동현이 역사 선생님)

동현이 역사 쌤이자 동현이 삼촌의 이상형. 그리고 마음이 따뜻한 순정파. 동현이는 삼촌과 하주현 선생님의 관계를 잘 모르고 못마땅하게 생각한다. 영어 류쌤과 친하고 나중에 동현이 삼촌이 자신을 사랑한다는 마음을 느낀 선생님. 그리고 동현이의 삼촌 발명품에 놀라기도 한다. 예쁘다고 학교에서 소문이 자자하다.

4. 최옥희 (1937년 일제 강점기에 산 아이)

나이는 15세이고 엄마 대신 동생들을 돌보게 된다. 엄마와 아버지는 만주에 가서 일을 하신다고 한 이후 만난 적이 없다.
동현이가 타임 웜홀에 나오자마자 좋은 감정을 느꼈고, 위안부 트럭에 끌려 위안소로 끌려가는 여자 아이. 흰 저고리 옷과 치마를 입고 위안소로 끌려가 막 울 때 동현이가 달래 준다. 동현에게 위안소(정신대)에서 있었던 모든 일을 말하기도 한다. 그리고 이일을 다 숨겨야 한다는 일본 순사의 협박 때문에 많이 긴장을 하기도 한다. 그리고 왜 내가 이 성폭행범인 일본 천황에게 절을 해야 하는지, 일본 신사에 억지로 절을 왜 해야 하는지 문제 의식이 바른 여자아이이다.

5. 연구원들 (평화 과학 기술원)

동현이의 삼촌 기술원에 일하는 착하고 멋진 장정들. 다 군대를 갔다 왔고 그중 동현이가 좋아하는 정소현 연구원이 있는 곳이다. 그리고 내가 생각하기에 너무 게으르고 얼이 빠진 군인처럼 행동한다고 생각해서 화를 많이 내고, 신경을 많이 쓰이게 한다고 잔소리를 한다. 그리고 정신을 똑바로 차리라는 소장님 때문에 허리와 온 몸이 쑤신다. 소장님이 없을 때에는 뒷담화를 하기도 한다. 그렇지만 일에 열중하고 성실하다고 말하는 자도 있다.

6. 김선애 선생님 (사서 선생님)

동현이가 시간여행을 갔다 온 후 소감과 추천을 많이 해 준다. 학생들에게 아주 재치만점이며 마음이 따뜻한 선생님, 동현이가 오면 좋은 노래를 틀어 놓으시는 감성이 좋은 선생님이다. 그리고 하주현 선생님과 인기투표를 할 정도로 유명한 선생님이다.
그리고 학교도서관운영과 독서교육을 열심히 하려고 하는 의지가 극에 달한다. 제일 싫어하는 것은 도서관에서 잡담하기, 책 마음대로 집어던지기이다.

7. 현지민 누나 (3학년)

중학교 3학년이고 고등학교를 가기 위해서 공부를 열심하고 도서관에서 있었던 이야기를 많이 해준다. 그리고 누군가가 떠들면 조용하라고 많이 말한다. 그렇지만 마음만은 언제나 넓고 칭찬을 많이 하는 착한 누나이다. 그리고 동현이가 하는 프로그램에서 많이 만나서 잘 알고 지내는 누나. 그리고 책을 많이 읽고 쓴 책들이 많아 방송국에서 속속히 누나를 방송국 작가로 데리고 가려고 한다. 그래서 너무 바빠 진심으로 힘들고, 바쁜 일생을 살아가고 있었다.

8. 이상은 (친구 이규철의 동생)

친구 이규철의 여동생 말을 잘 안 듣는다는 말이 있다. 그리고 그녀에게도 동생이 있다고 한다. 사춘기 시절을 보내고 있으며 도서부로서 일한다. 그리고 이번 년도에 중학교에 입학을 하게 된다.

9. 일본 순사 (최옥희를 괴롭힌 장본인)

1910년부터 '헌병대' 라고 하고, 막 괴롭히는 장본인이다. 이 안에는 순사 외에도 장교들이 있다. 그리고 우리나라를 잡아 삼키며 우리나라 백성을 힘들게 한다.

10. 일본군 장교

동현이에게도 나쁜 짓을 많이 한다. 통솔력이 강한 듯 하지만 자신이 한 일은 책임을 지지만 나머지 일본순사와 일본군이 한 일은 책임을 지지 않으려고 한다.

11. 정동환 박사

해외에서도 강연으로 유명한 박사이다. 그리고 나를 화나게 하는 장본인. 그러나 이번에도 정동환 박사가 우리 평화 연구원에 오게 된다. 그리고 에드워드 정이라고도 불린다. 하지만 많은 사람들이 호응을 하지만 나와 내 주위에 있는 사람들은 다 멋진 척하는 사람으로 오해할 뿐이다.

chapter1
삼촌의 긴급 학교 방문?! 그리고 역사 이야기

학교 기말고사가 10월 말에 있는 역사시간에 위안부에 대해 제일 질문이 많은 한 명의 학생이 있었다. 그 애는 말이 또박또박 했고, 선생님에게 호응을 받는 학생이었다. 그 애의 이름은 동현이었다. 나이는 15세이고, 경북지역의 어느 학교에서 전학을 왔는데 그 전에 다녔던 학교는 일진들이 많이 있는 학교였다.

동현이의 특징은 선생님에게 쉴 틈 없이 물어보는 것이며 그런 동현이에게 역사를 가르치시는 하주현 선생님께서는 방과 후에 다시 오면 설명을 해줄 것이라고 말하셨다.

방과 후가 되어서 동현은 질문하러 교무실에 있는 하주현 선생님에게 갔다. 위안부는 왜 생기게 되었는지, 왜 일본은 그에 대해서 부인하고 있는지 그 외에도 여러 가지 질문을 하였다.
그리고 동현은 쉬는 시간이 되어 도서관으로 와서 사서선생님께 여기 작년 역사시험지 있냐고 애교가 섞인 목소리로 말을 했다.

동현이는 도서관에 가는 것을 좋아한다. 그리고 도서관에 가면 항상 듣는 노래가 들리기도 했다. 도서관 사서 선생님께 동현은 작년도 시험지를 꺼내 달라고 했다.
"기말고사 준비하려고?"
"네. 기말고사 준비해서 성적을 올리려고요."
동현은 고개를 끄떡이며 대답했다.

기말 시험이 끝난 어느 날 역사 선생님께서는 타임 웜홀을 탄다는 소문에 대해서 궁금해 하는 사람들에게 말하고 묻는 식으로 다른 반 선생님과 학생들에게 들려주어야만 했다. 각종 뉴스에서는 타임 웜홀이 만들어졌다는 소식을 전해졌다. 어떤 뉴스에서는 교육용으로 쓰일 예정이라고 하는 기사가 있었다. 다음날이 되자 타임 웜홀에 대한 무성한 소문이 퍼졌다.

신입 연구원인 조경주는 동현이 학교의 교생선생님이다. 그녀는 한국사에 과하게 관심이 있으며 애국심이 뚜렷한 사람이었다. S대학교 화학과를 전공했으며, 대단한 스펙을 가지고 있어서 내가 스카우트한 사람이기도 하다.

그리고 나는 가끔 그녀에게,

"동현이가 말을 잘 듣니?"

라는 질문을 자주 한다.

그럴 때마다 그녀의 답은 동현이는 항상 활달하고 똑똑한 면이 있다고 했다. 그녀는 과학 선생님이 되어서 아이들을 가르치고 역사에 대해서도 조금 가르치고 싶어 했다.

내가 동현이의 학교에 가기 전에 교생 선생님으로 있는 그녀에게 내가 일주일 후에 동현이의 학교에 간다고 말을 했었다. 그리고 일주일 후에 동현의 학교에 가게 되었고, 지킴이선생에게 방문증을 발급받게 되었다.

나는 동현의 진로선생님의 인도를 받아서 진로상담실에 오게 되었고, 게임CD와 USB를 가지고 왔다. 시간이 조금 흐른 뒤에 그 학교 시청각실로 먼저 입장을 하게 되었다.

그 학교 학생들은 내가 들어올 때까지는 잡담을 하더니 내가 강단에 올라섰을 때는 조용한 모습을 보여 주고 있었다. 그리고 교장선생님은 잘 듣기를 바라는 마음에서 훈화를 하신 뒤에 나를 소개하시고는 앞에 앉아 계셨다. 내가 가져온 USB를 설치하고, 교장선생님 제 소개를 잘해 주신다고 말을 했다. 그리고 나는 조선시대에 처음 들어온 고종의 자동차를 ppt에 올려 보여

줬다. 이 사진은 언제 우리나라에 들어 왔을까요? 그리고 어떤 한 학생이 장난 섞인 말투로 우리나라의 최초 자동차요라고 말했다. 나는 이 자동차에 대해 설명을 했다. 이 자동차는 우리나라 최초로 외국에서 들여온 차입니다. 고종이 타고 다니셨고, 그 후 우리나라의 크나큰 위기인 일제 강점기가 찾아왔지요. 이 배는 일본의 수송 배입니다. 그리고 증기자동차, 철도가 세워지고, 우리나라는 근대화가 되었지요. 그렇지만 이 역시 과학이 필요한 것입니다. 사람은 더 나은 것을 위해 연구하고 시도합니다. 그러나 실패나 노력도 하게 되겠지요. 그리고 여러분이 가지고 계신 스마트폰 또한 우리나라 연구원들이 노력한 작품이지요. 그러나 과학자라는 직업을 가지고 있다 해서 다 쉽게 해결되는 것이 아닙니다.

우리나라를 다른 나라들의 입장에서 보았을 때 이렇게 평가합니다. 한국은 무한한 에너지를 가진 땅입니다. 학구열이 높고 아이들의 무한한 에너지가 있는 나라지요. 하지만 옛날에는 어떻게 하면 잘 살까라는 고민을 했습니다. 그래서 독일에서도 우리나라 인부들이 가서 일해 우리나라를 좀 더 발전시키는 효과를 얻을 수 있었습니다. 저의 이름은 김정현이고, 직업은 과학자지요. 우리나라가 어떻게 잘 살지 못 살지는 여러분의 몫에 담겨 있습니다. 학부모님들 중 우리 아이를 과학자로 키우고 싶다고 하신 분은 아이들의 폰을 폴더나 전화와 문자만 되는 폰을 사주십시오. 한국은 요즘 과학의 발달로 인해 이면적인 모습을 많이 보게 되지요. 예를 들면 요즘 아이의 스마트폰은 아주 현대적이고 스마트합니다. 그럴수록 아이의 뇌는 점점 나빠질 따름입니다. 그래서 스마트폰은 더욱더 나빠질 뿐 아무것도 좋을 것이 없습니다.

내가 만들 타임 웜홀을 보여 주었다. 저는 어떻게 과학자가 되었나요? "과학 고등학교를 가고, 과학 예술과로 들어가서 저는 과학자 겸 발명가입니다. 그리고 우주비행선 나로호를 조작하는 사람도 역시 과학자지요. 그리고 과학 특성화 고등학교에 입학하는 것도 하나의 팁이지요. 과학자가 되려면 공부도 잘해야 하고, 여러 가지 생각도 해봐야 합니다. 그리고 수학도 잘해야 합니다. 그리고 공부도 전교 20등 안에 들어야 하고요. 그리고 저는 대학교를 나오고, 대학원까지 나오고, 수석 졸업을 했고, 미리 실습하는 시간을 가졌습니다. 아, 마침 못 말한 것이 있네요. 우리나라뿐 아니라 외국에 가서까지 유명해지려면 영어를 유창하게 해야 합니다. 저는 공부를 열심히 하였지요. 공부도 한 걸음부터랍니다. 한 번 도전해 보세요."라고 마지막 말을 마치고 이 학교를 떠나게 되었다.

동현이에게서 오후 5시쯤 문자 한 통이 도착했다. '삼촌! 방과 후에 삼촌 연구소로 갈게!' 하면서 말이다.

사실 오늘 저녁에 스케줄로 잡혀 있는 방송국 '과학 인생'이라는 프로그램도 찍어야 했기 때문에 베일에 싸이기만 한다. 오늘 저녁부터 나의 머리는 더욱더 골치 아파진다. 이 프로그램의 하이라이트인 시청자 질문에 대하여 말을 못하면 나의 얼굴에 내가 먹칠하는 것이 되어버린다. 항상 여러 가지 스케줄이 많이 들어오고, 타임 웜홀에 대해 연구할 과제들도 많다. 아직까지 미완성인 것도 있기 때문이다.

내가 일하는 연구소에 아이들의 견학조차 못 오게 했을 정도로 과묵한 사람이라고 생각한 가치관이 산산조각이 난 일이 생기게 되었다. 그 일은 나의 조카이면서 장난꾸러기와 말썽을 잘 피우는 동현이 나의 연구소에 찾아온 것이다. 갑자기 나에게도 멘탈 붕괴의 효과가 온 것 같았다.

나는 큰마음 먹고 타임 웜홀 기계를 만들어 보자고 우리 연구원들에게 말을 했다. 그리고 동현이 찾아 왔다. 동현은 오자마자 "삼촌."이라고 큰 소리로 말을 한다.

"위안부가 뭐예요."

물었고, 나는

"잠시 기다려주면 좋겠다."

고 말을 했다. 그리고 대기업 사장인 김성수가 나에게 와서 "타임 웜홀 프로젝트 잘 되고 있어?"라고 물었고, 나는 몇 분간 타임 웜홀 프로젝트에 대해 설명했다. 그리고 김성수는 서수 팀장에게 조작하는 모습 등을 세밀하게 보이도록 설명을 했다. 그리고 나는 동현이 있는 곳으로 갔다.

"동현아, 일제 강점기에 대해 물어 봤지? 늦게 대답해서 미안해."

한 연구원을 불러 동현에게 아이스티를 주라고 시켰다.

"먼저 일제강점기란 1910년부터 1945년 8월 15일까지 기간을 말하는데 그때 우리나라의 암흑기라고도 불리는 기간이야. 일제 강점기의 시작은 일본의 운요호 함대 사건으로부터 시작된다. 너 혹시 강화도 조약이라고 알지?"

동현은 고개를 끄덕였다.

"일본이 우리나라로 하여금 부당한 조약을 체결시킨 것이지. 강화도 조약은 말이다. 일본이 좋은 쪽에서 한 조약이었어. 그 한 조약이 우리나라(조선)의 외교권을 빼앗게 된 배경이야. 그리고 우리나라는 '광무황제'라고 불리는 고종이 일본에 의해 독살되었다는 소문이 전국 각지로 퍼진 뒤 우리나라의 민족운동은 더욱 활발해졌단다."

"삼촌 예를 들면 어떤 거야?"

하고 동현이 물어봤다.

"우리나라 사람들은 의병활동이나 일본이 만들어 놓은 철도를 부서뜨린다는 것을 예로 들 수 있어. 그 일로 인해 많이 죽기도 했단다. 1919년 3?1 운동이라고 알지? 그 일이 일어나고, 일본은 보통경찰제도가 들어오게 되지. 그 전에는 우리나라를 마구 잡이로 근대화시키고, 그 이유를 따진다고 한다면 침략 도구로 이용했다는 거야. 그리고 일본사람들은 토지조사 사업을 시행해 우리나라의 땅을 마구잡이로 빼앗고 우리나라를 근대화시킨다고 하면서 일본의 이익만 축내고 우리나라 사람들에게는 참 악하게 대했단다. 그리고 그 당시 산미 증식 계획으로 일본이 돈을 다발로 받아 챙겼지. 그런데 3·1 운동이 일어나고, 일본은 친일파를 양성하게 되었단다."

더 설명하던 도중 동현은,

"삼촌 위안부에 대해 어서 말해줘. 어서. 궁금하단 말이야. 삼촌 그런데 위안부는 도대체 뭐야?"

"응. 동현아. 위안부는 우리나라 여성들을 강제로 넣어서 일본군의 사기와 성 욕구를 채우기 위한 군대의 하나의 기관이었어."

동현은 대충대충 듣는지 고개만 끄덕끄덕이기만 했다.

"동현아 듣고 있니?"

라고 물었고, 동현은 듣고 있다고 했다. 그리고 다시 이야기를 시작했다.

"동현아, 그 위안부는 한국여성에게는 생지옥 같은 거야. 왜냐하면 그 시절 여성의 인권이 약했고, 다시 돌아오면 죽을 수 있거나, 다시 강압적으로 위안부로 보내어지거나 했어. 그리고 일본은 한국 국민(조선백성)의 목숨을 사소하게 여겼어. 비유하자면 로봇같이 말이다. 그리고 조선 청년들을 강제로 데려다가 태평양 전쟁에도 출전하기도 했어. 가미카제(자살 비행기)작전이라고 해서 말이다. 나무 비행기가 있는데 일본사람 외에도 우리나라 사람들이 투입되는 일을 말해. 그리고 일본은 군수물자를 충당하기 위해서 우리나라 가정에 있는 놋이나 가마솥을 빼앗아 전쟁에 이용하기도 했단다. 그리고 우리나라 여성들을 위안부 보내고, 그 역시 일본의 욕구를 충족시키기 위해 만들었어. 하지만 우리나라 위안부 여성들은 당시 일본 군인들에게 학대받고 힘들어서 도망친 사람도 있는데 생존해서 들어오면 막 일본 군인들에게 차이고 우리나라로 돌아오는 사람은 많지 않았단다.

그리고 일제 강점기의 말에는 한국광복군 등이 창설되게 되는 계기가 돼. 그때의 위인 중에서 '나의 소원을 신께서 물으신다면 나는 소원은 통일이요' 라는 명언을 남긴 10만 원 지폐의 위인 백범 김구 역시 독립투사였단다. 1945년 8월 15일 미국의 비행기가 일본 히로시마와 후쿠오카지방에 핵미사일을 내려 보냈단다.

결말은 너도 알고 있을 거야. 1945년 8월 15일 당시 일본 왕이던 히로히토가 항복 선언을 하게 되었어. 그리고 현재 일본은 우리나라 위안부 피해자에게 30만 원을 한 번 주고 아무 일이 없는 것으로 해 달라고 말하고 있어. 그것도 모자라서 위안부 피해자들을 욕한 노래를 막 만들어…."

그러자 동현은 화를 내며 일본이 진짜 나쁘다고 말을 했다. 동현은 나의 말에 동정을 해 주는 것 같았다. 나의 조카 동현은 나에게 도움을 달라고 했다.

다시 동현은 입을 열었다.

"나는 삼촌이 한 이야기가 잘 이해되지 않으니까 나를 위한 발명품을 만들어줘. 삼촌은 진짜 믿지 못하니까!"

라고 말을 했다.

그날 이후로 매일매일 그 기계가 잘 만들어지는지 보고 집으로 갔다. 그리고 그날 이후 나의 얼굴엔 주름이 지고 땀은 범벅이고 눈이 빨개지는 것을 보았다. 가면 갈수록 말이다.

다음 날이 되어서 스케줄을 보았다. 오늘 HBS방송에 출연하는 일이 있었다.

그러나 타임 웜홀 장치의 전개도에 사무쳐 있었다. 저녁 7시가 되어서 방송국으로 갔다. 그리고 시계는 오후 6시 58분 16초를 가리키고 있었다. 곧 있으니까 방송국 PD가 와서 "이제 방송해야 되니까 나와요."라고 말을 했다. 그리고 "오후 6시 59분 59초입니다. 이제 방송시작." 방송국 PD는 "스탠 바이."라고 목청이 터져라 외쳤다.

7시 0분 0초가 되어서 방송이 시작되었다. 사회자는 나에게 타임 웜홀에 대해 묻기 시작했다.

"타임 웜홀은 둥근 타원형 모양으로 생겼고, 안에 들어가면 여러 가지 기계가 있습니다."

방송은 송신을 타고 여러 시청자가 있는 가정으로 송신이 되었다.

다음날 동현은 찾아와서 왜 타원형으로 만드는지를 물어 보았다. 그것은 강한 압력을 피하기 위해 그런 모양을 했다고 답을 달았다. 동현의 질문이 너무너무 많아서 다음에 만나면 물어 보라고 했다. 동현은 볼멘소리와 함께 얼굴에는 시무룩이 적힐 정도로 말이 아니었다.

또 다음날이 되어 동현은 이 시간 정도면 올 때인데 나타나지 않았다. 동현은 문자로 오늘 쫌 많이 늦어질 것 같다고 말을 했다. 몇 분 뒤 비가 왔고 가면 갈수록 비는 거세지고 있었다. 비를 많이 맞고 온 동현의 모습을 봤다.

동현은 나에게 "발명품은 잘 되고 있지? 기대할게. 삼촌!"

이라고 했다.

이상한 삼촌의 기계 (타임 웜홀)

동현은 타임 웜홀 디자인을 보여 달라고 했다.

"이 기계는 아직 완성 50%이고, 이 타임 웜홀 프로젝트를 다른 기업이나 다른 나라에서 알게 되면 그 기술을 유출시킬 것 같고, 그 기술이 넘어가면 우리 연구소는 문을 닫게 되는데 그럼 너를 위해서 맛있는 것도 못 사주고 하겠지!"

하며 온갖 생각이 나의 머릿속에 머물고 있었다.

"그러니까 아무에게도 말하지 마."

동현은 나의 제안에 대해 두려워하는 것 같았다. 자신의 봉사시간을 채우는 것과 역사 선생님과 더 많이 위안부에 대해 관심을 가지게 되었다고 막 자랑을 하였다.

과학자이자 발명가인 내가 동현에게 전화를 걸었다.

"동현아, 네가 만들어 달라는 기계를 다 완성시켰어. 곧 그곳에 내 연구원이 도착할 거야. 선생님 하고 같이 빛이 나는 그 기계를 바라보면 될 거야!"

동현은 어리둥절해 했다.

"기계가 어디 있는지요?"

위안부 할머니 중에 이용수 할머니도 왜 위안부에 갔는지 어떻게 가게 되었는지를 말하면서, 희움 팔지를 광고했었다. 위안부 할머니들을 위해 자원봉사자들은 위안부 할머니 앞에서 노력했다. 밴드도 영화도 모두 위안부 할머니들을 담은 것이었다.

자원봉사자들과 담화를 나누었다.

개최자이자 위안부 문제에 대해 생각을 많이 하는 팀장이 사회를 보게 되었다. 오늘 오신 위안부 피해자 할머니와의 이야기 시간이 준비되었다.

"이용수 할머니는 첫째로서 친일 기업에 취업시켜준다는 명분으로 데려간 분이십니다. 참 꽃다운 나이에 모진 고통을 당하신 아주 안타까운 분입니다. 이분의 소원은 일본의 진정한 사과 사죄입니다."

정작 일본 정부는 우리나라에게 마음의 상처와 살갗의 흉터를 내고선 가지고 있는 물건을 빼앗으려고 말하는 것 같았다. 아무리 생각해도 일본은 자신이 저지른 잘잘못은 따지지 않고 욕을 한다는 것은 자신의 잘못을 부인하고 후회도 하지 않는다는 말이다. 이 사실을 보고도 모르는 척하고 사실무근 역사왜곡 등을 가르치는 일본은 옆 나라의 나라 잃은 설움을 덮어주기는커녕 보다 깊게 상처를 내는 것뿐이다.

단지 이건 할머니의 꿈이라고 생각할지도 모른다. 그러나 이것은 우리들이 꼭 알아야 한다고 말한 한 후배의 말이 생각이 나기 시작했다.

나는 통제실로 자리를 옮기고, 그곳에서 자주 일을 하는 서수 팀장을 만나게 되었다. 그곳은 마치 하나의 배를 조종하는 것 같은 자칫 잘못하면 함몰될 수도 있고, 비행기의 조종실 같은 차가운 느낌이 선뜻 느껴지기도 했다.

다들 이제 모니터로 지켜보자고 나는 서수 팀장에게 말을 하고 잘 조작되는지 확인을 했다.

그리고 동현이 가까이 있는 곳으로 가게 되었고 강한 빛이 한동안 나돌았다.

역사 선생님은

"진짜 이것은 책에서만 볼 수 있는 것이라고 생각했던 것이 실현되어진 것인가요?"

나는 시간 기어(시계용 위치 추적기)를 착용시켜 주었다.

다른 연구원들은 잘 작동하는지 스크린으로 계속 보고 있었다.

"동현아! 시간 기어에도 초소형 칩장치인 나노 칩이 내장되어 있고, 이 기계는 최첨단이라고! 네가 모를 만한 부품으로 만든 거야."

"아이고! 개구쟁이 동현이가 어디 과학기술의 힘을 알 수 있을 까요?"

동현은 내가 다 컸고, 무시하지 말라고 나에게 말했다.

"알았어."

"여러분이 도착한 행선지에서 어디로 가야 하는지 알려드리겠습니다."

동현의 일행에게 주어진 시간 기어에는 타임 웜홀에서 나와서 있다는 정보를 알렸다. 호기심이 많은 동현은 정신대 시민 모임은 어떻게 진행되었는지 보기 시작을 했다.

그리고 선아두리 팀도 와서 위안부의 실체와 할머니들의 아픔을 토해내기 시작했다.

이용수 할머니는 아픔을 한이 될 만큼 아주 많이 토해냈다.

"일본이 우리나라에 난데없이 쳐들어 와서는 우리나라 국민들을 실컷 괴롭혀 놓고는 해방 후에 우리나라 위안부 여성들을 버리고 도망을 쳤어. 나도 그 피해자 중 한 명인데 일본에게 우리나라 돈으로 30만 원 정도를 받고 그것으로 사과를 다 끝을 냈어. 만약에 말이다 누군가가 너에게 잘못을 했어. 그런데 그 애는 사과를 하지 않고 무언가를 줄 뿐 그것으로 사과가 끝났다는 거야! 여러분들이 이런 상황이면 화가 나겠지요. 그리고 사실 나는 일본이 주는 보상 따위의 돈은 필요 없어, 나는 단지 일본의 고위 간부들의 진정성이 담긴 사과를 원하니까 말이야.

그런데 요즘 들어 일본의 우익 세력들이 나 같은 피해자들에게 사과를 안 하고 날 욕하는 행동만 하는 거야. 그러면 사실 화가 나겠지 응? 거기다 우리가 죽고 나면 보상도 안 해 줄 거지. 우리가 죽길 원하는 거야. 독일같이 뼈저리게 느끼고 잘못했다는 사과를 하는 것도 아니고 말이야."

그때 동현은 한복으로 갈아입고 우리나라 땅을 돌아다녔다. 나는 그 당시 상황을 조금 알았기 때문에 우리 동생 일행들이 안전하기를 바라고 있었다. 하지만 스크린에는 일본군이 우리 동생일행들이 조금 수상한 것 같아서 따라오고 있는 것이 아닌가?

조금 두렵기도 했으나, 상황을 계속 지켜보고 있었다. 하지만 동현은 계속 그 영상을 보고 있었다. 그리고 그때의 영상은 이선옥 할머니가 말씀하시는 시간이었다.

"이선옥 할머니 모시겠습니다."

위안부 시민모임을 이끄는 분이 말씀하셨고, 마이크는 자연히 곁으로 갔다. 이선옥 할머니는 우리말이 조금 서툴고 마음에 한이 많아 보이시는 것 같았다. 일본이 말이다.

"우리나라를 조금 빼앗은 것이 아니라 완전히 지옥이나 마찬가지였어. 나 같은 경우에 일본 순사가 나를 납치해 갔단다. 그 순사에 의해 끌려간 곳이 바로 지옥 같은 위안소란다. 그런데 이곳에서 아주 힘든 일을 해야 되었고, 내가 아는 사람은 일본이 만든 그 철도를 부숴뜨렸다는 명분으로 일본에게 심한 고문을 받기도 했단다.

일본 정부는 자신을 따르는 친일파를 만들어 거짓말을 하게 했단다. 하지만 그 당시에는 어쩔 수 없는 것이 현실이 되었다는 것이 끔찍하게만 느껴질 뿐이야.

산미 증식 개발로 인해 우리나라 사람들은 흰 쌀도 못 먹고, 그냥 현미로만 때우기도 할 정도로 경제력이 약했고, 미국의 도움으로 우리나라는 잘 살게 되었지만 우리나라를 지키고자 하는 마음이 생겼기 때문에 우리나라가 살아 있는 것이지."

나는 그 영상 하나하나를 보면서 교육용 타임 웜홀을 만들려고 했다. 그 영상을 본 후에 나는 우리 연구원 사람들에게 타임 웜홀을 같이 만들어 보는 것이 어떤지 의견을 물어본 결과 다 만들고 싶어 했고, 과거로 간다는 그 일을 이룬다는 일은 참으로 어려운 일과 나날들을 보내고, 타임 웜홀이 완성되기를 기다린 나는 타임 웜홀을 만드는 대성공을 이루게 되었다. 그리고 동현이 나의 기계를 탈 동안 기다렸다. 지금의 고민은 우리 동현은 잘 있을까 생각을 했다.

chapter3
과거로의 여행?! 그리고 일본군의 수작

과거와 현대를 잇는 것은 바로 타임 웜홀 다른 말로 타임머신 이라고도 부른다. 그래서 동현은 타임 웜홀 장치의 목적지인 일제강점기로 왔다.

무언가의 움직임을 감지한 일본군이 점점 동현이 있는 곳으로 오고 있었다. 그리고 동현은 일본군에게 갑자기 내몰리고 말았다. 일본군에게 이런 심문도 받아야만 했다.

"너희들 혹시 우리 대일본 제국주의를 망가트리려는 대항군이냐?" "아니, 독립군이냐 아님 우리 편이냐."

하며 위협을 주었다. 동현과 그의 일행들은 목적지도 없이 어딘가로 빨리 뛰어가고 있었다.

동현이 뛰던 중에 일본군이 하는 소리가 저 끝에서도 들렸다.

"야, 이놈아 저기 있는 다섯 명도 못 잡다니 대일본제국의 군인으로써 할 소리야, 빨리 군용차 대기시켜!"

라는 명령을 내리기도 했다. 훤칠한 장교가 그런 소리를 했다. 일본군은 동현의 일행을 추격하면서 '얌마 멈추란 말이야! 멈춰, 응!' 이라고 쩌렁쩌렁 소리를 질렀다. 동현과 그의 일행들은 말을 하기도 바쁘게 뛰었다. 그리고 뛰던 도중에 동현은 '최옥희' 라는 여자아이 집에 도착했다. 조금 시간이 흐른 뒤 일본 순사가 옥희네 집 가까이 왔다. 동현은 숨을 죽이며 숨어 있었다. 일본 장교처럼 보이는 한 청년이 빨리 찾아보라고 했다. 그리고 옥희네 집을 샅샅이 뒤지기 시작했다. 그러나 집으로 돌아온 할머니는

"지금 뭐하는 겨! 우리 집에 무슨 볼 일 있어?"

동현과 그의 일행을 찾고 있는 일본 순사는 찾지도 못한 채 그냥 돌아갔다.

조금 뒤 옥희가 돌아왔다. 같은 마을에 살던 '정희'라는 누나가 경성(옛 서울)으로 갔는데 소문으로는 경성으로 간 것이 아니라 만주로 끌려갔다고 소문이 알려졌다. 일본이 주는 일자리는 다 거짓말일 거라는 소문도 자자하고, 이 마을에서 떠난 없어진 정희 누나, 진경이, 용수 누나 전부 모두 위안소에 있다는 소문이 많았다. 조금 뒤 동현과 그의 일행은 옥희의 집을 나섰고, '최옥희'라는 마음이 착한 처자를 보았다.

동현은 최옥희를 보자마자 착한 마음에 반해 버렸다. 그 순간 나는 동현이에게 타임 웜홀 위치 추적기를 통해 옥희가 사는 마을을 가르쳐 주었다.

동현은 호기심이 발동해 옥희를 따라가려다가 역사 선생님과 부모님을 떠나보내고 만 것이다.

다시 동현은 옥희네 집에 같이 있게 되었다. 동현은 옥희와 같이 있고 싶은 생각이 들었다. 하지만 동현은 누군가가 한 말이 생각났었는지 그녀와 조금 떨어져 있었다. 하긴 내가 동현에게 한 이야기일 것 같기도 했다. '진짜 사랑은 진짜 커서 경제적으로 부유할 때 하는 거란다. 그럴 때 이루어지는 거야.' 내가 했던 이야기들이 생각이 났는지 옥희에게서 한두 걸음 벗어났다.

사랑하는 맘이 커질수록 많이 참아야 돼. 그런데 동현이의 궁금증이 또 다시 한 번 발동한 것 같았다. 선생님을 언제 만났는지 몰라도 그 전까지 옥희의 집 사랑방에서 묵었을 것 같았다.

다음날 역사 선생님과 그의 일행들은 동현을 찾다가 옥희네 옆집에서 묵게 되었다. 동현은 선생님과 부모님을 만나 아주 즐거운 날이 되었다.

"선생님 혹시 이 시대가 어 언제예요?"

"일제 강점기야. 동현아, 같이 가 볼까."

"네!"

동현은 고개를 끄덕였다.

조금 걸었더니 하나의 산이 병풍처럼 가리고 있었다. 그리고 타임정보 측정기어에서 나온 측정치는 일제 강점기였다.

그날 하나의 덤프트럭이 옥희네 마을로 오고 있었다. 그곳에는 일본인들이 많았고, 그들은 우리 선조들을 일본군 위안부 소속으로 만들 계획도 있었던 것 같았다. 그 수법 또한 여러 가지여서 예측할 수 없었다.

당시 우리나라에 들어온 일본군은 일본군의 사기를 높이기 위해 일본군 위안부(다른 말로 정신대)를 만들어 일본군의 성욕을 채우려고 했었는데 이일을 이루기 위해 일본이 우리나라 미끼를 두었다.

사실 첫째인 옥희도 돈이 없어 끼니를 겨우 먹고 살았었고, 동생들도 밑에 3명의 누이동생과 5명의 남자동생이 있었다.

"대한제국 시기까지만 하더라도 땅이 있었는데, 경술국치로 인하여 들어온 일본은 총독부를 세우고 땅을 조사한다는 구실로 일본관청에게 지분 조사지를 달라는 것이야. 그 또한 여러 문서와 일처리 자료들이 너무 많아서 신고를 못했지. 그리고 혹시 신고를 하게 되면 이웃들에게 '친일파'라는 나쁜 소리를 들을 수도 있을까 봐."

옥희 할머니는 말했다.

"일본정부에게 옥희의 가문 대대로 내려오는 지분이 다 넘어 갔어. 나 어떻게 해유! 조상 땅도 못 구하고 말이여유. 먹고 살기도 바쁜데 어떻게 하지요."

최옥희가 돈을 벌 곳을 알아보고 있었다.

"친일파의 한 청년이 갑자기 다가와 천 엔을 건네주고, 경성 방직공장에서 일한다고 말을 건네받고 우리 애를 데려간단 말입니다."

이렇듯 일본과 친일파는 우리나라의 자주성과 인권 또한 빼앗아 버렸다. 그런 말을 하나하나 듣고 있는데 그 사이 동현의 아빠 엄마가 어디 갔는지 모르겠다. 동현은 엄마와 아빠를 찾으며 말하고 있었다.

지나가는 사람들은 '제 아들 없이 있는 고아 아니야. 진짜 부모는 뭐하고 있는 거야.' '쯧쯧 부모도 없이 있잖아. 가엾기도 해라 불쌍해.' 이런 말이 자주 오가기 시작했다.

한편 동현의 어머니와 그의 일행들은

"아이고 우리 동현이 없어졌어. 어떻게 해. 동현이를 찾아 주세요."

"응 그 아들 엄마를 찾고 있더라고, 근데 엄마는 무슨 큰 일이 있어서, 그 아들을 놓아두고 갈 수 있어."

"그려. 그 아들 일본 군용차량에 탔지. 응! 그거 아무래도 이번에 있었던 일 말이야."

"응. 우리 딸 용수하고 옆집 화자, 영자 응 그 애들도 경성 방직공장에서 일한다는데 요즈음 들어 조금 이상한 것 같더라고 그려."

"어떤 일 말이야? 응, 경성방직공장에서도 일본군으로 갔다고 하더라고, 그려. 우리 정자 지켜야 되겠어."

"그 뿐 아니라 광무황제 말이야, 응. 들었던 것 같은데 독살 당했는데 그 진범이 바로 일본의 군인이 했었다고 해. 그려, 요즘 일본이 말을 안 들으면 무섭게 한다고 하더라고."

아낙네들은 말을 하던 도중에 동현의 어머니는 아낙네가 하는 아이 이야기를 들으며 얼굴이 새하얘져서 아낙네와 말을 나누기가 어려웠다. 동현의 엄마를 본 빨래를 하던 아낙네들에게 말을 건네고 있었다.

"왜 아낙네는 얼굴이 하얘지는 겨? 혹시 나쁜 일이 있는 겨?"

하며 동현의 어머니와 그 분위기를 보며 떨떠름한 표정을 지으면서 어떻게 말하는 것 같기도 했다.

동현의 엄마는 동현을 찾아다니기 시작했다.

"응, 그려. 지금 어디 간지는 모르겠지만, 옥희랑 만난 것 같던데…. 응, 옥희 그 여자애 연로하신 할머니와 같이 살고 있잖니."

"응 그 여자애 일본군 군용차 타고 벌써 없을 거야."

라고 말했다.

"그 전에는 아무 일도 없었잖니. 문제는 우리 마을에서 그리 잘 산다고 말을 하던 옥희와 그 마을 여자들이 사라졌다는 일이 처음 발생한 것이 언제부터 시작했더라… 저번에 방직 공장의 성자가 처음일 걸. 그 여자아이인 성자 경성에 있는 방직공장에 다닌다는 것은 다 아는 사실이잖아. 그녀가 간 지 몇 년이 됐나… 나도 세월이 너무 빨리 가서 진짜 모르겠다. 하여튼 말이야."

동현의 어머니가 동현을 찾을 무렵 동현 자신은 몰래 옥희를 따라가고 있었다.

덤프트럭은 넓고 넓은 산을 지나고, 강과 바다가 보이는 곳과 자갈이 가득한 비포장도로 모두 지나고 있었다. 그 차에 타고 있는 소녀들 중에서는 구토나 멀미를 하는 사람이 있을 정도로 덜컹덜컹 거렸다.

덤프트럭 안은 가관이었다. 심지어 병에 걸려 누워 있는 여자아이들도 있었다. 참으로 말랐고, 잘 먹지 못해 뼈가 앙상한 그런 모습을 연구실 스크린으로 보면서 그들은 우리나라를 떠나 군대로 파견된다는 사실에 참으로 가슴이 아팠다.

그 와중에도 동현은 옥희 하나만을 붙잡고, 옥희가 타고 있는 차에서 멀리 떨어지지 않으려고 했다.

계속해서 덜컹거리기만 할 뿐 목적지도 어딘지 모른 채 말이다.

chapter4

최옥희

그곳으로 가는 길은 너무 추웠다. 목적지인 위안부에 도착을 했다. 운전을 했던 일본군 군인이 내려 옥희와 같은 여자아이들에게 여기서 내리라고 했다. 그리고 줄을 세워 일본군장교가 왔고, 그 순간 긴장감이 맴돌았다. 장교는 드디어 입을 열었다.

"이곳에 온 걸 환영한다."

이 한마디가 그들에게는 이런 지옥에 온 걸 환영한다는 같은 그런 느낌을 조성하였다. 그리고 일본군이 그들을 위안소 한 곳으로 안내를 했다. 그곳은 너무 좁고, 한 평도 안 되는 그 작은 방에는 사람이 살기에 가장 기본적인 것들만 있었고, 창문도 1/3 정도로 되어 있어 이곳으로 들어가는 모습을 볼 뿐이었다. 그 위안소에 들어간 뒤 그녀의 표정은 시무룩하고 행복하지 않았다. 그리고 그녀는 이 지옥 같은 곳에서 빨리 나와야 되겠다고 생각했으나 이곳의 경비는 아주 철저하고 삼엄했다.

동현은 그 위안소 끝까지 쫓아오는 데는 성공을 했지만 넘어야 할 산은 태산이었다. 일단 여기에 있는 헌병들이 이곳을 아주 잘 지키고 있기 때문에 경비가 삼엄한 곳을 지나 그 방에 들어가야만 했다. 그리고 나오는 것도 보통일이 아닌 아주 고된 일이었다.

옥희를 그 지옥과 같은 곳에서 끌어내기 위해 안간힘을 썼다. 옥희가 있다고 하는 철조망을 넘어 위안소 안으로 들어갔다. 바로 경비가 철저한 이 위안소 주변까지 왔지만, 이 경비가 바뀌는 시간을 잘 봐서 들어가야지 그 시간이 아닐 때 들어간 경우에는 일본제국주의의 극한 형벌을 받을 수 있었다. 그래서 동현은 교대시간을 잠자코 기다리며 있었다.

동현은 이 철조망을 넘고 하느라 배가 고팠지만 굳은 결심이 있었기에 가능한 일이었다. 동현이 이렇게 여러 날을 굶은 것도 처음인 것 같았다.

삼엄한 경비를 뚫고 옥희가 있는 위안소로 찾아 나섰다. 드디어 동현은 옥희가 있는 방을 찾게 되었다. 그리고 그 방을 찾아 갔고, 방에는 옥희 혼자 있었다. 동현은 드디어 옥희에게 말을 할 수 있는 시간을 건졌다. 하지만 다시 경비가 삼엄해질 것은 당연시 되는 일이다.

"옥희야! 고생을 많이 하는 것 같아. 혹시 일본군들이 괴롭히거나 그런 적이 있니?"
라고 물어 보았다.
스크린에 뜬 동현과 옥희를 보면서
"옥희야! 말 안 해도 너의 고통 알겠다."

일본의 제국주의는 1910년부터 1945년 8월 15일까지 우리나라 사람들의 인권을 위협하고 힘들게 만든 것이 사실이다.

심지어 가미카제 자살 비행기 작전에도 일본 청년들 외에 우리나라 청년들도 참가하게 되었고, 위안소도 일본이 점령하는 곳마다 세워졌다고 한다.

우리나라에도 대구나 서울, 부산 등지에도 일본군 위안소가 세워졌고 일본군이 1910년 점령하기 전에도 위안소가 있었고, 그곳에서 죽은 어린 아이들이 많다고 했다. 그리고 우리나라도 독립군을 만들어 제국주의의 폐해인 일본 군대를 공격했다.

동현은 일본군을 피해 어둑어둑한 밤이 되어 보초를 서는 일본군을 피해 아주 빨리 뛰어야만 했다. 일본군 보초 교대시간을 맞추어 옥희를 데리고, 이 군대에서 떠나는 아주 기적적인 계획을 세워 이 일을 실행에 옮겼다. 일본군의 경비를 피해 동현은 이 군대에서 가까운 독립군 기지에 찾아가려고 생각했다.

동현과 옥희는 일본군에게 쫓기는 상황이 되었다. 그리고 중간 중간에 있는 구멍으로 도망쳤다.

반면 일본군은 옥희를 추적해야 했고, 이 일로 인해 일본군 위안소의 일본군 장교는 화가 머리끝까지 나게 되었다.

"위안부 소녀를 잡아와라! 못 잡아오면 너희들을 가만두지 않을 것이다."

일본 사병들은 일제히 위안소를 뛰쳐나간 옥희를 잡기에 정신이 없었고, 동현과 옥희는 일본군들의 추적을 피해 독립군 기지까지 뛰어야만 했다. 독립군 기지까지 찾아가 옥희가 어느 위안소에 들어갔으며, 어떻게 들어갔는지 자초지종 이야기했다.

그리고 며칠 뒤 윤봉길의사가 홍커우 공원에서 폭탄을 던져 일본 침략군 장교 몇 명이 다쳤다는 조간신문이 이 독립군 기지에 전달되었다.

독립군 사람들은 일본군에 대해 더욱 화가 나게 되었다. 이 일이 중국인들에게도 전해졌고, 일본의 낡은 제국주의가 더욱 망하는 지름길이 되었다.

일본은 우리나라 사람들을 더더욱 탄압을 했고, 이 일을 우리나라 사람들이 모르도록 숨기고 또 숨겼다. 일본이 탄압을 하면 할수록 우리나라 사람들의 독립심과 경각심을 일으키게 되었다.

은밀하게 진행된 독립군의 작전은 친일파의 한 사람에 의해 유출이 되었고, 일본군은 옥희가 지금 어디 있는지 어떻게 잡을지를 생각하던 그런 급박한 시간에 동현과 옥희는 독립군의 보호 아래 안전하게 있을 수만은 없었다. 일본군은 독립군 기지가 있는 곳을 샅샅이 찾으면서 독립군과의 접전 또한 계속 되었다. 그리고 일본군의 전세가 더욱더 강해지고, 독립군의 숨통을 조여 오고 있었다.

동현의 엄마에게서 전화가 와서 동현이 안전하냐고 물었고, 나는 동현의 상황을 자초지종 말하고 있었다. 동현이 지금 있는 곳은 상해 임시 정부에서 더욱 아래쪽 광저우나 그런 쪽으로 가는 것이 조금이나마 희망이 되었다.

그리고 학교 담임선생님께서도 전화가 왔다.
"동현이 삼촌 되시지요?"
그 한마디가 진심이 담긴 것 같았다.
"동현이가 10월 15일 과학 경진 대회에 나가기로 했는데 없어서 알려드렸습니다. 그리고 동현은 안전합니까?"
라고 물었고, 나는
"안전하다."
라고 말씀드렸다.
그리고 며칠 간 안 보이는 역사 선생님의 안부도 물었고, 여러 가지 위험한 이야기를 건네곤 했다.
그 기나긴 전화는 끝이 났고 동현이 있는 위치와 동현 엄마와 역사 선생님이 있는 위치를 비교를 했다. 그러나 동현이 있는 시대와 동현 엄마와 하 선생님이 있는 시대가 완전 다른 것이었다.

시간 타이머를 조종하는 슈퍼컴퓨터에 큰 균열이 일어났는지를 확인했다. 분명 저번에 확인을 했을 때 없던 균열이 지금 다시 확인을 했을 때에는 시간

타이머가 드러나게 달라져 보였다. 이 연구소의 상황은 더욱 악화되어 갔다. 그럴수록 우리 연구원들은 더욱 발걸음이 바빠졌다.

　우리 연구원은 문제점들을 세세히 말해 주었다. 더욱더 급한 일은 동현의 과학 경진 대회였다. 그리고 그날이 오기를 원하지 않았다.

chapter5
옥희는 최종병기 동현은 영웅?!

'어떡하지 동현의 안부! 어떡하지 걱정을 하는 동현의 가족들 말이야.'

그 무렵 내 동생 가족들은 동현을 계속 메신저로 걱정하고 있었고, 타임기록계에도 균열이 생긴 점도 잘 안 풀어졌다. 동현은 매일매일 나에게 연락을 했고, 옥희가 아프다는 말도 동현에게서 듣게 되어 슬프기도 했다 그리고 기독병원으로 옮겨졌다는 말도 들었다.

동현은
"옥희가 녹초가 되어 있어, 나 어떻게 해?"

그녀는 자신의 몸을 가누지 못 할 정도로 병의 상태가 악화 되었다고 전해왔다. 그리고 시간이 흐르면 흐를수록, 옥희의 상태는 더욱 악화되었다.

그리고 나는 문득 옥희가 최종병기라는 말이 맞는 것 같았다. 몸이 아프게 되면 마음도 같이 상한다는 말도 맞는데 그 말이 옳지 않을 때가 있었다.

그때 동현에게서 전화가 왔다. 나는 진심이 느껴진 목소리를 들었다. 나는 잠시 고민하다가 구급품을 보내줬다. 옥희의 몸은 가면 갈수록 힘들어졌고, 의사는 답답한 나머지

"미국에 병원이 있는데 그 병원으로 가 주었으면 합니다."

라고 침착하게 말을 했다.

동현은 독립군의 보호를 받으면서 갔다. 그러나 추적하던 일본군이 동현을 막아서고 독립군의 모습도 초라해졌다.

다행인 것은 옥희와 동현이 안전하게 미국의 샌프란시스코의 YMCA 병

원에 들어간 것! 그런데 일본군은 항상 따라오며 동현의 무리를 더욱더 힘들게 했던 것이다.

"옥희야 괜찮니?"

동현의 조그만 마이크에서 나오는 소리였다.

하지만 그 순간에도 바쁜 다른 독립군들이 있었다. 바로 중국의 시안 정부였다.

"뚜 뚜 뚜 뚜 뚜 응답하라. 지금 독립군 기지 소속 비행기가 지금 시안을 떠나 지금 샌프란시스코의 YMCA비행장에 도착할 예정이다. 뚜 뚜"

기계음이 아주 생생하게 들리는 비행기 조종칸에는 위험이 도사리고 있었다. 일본군은 옥희와 동현이 탄 그 비행기를 추적하고 추적하며 그 비행기를 공중에서 폭발시키겠다고 하며 목숨을 위협하고 있었다.

시안의 임시정부에서 보낸 그 편지는 일본을 거쳐가는데 편지는 다행히 일본을 거쳐가지 않고 바로 미국의 샌프란시스코의 목적지까지 안전하게 도착했나보다.

동현과 옥희가 탄 비행기는 일본의 맹렬한 추적을 피해 미국에 안전하게 도착 했다. 이때까지도 맹렬히 쫓아와 이 비행기를 공격했더라면 아주 이 순간만큼은 아찔했을 것이며, 일본을 파괴시킬 만큼의 큰 폭탄이 일본 상공을 맹렬하게 공격했을 것이다.

그리고 미국 샌프란시스코의 YMCA 비행장에 도착을 했다. 그 무렵

"해외 독립군 소속의 사람이 나와 기다리고 있어요."

라고 전한 그 한 마디가 시안의 독립군에게 희망을 주었다. 그리고 마중을 나온 그 사람은 옥희의 몸과 병세를 지켜보고 있었다. 마중을 나온 그 사람은

방금 전 내린 독립군 소속 조종사에게 물었다.

"어떻게 이런 일이 생겼습니까?"

조종사는 동현을 내세우며

"이 아이가 알 거요."

라고 말을 했다.

"동현이와 이 여자아이 말입니까? 사실 그 아이는 위안소에서 빠져나온 아이요. 그 위안소에는 아주 위험한 군인과 군가를 부르며 위협하던 군인이 있었소. 그러니 부디 이곳의 병원으로 빨리 보내 주시오."

"네 알았습니다."

그리고 사람을 시켜 인근의 큰 병원으로 보내 주게 되었다. 그리고 동현은 시안에서 받은 그 편지를 독립군 소속의 사람에게 전했다.

"이 아이는 면역이 약해 이런 병에 걸린 것 같습니다. 그런데 우리 시안의 병원에는 이 약품이 없고 있더라도 보관이 잘 되지 않아 힘듭니다."

"제발 그 아이를 구해 주시오."

그리고 동현은 옥희를 바라보면서 괜찮은지 묻기 시작했다. 의사와 간호사는 옥희의 병을 고치기 위해 노력을 했다. 면역 주사를 놓고 의식이 있기를 바랐다. 그리고 간호사들은 병이 심하다는 말을 듣고, 동현은 많이 실망하게 되었다.

조금 뒤 옥희는 일어났다. 의식이 든 것 같았다.

"옥희야. 혹시 어디 아픈 데는 없어?"

"응, 그런데 여긴 어디야?"

"여기 병원인데 널 위해서 미국까지 비행기 타고 왔어."

미국의 의사들은 기적을 본 것 같아 희열의 표정을 지었다. 동현의 어머니에게서 전화가 왔다.

"동현이 괜찮나요?"

"괜찮습니다. 지금 1938년 5월 24일 미국 샌프란시스코의 YMCA병원에 있습니다.'

동현의 어머니는 안도의 한숨을 보냈다.

그리고 나에게

"언제 현재로 돌아가지?"

라고 물었다.

나는 조금 머뭇거리며 대충 얼버무려 버렸다.

그 기나긴 통화는 끝이 났다.

나는 안도의 숨을 돌리며 동현과 그의 일행을 현재로 데려 오는 것에 대해 신중하게 생각을 했다.

옆방에 있는 서수 팀장이 나와 다행히 타임 웜홀 이동 시스템이 안전하다는 말을 들었다. 그리고 동현이에게 다시 연락이 왔다.

미국 샌프란시스코 YMCA병원이 옥희의 병을 알아냈다는 것이다. 그리고 하나의 약만 먹으면 살 수 있고 자신의 조국에 돌아갈 수 있다고 말을 했다. 미국의 하와이 해군 기지는 지금 가미카제(자살 비행기)에 의해 폭격을 당했다는 말도 전해졌다. 사실 가미카제에 동원된 이 사람들 중에는 우리나라의 건장한 청년도 이 작전에 투입되었다고 동현은 말했다.

그 일이 있고 난 후의 미국은 일본에 대한 적대심이 강하게 불고 있었다. 일본은 미국의 주요 기지를 폭격한 것을 너무나도 좋아했다. 그 당시 동맹국이었던 독일과 오스트리아가 처참히 망해 가고 있음을 알면서도 말이다.

미국의 청년들은 일본을 비열하다, 너무하다는 말을 내 놓고 미국은 일본과의 전쟁에 들어갔다. 미국의 청년들은 전쟁을 위해 나서기도 했다. 그중에 한국인 어머니와 미국인 아버지에서 태어난 한인 2세 폴은 전쟁에 참전하게 되었다.

옥희는 더욱 몸이 약해지고 있었지만 건강을 담당한 그 의사들은 옥희가 차츰 나아지길 바라며 바라보고 있었다.

역시 제국주의의 마지막은 항상 이렇게 남는다. 제국주의는 낡고 잘못된 태도라고 말이다.

그리고 동현은 미국 샌프란시스코 항에서 서서히 없어지는 큰 군함과 잠수정들이 일본의 비열하고 나쁜 제도를 혼내 주려 든다는 것을 말이다.

의사 선생님도 말을 덧붙였다. 이 환자를 다치게 한 나쁘고 잘못되고 차가운 제도들은 점차 사라져야한다고 말이다.

서수팀장과 나는 일본의 패망이 거의 보인다고 말을 나누었다. 서수팀장은 미국의 배와 잠수정들을 추적하고 있었다.

하지만 나에게 더욱 처참한 일들이 일어났다. 동현의 부모님과 역사 선생님이 곧 무너질 히로시마에 있었다는 것을 말이다

나는 동현의 부모님에게 곧 있으면 그곳에 미군의 폭탄이 터질 거라고 말을 했다. 역사 선생님은 내 말에 동감한 것 같았다.

그리고 시간이 조금 흐른 것 같았다. 미국의 비행기가 무언가를 던져 주고 간 것이다. 그 글에는 '일본은 즉시 항복하고, 빼앗은 땅을 돌려 줘라. 그러지 않으면 너희들이 무서움에 떨게 될 거다'

그 소식을 들은 사람들은 이 도시를 벗어나기 위해 시외버스와 비행기를

이용했다. 그리고 일본의 히로시마는 교통이 혼잡해졌다.

심지어 뉴스와 모든 전파들이 모여 있었던 곳이 말이다.

사실 그 말을 믿었던 사람들은 속수무책 할 뿐이었다. 그러던 어느 날 동현의 어머니는 나에게 어떻게 하냐고 전화를 걸었다.

"히로시마IC에서 조금 떨어진 곳인 히로시마 항이 있을 거야. 이곳에 타임 웜홀이 있어!"

나는 그것 밖에 말을 해주지 못했다.

그들은 나의 말을 듣고 히로시마 항에 도착을 했다. 타임 웜홀은 그들을 태워 동현이 있는 미국 샌프란시스코의 **YMCA**병원 가까이 데려다 주었다.

그리고 동현의 가족들은 안전하게 동현이 있는 곳으로 갔다.

"이 애는 누구야?"

"최옥희인데. 왜?"

동현이와 어머니는 안도의 한숨이 나왔다.

곧 있으면 히로시마상공에 미군의 비행기가 있는데 곧 있으면 터진다고 하던데…. 그 시각 히로시마 상공에 있는 미군 비행기는 폭탄을 떨어뜨려 놓게 되었다.

그리고 시간이 지났다…….

버섯머리모양의 큰 구름이 보였다. 일본의 패망이 거의 남지 않았다는 말도 이제는 딱 맞아 들어가게 되었다.

그리고 일본의 산업단지가 방사능에 오염된 그 척박한 땅으로 바뀌었다.

나는 그 시간을 지체시키기 위해 동현을 어디론가 데려갔다. 이곳에서 일본이 미국의 군 갑판 아래서 항복 선언을 하는 모습을 보게 되었다.

그리고 미국 정부는 UN이라는 큰 건물을 뉴욕에 세우는 것이 진행 되었다. 나는 시간을 더 지체해서 미국 샌프란시스코에서 진행한 일본이 빼앗은 땅을 이제 정리하는 것을 보게 되었다.

내가 동현에게 꼭 해 주고 싶은 말은

"꼭 이 현장을 보고 난 후에 독도에 대한 일본의 억지 주장이 왜 일어나는지를 알았니?"

라고 묻는 것이다.

그리고 샌프란시스코에서 의장이 말했다. 일본은 제주도, 울릉도, 거제도를 포함한 한반도의 땅을 돌려주어야 한다.

동현은 그 상황을 보고 의아해 했다. 왜 독도가 우리나라 땅인데 일본이 독도에 대해 주장하는지 말이다.

과거로 간 동현과 그의 일행들에게 타임 웜홀로 바로 들어가는 버튼을 가르쳐 주었다.

chapter6
동현의 복수극과 그 이후

그들을 태운 타임 웜홀은 평화 타임 웜홀 귀환소에 도착을 하게 되었다. 그들은 다시 돌아 왔다. 그리고 나에게 달려들었다. 보고 싶어서 그랬나봐 라고 생각을 했지만 여러 여론이 거쳐 갔다. 뭐 내가 범죄자라는 여론이 날 거지만 말이다. 질문에 계속해서 몰리고 있었다. 그래도 동현은 여행은 잘했을 것 같은데….

다음날이 되어 동현은 나를 찾아와서 따지고 물고 떨었다. 그리고 동현은 타임 웜홀 보관소로 우리 평화 한 연구원을 데리고 가서 타임 웜홀 장치를 갑자기 작동을 시키는 것이다. 나도 깜짝 놀라고 말았다. 시간이 흐른 뒤 그 일을 말리기 위해 많은 보안요원들과 연구원들이 실랑이를 하는 것이었다. 이 타임 웜홀은 잘못 작동시키기만 하면 나도 모르는 세상으로 갈 수 있도록 설계 되어 있었다.

복수극이 시작 되었다. 망가진 기계, 그리고 무거운 한숨만 나오는 그 복수극은 나를 힘들게 했다.

이 연구소에서 만지면 안 되는 물건들을 만지고, 부수기 시작했다. 그리고 나에게 이렇게 말했다. 조카가 힘들어 하는데 그냥 이런 회의실에서 보기만 하고 실망했다고 말을 했다.

"네가 궁금해 하는 그 옥희가 지금 병원에서 퇴원했다고 정보가 들어왔단다. 네가 날 용서해 주겠니?"

동현은 타임 웜홀 여행에 대해 많이 화가 났는지 계속 물었다. 왜 그 쉬운 버튼을 누르게 하지 않았는지 왜 그렇게 힘든 패키지를 준비했는지 묻고 또 물었다.

나는 그럴 만한 이유가 있다고 말을 했다. 그렇게 말이 많던 조카가 이제 중학교 3학년이 된다는 말이 있었다.

그리고 나는 동현에게 선물을 했다. 선물을 기대하지 않는 분위기가 조금씩 휩싸였다. 그냥 가져가 버릴까 하며 말을 했지만 동현은 그 선물을 빼앗기지 않게 품안에 넣었다.

그리고 이 연구소에 벗어나는 모습을 보며 나의 웃음이 더욱더 진해졌다.

아직까지도 이 타임 웜홀에는 균열과 문제가 많지만 그 문제도 언젠가는 풀어지리라고 믿는다.

하지만 그 이후 많이 달라진 동현의 모습을 보게 되었다. 옥희는 많이 아프고 많은 역경이 있었지만 잘 견뎌 내고 조국으로 돌아가서, 아이도 낳고 평화롭게 살고 있었다는 말을 동현에게서 듣게 되었다.

그리고 교생으로 동현의 학교에 다른 연구원이 가게 되었다. 박선주 라는 이름의 연구원은 해외 연수와 교육청에서 주최한 프로그램에 교생을 시켜준다는 말을 들은 것 같다.

그리고 내가 주최하고, 만드는 프로그램인 타임 이동 장치도 거의 완성이 되어갔다. 타임 웜홀의 균열들은 전부 바이러스 때문이었다. 백신으로 치료 중이긴 했다.

옥희는 다른 사람과 결혼을 했다. 결혼 한지 2년 만에 한국전쟁으로 피난을 다녀야 했다. 대구에 조금 있다가 부산으로 내려갔다고 한다.

1959년 5월 옥희 첫 아이를 출산하게 되었고, 그 아이의 이름을 김환기라고 짓고, 그는 현재 교수로 있다고 한다. 그리고 1960년 둘째 아이를 출산했고, 그는 지금 살아 있는지 모른다.

그 후, 여러 아이를 낳았고, 옥희는 시간이 많이 흘러 지금 위안부 할머니로 초청받고, 매주 수요일마다 일본 대사관 앞에서 시위를 하고 있다고 한다.

옥희와 동현이 있던 세월이 고속버스처럼 쌩 지나가는 것이었다. 이름난 영화사나 잡지사에서는 이 이야기를 가져가려고 한 적도 있지만 나는 동현과 그 여행에 동참한 선생님들을 담고 싶었다. 다음날 친구들의 환영 아니 호응과 걱정을 하고 있었던 동현의 친구들은 내가 직접 태워준 차에서 내려 학교 도서관으로 찾아갔다. 도서관에는 여러 아이들이 있었다. 그보다 더 동현을 기다린 사서 선생님은

"네가 없는 사이에 학교가 썰렁했고, 그 역사 선생님도 같이 걱정하게 되었어. 어디 갔다 온 거니? 그리고 곧 있으면 교장 선생님하고 여러 선생님이 도서관으로 온다고 하더라."

몇 분이 지났다. 교장선생님과 여러 선생님들은 전부 도서관으로 왔다. 그리고 말을 하기 시작했다. 타임 웜홀을 탄 이야기와 첨단기술의 진화성을 말하고 있는 것이다. 동현은 마음이 바뀌었는지 다른 사람에게 홍보를 하고 있었다. 동현의 노력의 효과로 우리 평화 사업소로 찾아오는 사람들이 많았다. 동현의 친구인 도은과 서원도 가고 있었다.

동현이 '현지민 누나' 라고 부르는 사람이 있었다. 도서관에서 책을 읽고 더욱더 자라가는 동현의 모습을 보고 있었다. 사실 동현의 학교에는 책쓰기 동아리가 있었는데 그곳에서 책을 내는 작가였다.

오랜 시간이 지났나….

그리고 또 나의 바쁜 일생으로 돌아가게 되었다.

"이 기계는 타임 웜홀 j2입니다. 이 기계는 시공간을 초월하지요. 여러분께서도 아시다시피 타임 웜홀입니다."

그때 내 친구 정동환 박사는 박수를 쳐주었지만 뭔가 수상했다. 간담회가

끝나자 정동환 박사에게 사인을 받으려 사람들이 서로 앞다투어 가까이 있을 뿐이었다.

몇 개월이 지난 뒤인가.

영화사에서 전화가 왔다. 영화 제목을 무엇으로 했으면 좋겠냐고 물었던 그 영화 감독에게 나는 작은 소망을 담아 '소녀의 꿈'이라고 했으면 좋겠다고 말을 했다.

그 전화를 받은 영화감독은 어리둥절했지만 우리 연구원사람들은 내가 왜 그 제목을 채택했는지에 대해 알고 있다.

최옥희 할머니는 최근 너무 아파 서울의 세브란스 병원에 입원했다는 말을 들었다. 그리고 영화제작자는 내게 찾아와

"왜 그런 제목을 붙였습니까?"

라고 묻는 것이다.

나는 귓속말로 말을 해주었다.

어느날 동현이 찾아와 나에게 이 편지를 과거의 옥희가 있는 곳으로 보내달라는 것이었다.

"이거 뭔데?"

내가 옥희에게 보내는 소포 따위니까 '삼촌 절대 보지 말 것'이라고 적힌 소포 안에는 옥희의 위안부 인생을 다룬 영화CD가 있었다.

동현은 시대를 초월한 사랑을 한 것 같았다. 아름다운 인연이 전해지길 바라며 그 소포를 던졌다. 그리고 그 소포는 강물이 바다로 가듯 둥둥 떠 어느 한 시점에 퐁당하고 내려 간 것 같았다.

나는 서수 팀장을 불러 1950년대 초반에 젊은 옥희가 있다는 정보를 알게 되었다. 그 소포는 안전하게 도착한 것 같다. 옥희가 사는 그 동네에 소포가 도착한 것을 알게 되었다.

'똑똑똑'
"최옥희씨!"
따뜻한 온기가 전해졌다. 그리고 옥희가 나와서 그 소포를 받게 되었다. 동현이 준 그 소포를 뜯었다. 그 안에는 맛있는 음식과 옥희에 대한 편지가 있었다.

아이들은 맛있게 무언가를 먹고 있었다. 그 달콤한 음식들은 지금도 김환기 교수가 하는 말이기도 했다. 엄마가 준 그 음식이 어디서 온 것인지는 모르겠지만 맛있기도 했고 가난한 그 시절에 나에게 희망이었다고 말했다.

그리고 시간이 조금 지났다. 크리스마스가 거의 가까이었다. 방학이 다가온다는 희망도 생기게 되었다.

chapter7
헤어짐이 있으면 다시 만나는 법!?

곧 있으면 조카가 다니는 학교에 아는 누나인 현지민 누나는 졸업을 하게 되었다 그리고 동현은 정들었던 중학교 선배님과 어느덧 일 년이 끝났다.

동현이 그렇게 묻던 선생님도 이제 어디론가 떠나는 시점에서 동현은 다시 생각하기 시작했다. 며칠 뒤 우리 평화 기술 산업 1단지에 정동환 박사가 왔다. 그리고 내 동생가족이 탄 타임 웜홀을 고치기 시작했다.

나는 급히 동현을 찾아갈 궁리를 하고 있었다. 그 와중에도 정동환 박사는 DMB도 달고 다른 나라로 가는 부품을 하나하나 갈아 끼워 넣었다. 나는 동현을 평화 기술산업 5단지에 불러 왔다.

"삼촌 여기는 어디야?"

"응, 동현아. 우리 기술원들이 타임 웜홀 기의 가능성을 조사했던 곳이야. 동현아, 정동환 박사라고 알고 있지?"

"응."

동현은 얼굴을 약간 기울여 나를 꼴아 보고 있었다.

"또 무슨 일이야? 또 나를 고생시키고 하려고! 응? 삼촌 그런 일이라면 날 시킬 생각 하나도 하지 마."

라고 퉁명스럽게 말하고 있는 것이다. 나는 동현을 평화 기술 산업 1단지에 데리고 갔다. 동현은

"이 사람 누구야!"

라고 말하고 있었다. 동현은 정동환 박사와 여러 가지 이야기를 꺼내고 있었다.

정동환 박사는 나를 찬찬히 보며 말을 하였다. 정동환 박사는 더욱더 나에게 매달리는 것 같았다. 사실 정동환 박사의 아들이 있으면서 말이다.

"너 아들 있잖아. 그치? 그러니 그 아들을 데려 가면 되지 않나?"

"그렇지만 아들이…."

뭐 그래서 그런 식으로 반박했다. 나는 정동환 박사의 트집을 잡아 말을 했다. 정동환 박사는 항상 너는 가만히 있는 것이 문제라고 말을 했다.

동현은 3학년 진급을 하기 위해 준비를 여러 차례 준비했다. 환경과 모든 여건들이 달라졌지만 우리 연구원들은 더욱더 분주해졌다. 서수 팀장은 항상 눈을 찌푸리고 다니지만 내 앞에서는 항상 밝게 웃는다.

정동환 박사와 같이 밥을 먹으러 갔다.

"일 잘 되나?"

"응. 일 잘 되는데."

정동환 박사와 밥을 사먹으러 간 곳은 일본대사관 앞이다.

"사죄하라! 사죄하라!"

일본은 위안부 피해자들에게 사죄하라고 말을 했다. 그렇게 쩌렁쩌렁하게 울리는 소리에도 불구하고 일본 대사들은 사죄를 안 하는 것 같았다. 나오지도 않고 말이다.

요즘 들어 감정과 사랑이 많이 사라진 것 같았다. 바쁘게 돌아가는 이 시간에도 세계에 굶어 죽고 하는 사람들과 선진국들의 횡포가 더욱 악용되는 세상이다.

옥희의 행동은 카메라의 곳곳에 잡히고 있었다. 옥희 외에도 피해자인 옥희가 아는 누나인 용수도 마음을 담아 사죄하라고 외치고 있었다. 춥고 덥고 비오고 눈이 오고 그래도 말이다. 동환이 말대로 하면 그렇다고 말을 했다.

텔레비전에서도 일본이 자위권을 인정했다는 뉴스가 떴다.

그리고 여러 가지 말들을 했다. 나는 다시 대구로 내려가게 되었다. KTX를 타고 동대구역에 내렸다. 버스를 타고 가게 되었다.

동현은 사서 선생님과 나를 기다리고 있는 것 같았다. 나는 내 차를 몰고 그들을 태워 저녁밥을 사주었다. 그리고 별 헤는 밤 그들을 각자 집에 데려다주고 나는 집에 가게 되었다.

원래 이 글을 쓰게 된 동기는 역사를 왜곡하는 것을 못마땅하게 생각했기 때문이다. 나는 독자들에게 질문을 하고 싶다.

'가깝고도 먼 나라'로 인식되는 나라이며 메이지 유신이 있던 나라는 어디일까?

정답은 일본이다.

1908년 당시의 일본은 제국주의자들이 있었고, 개화 정책으로 식민지를 넓힌 나라이다. 전 세계는 일본의 성장에 대해 많이 놀라기도 할 것이다. 그런 점에서 배울 부분이지만 일본이 잘못한 점도 있다.

사실 이 글의 모티브는 일제강점기의 위안부다. 그런데 지금 이 사실을 부인하는 일본이 그런 이기적인 모습을 보이고 있다. 그리고 이기적인 일본 정부에 대해 우리는 진실을 알려주어야 하기 때문에 이 글을 쓰게 되었다.

그 시절 아름다운 소녀시절을 보낸 소녀들이 시간이 많이 흘러 쭈글쭈글한 손의 할머니가 되어버린 지금. 그 시절에 소녀들을 끌어들인 방법도 돈을 벌 수 있다고 거짓말을 하는 등 데려가는 방법도 여러 가지였다.

인권이 지켜지지 않는 이런 이기적인 시대를 살아가온 사람들에게 그 일본은 항상 새해만 되면 진실이 아닌 사과를 했다고 이야기하고, 그런 가식적인 사과는 위안부 소녀들에게 상처만을 줄 뿐이다. 최소한 위안부 소녀들을 한 분 한 분 방문하여 사과를 해야 한다.

지금 현재 위안부 할머니 평균 나이는 86세. 추운 겨울에도 눈이 오나 비가 오나 우박이 치나 매주 수요일마다 일본 공사관에서 시위를 열며 진심이 우러나오는 사과를 바라며 수요 집회를 계속하는 그녀들….

그 시대 그 사건 모든 것이 부인과 미련으로 남은 위안부의 꿈…. 일본은 그 가식적인 시대를 부인하고, 진실마저 숨겨 놓으려고 한다. 그러면 그럴수록 그에 따른 나라간의 간격 또한 아주 많이 벌어질 것이다.

뉴스 속보를 보면

일본 국수주의자들이 3·1절을 앞두고 일본군 위안부 출신 할머니들을 모욕하는 노래를 할머니들이 거주하는 '나눔의 집'에 보낸 사실이 뒤늦게 알려졌다. 반성과 사죄는커녕 갈수록 도발적인? 일부 일본인들의 이 같은 작태가 공분을 불러일으키고 있다.? 2일 경찰 등에 따르면, 경기도 광주시 퇴촌면에 있는 '나눔의 집'으로 지난 달 28일 오후 한국과 위안부를 비하하는 노래 CD 한 장과 이 노래 가사를 한국말로 번역한 종이 한 장이 담긴 소포가 도착했다.

소포 발신인 난에는 일본 국수주의 록밴드로 알려진 '벚꽃 난무류'라고 적혀 있고 재일동포와 독도, 그리고 한류 아이돌 그룹을 겨냥한 폭언이 담긴 노래 가사집과 CD가 담겨 있는 걸로 전해졌다.

또 이들은 이 노래를 뮤직비디오로 만들어 지난 1월 26일 유튜브에 올렸다. '나눔의 집' 측은 소포를 보낸 이들을 상대로 고소를 포함한 법적 대응을 검토하고 있는 것으로 알려졌다.

출처 조선일보

여성이라는 점에 고려했을 때 너무 인권이 없는 것 같다. 그리고 흑백 선전을 하고 다니면서 우리나라의 토지인 독도를 자기네 땅이라고 하고 있는 도둑놈의 심보를 가진 사람들이 있다. 그런 나라는 처음 본 일일 것이다. 우리나라 독도영유권이 억지 주장이라니 말이 안 되는 일임에 틀림없다. 국제 사법기구로 이 영토에 대해 말을 하고 있다는 점에서 말이 안 된다.

우리나라 청소년이 꼭 알아야 할 것을 소설로 전하므로 나는 더욱 진보적이길 바라는 마음으로 만들게 되었다.

'소녀의 꿈'이라고 영화감독에게 말한 이유는 소녀(옥희)의 삶을 통해 일본의 역사왜곡과 더불어 강한 자가 약한 자를 괴롭히는 잘못된 생각을 고치기 위해 만들었다.

내가 이 글을 쓰게 된 바탕은 위안부 할머니들과 함께하는 봉사활동을 하게 되면서이다.

그리고 내가 쓴 chapter1, chapter7은 과거사에 대한 이야기를 엮어 보고 싶었고. 제일 열심히 쓴 부분이면서 열정을 쏟은 책이다.

이용수 할머니께서는 일본이 괴롭힌 일을 상세하고 알맞게 비유를 하여 보여 주셨다. 그리고 일본과 우리나라의 지리적으로 가까운데 인상이 나쁜 이유도 더욱 알아 갈 수 있게 되었다.

독자들에게 남기고 싶은 말이 있다.

이렇게 고생한 사람들이 있었기에 우리가 잘 살고 행복하게 살고 있다는 말과 일본 제국주의의 위안부정책 잘못 되었다는 것을, 그리고 증인이 되기를 기대한다라고 말하고 싶다.

마지막으로 독자들에게 하고 싶은 말은 돈으로 사람의 마음을 싸는 것은 절대 아니다 사실을 알려주고 싶다.

이 글을 쓰기위해 자료 찾는 것부터 시작해 적기까지 2년이라는 큰 시간이 흘렀지만 이 글이 완성된 것에 대해 더욱 기쁘게 느꼈다

그리고 많은 노력과 책을 읽고 구한 작품이기도 했다.

우리들의
마음이
時로
빛나다
고산중학교 3학년 4반 김선우

작가소개

김치~하고 사진을 찍으면 항상 눈을 감거나
이상하게 나오는 나
선물을 받으면 기뻐하고 항상 웃는 얼굴로
사람을 대하는 나
우유를 많이 먹고 운동을 해도
키가 잘 안 크는 나

말의 효과

칭찬 한마디가 하늘을 날게 해준다고
욕 한마디가 인생 끝내게 해준다고
사랑 한마디가 또 사랑을 낳는다고
이별 한마디가 가슴을 멍들게 한다고
사과 한마디가 코끝이 찡하게 만든다고
용서 한마디가 가슴을 울리게 한다고
격려 한마디가 더 힘내게 한다고

차례

말의 효과

어디로

나는 어디갈꼬 어디로 가면 되는고
백길 천길 하루종일 가도 못 찾는 길을
어떻게 어디로 가면 그 길이 나오나

〈항상 우리는 인생을 살다보면 길을 못 찾아 헤매일 때가 있다. 공부도 그
렇고 인생도, 또 사회에 나가서도 그렇다. 우리 인생의 길은 무수히 많은 길
이 있다. 우리는 그중 하나의 길을 선택하는 것은 너무나도 어려운 일이다.
이렇게 생각하게 되어 이 시를 써보았다.〉

구름과 여행

구름아, 너는 점점 멀어져 가는데
난 왜 계속 이 자리에서
가만히 있을까
나도 너 따라 멀리 멀리
가보고 싶은데

구름아, 네가 나를 데려가 줄래?
그러면 나도 갈 수 있을 거야
혼자 먼저 가지 말고 같이 가자
손잡고 멀리 멀리 여행 떠나자
우리 같이 여행 떠나자

나의 소원

별아, 별아
밤하늘을 수놓은 별아
나의 소원을 들어주겠니?

나의 소원은
별이 되는 거야
너처럼 감동을 주는
별이 되는 거야

언젠가 내가
별이 될 수 있을까?

이 바쁜 때 웬 설사

엘리베이터는 늦지요
배는 아프지요
층수는 아직 많이 남아 있지요
설사는 났지요
집 열쇠는 떨어뜨리지요
화장실엔 동생이 있지요

－김용택의 '이 바쁜 때 웬 설사' 모방시

내가 가장 착해질 때

내가 아는 지식들
친구들에게
말해줄 때
나는 저절로 착해진다

—서정홍의 '내가 가장 착해질 때' 모방시

소중한 우리 가족

돈에 치이고
직장에 치이고
건강에 치인다

그래도 집에 가면
나를 반겨주는
우리 가족

오늘 하루 쌓인
스트레스가
우리 가족의
미소 한 방에
다아 날아간다

달의 이야기

엄마, 달이 나를 따라와요
달은 하나 밖에 없는데
왜 저만 따라오죠?

으음, 달이 너를 좋아하나보다

정말요?
그럼, 나도 달을 좋아해야지

내가 행복한 이유

나는 가족이 있어서 행복하다
나는 꿈이 있어서 행복하다
나는 세상이 있어서 행복하다
나는 친구가 있어서 행복하다
나는 스승이 있어서 행복하다
나는 자랑스러운 역사가 있어서 행복하다

너에게 묻는다

봉사활동 함부로 무시하지 마라
너는
누구에게 단 한 번이라도 고마운 사람이었느냐

–안도현의 '너에게 묻는다' 모방시

나의 꿈

7살 때 꿈은
유치원 선생님
9살 때 꿈은
초등학교 선생님
11살 때 꿈은
변호사
13살 때 꿈은
디자이너
현재 꿈은
인테리어 디자이너

2부

나의 마음 속
이곳

추억

그대,
내 마음에
한 편의 비디오로
찍혀 있다

그대를 처음 본 날
그날의 풍경 그대로
선명하게 뚜렷하게
지울 수 없게 남아 있다

－용혜원의 '추억' 모방시

꿈

저 따뜻한 햇살아래
단 한 시간만이라도
단 몇 분만이라도
쉴 수 있으면 좋겠네.

실잠자리 고추잠자리 춤을 추는
저 따뜻한 햇살아래
아무 걱정 없이.

–서정홍의 '꿈' 모방시

종이비행기 여행

파란하늘에 띄운
내 어린날의 종이비행기
어디로 갔을까
궁금했는데

내 그리운 추억 속에
고스란히 남아 있다

−용혜원의 '종이배 여행' 모방시

용서의 편지

당신을 용서한다고 말하면서
사실은 용서하지 않은
나 자신을 용서하기
힘든 날이 있습니다

무어라고 변명조차 할 수 없는
나의 부끄러움을 대신해
오늘은 당신께
곱게 쓴 편지를 보내고 싶습니다.

그토록 못된 말로
나를 아프게 한 당신을
미워하는 동안

내 마음의 잿빛 물엔
2급수의 피라미 한 마리 보이지 않아
몹시 괴로웠습니다

이젠 당신보다
나 자신을 위해서라도
당신을 용서하지 않을 수가 없습니다
나는 참 이기적이죠?

나를 바로 보게 도와준
당신에게 감사하다는 말을
아직은 용기 없어
이렇게 편지로 대신하는
내 마음을 받아주십시오

—이해인의 '용서의 꽃' 모방시

나는 태풍입니다

바람을 따라
빙그르르르
춤을 추며
이리 빙글
저리 빙글

밑에 있는 장난감들이
전부 부서지고
망가지고

그래도 살살 돌아가며
피할 거 다 피하는
나

다들 무서움에
벌벌 떨며
꼭꼭 숨어 있습니다

나를 그렇게
무서워하지 말아요

내가 상처 받잖아요
피하지 말고

엄마를 잘 돌봐주세요

나는 아픈 엄마를 위해
오늘도 빙그르르
춤을 춥니다

    태풍 2개가 지나가고 친구들과 수다 떨다가 태풍 얘기가 나왔다. 그 순간 태풍에 대한 시가 떠올랐다. 시에서는 '엄마'가 '자연', '밑에 있는 장난감들'이 '우리가 살아가는 사회'를 말한다. '빙그르르 춤을 춘다'라는 표현은 태풍이 한쪽 방향으로 회전하며 움직이기 때문이다.

    '무서워한다'라는 건 우리가 평소 태풍을 생각할 때 많은 피해를 입는 것을 먼저 생각한다. 하지만 태풍은 좋지 않은 물질은 걷어가고 좋은 물질은 남겨두는 자연에 아주 도움이 되는 일을 해준다. 그래서 '나를 그렇게 무서워하지 말아요'라고 표현했다. 태풍이 꼭 나쁘지만은 않다는 것을 알려주고 싶은 마음에 이 시를 썼다.

그 말

사랑한다는 그 말.
보고싶다는 그 말.
고맙다는 그 말.
좋아한다는 그 말.

언제쯤 자연스럽게
말할 수 있을까.

생각이 나서

생각이 나서
생각이 나서

항상 그대를 그려서
직접 보지는 못해도
그래도 항상
생각을 하며

생각이 나서
생각이 나서

꽃의 일생

봄이 왔다.
봄은 나의 뽐내는 시간
유—후— 나 어때?

여름이 왔다.
에휴—더워라
아기를 보낼 준비를 해야겠군

가을이 왔다.
아가야—건강하게 지내라
겨울을 잘 버텨야 한다—

겨울이 왔다.
아가야, 나는 간다
꾹—참았다 봄에 맘껏 뽐내거라

할미꽃

시들시들
이 할미는
허리가 쑤신다
너는
이리 되지 말거라

낙엽

한 끝 한 끝 매달려 있는
떨어질 듯 말 듯
벼랑 끝에서

휘이잉 바람이 불 땐
어어어, 휴우. 다행이다.
끝까지 아슬아슬하게 버티네.

_3부

우리들의 일상

선생님과 학생

나는 선생님
당신은 학생.

당신은 커튼으로 나를 막습니다.
나는 당신을 감점합니다.
나는 당신이 1학년이든 2학년이든 3학년이든 다 같아 보입니다.
만일 당신이 아니 공부하시면 나는 감점하고 일으켜 세우며 밤에서 낮까지 학생 얘기를 합니다.
당신은 종만 치면 나를 돌아보지도 않고 가십니다그려.
그러나 당신을 다시 볼 시간만은 알아요.
나는 당신을 기다리면서 날마다날마다 늙어갑니다.

나는 선생님
당신은 학생.

-한용운의 '나룻배와 행인' 모방시

학생이 힘들다

인생 참 힘들다
학교에 학원에 공부에

인생 참 힘들다
진로에 성적에 체력에

인생 참 힘들다
친구에 잔소리에 용돈에

인생 참 힘들다
외모에 키에 몸무게에

인생이
너무 힘들다

즐거운 방학

　내 그대를 생각함은 항상 그대가 있는 7, 8월에 햇빛처럼 사소한 일일 것이나 언젠가 그대가 한없이 방학숙제 속을 헤매일 때에 오랫동안 전해오던 그 사소함으로 그대를 불러 보리라.

　진실로 진실로 내가 그대를 사랑하는 까닭은 내 나의 사랑을 한없이 잇닿은 1학기의 기다림으로 바꾸어 버린 데 있었다. 여름이 되면서 얼굴엔 땀이 퍼붓기 시작했다. 내 사랑도 어디쯤에선 반드시 그칠 것을 믿는다. 다만, 그때 내 기다림의 자세를 생각하는 것뿐이다. 그 동안에 낙엽이 떨어지고 눈이 퍼붓고 꽃이 피어나고 또 낙엽이 떨어질 것을 믿는다.

　─황동규의 '즐거운 편지' 모방시

학생과 시험

나는 학생
당신은 시험

당신은 백점 방지로 나를 짓밟습니다.
나는 당신을 위해 공부합니다.
나는 당신이 오시면 1차이든 2차이든 수행평가든 공부합니다.

만일 당신이 아니 오시면 나는 게임을 하고 카톡을 하며 밤에서 낮까지 당신을 거부하고 있습니다.
당신은 시간이 지나면 나를 돌아보지 않고 가십니다그려.
그러나 당신이 언제든지 오실 줄만은 알아요.
나는 당신을 기다리면서 날마다날마다 지쳐갑니다.

나는 학생
당신은 시험.

－한용운의 '나룻배와 행인' 모방시

학교의 시간

수업시간이라 쓰고
수면시간이라 읽는
아이들

쉬는 시간이라 쓰고
숙제시간이라 읽는
아이들

점심시간이라 쓰고
추격시간이라 읽는
아이들

지우개

모난게 참 못생겼다
뽀얀 흰 피부에
바닥을 기다왔는지
검게 그흘린 자국
손으로 살살 문지르니
때가 나오더니
금새 뽀얗게
허물을 벗는다

멀리뛰기

다다다다다
힘차게 달려와서
콱!
발판을 밟고
부우웅
뛰어올라
푸욱
모래판에 구멍을 만든다

어느 여름날 분 바람

무더운 여름,
교실에 있는 아이들은
땀을 뻘뻘 흘리며
공부한다.

때마침 불어온 바람
햇빛을 가리던 커튼이
바람에 흔들린다

후아— 살 것 같다
그제서야
다들 기분 좋은
미소를 짓는다

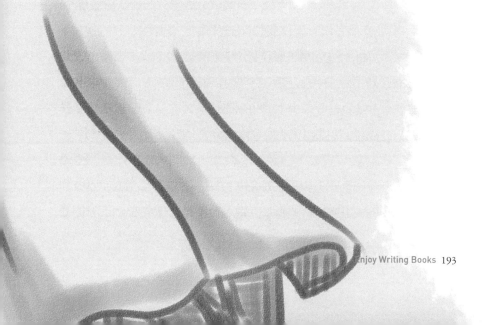

시험

째깍 째깍
초조함의 절정에
다다른 아이들

몇 명은 한 시름 놓인 듯 웃고
몇 명은 곧 나올 성적표 생각에 한 숨 쉬고

시험은 왜 우리를
항상 초조하게 만드는지

다음에는 더 잘해야지
다짐과 함께
한 시름 놓는다.

좋겠다

끝까지 다
외울 수 있는
전화번호 몇 개쯤 있었으면
좋겠다.

매일 노래 한 곡씩 들려주는
남자사람 하나 있었으면
좋겠다.

나를
웃게 만들어주는
예쁜 화분 하나 있었으면
좋겠다.

몹시 힘들 때
그저 '괜찮아' 라고 말해 주는
사람이 있었으면
좋겠다.

내가 슬픔을 노래할 때
그 슬픔을 그쳐주며
그 슬픔을 알아줄
고마운 사람 하나 있었으면
좋겠다.

-백창우의 '좋겠다' 모방시

'여러 가지 일을 경험해 보고 싶다.' 라는 생각이 상하다. 여러 가지를 체험하고 어떤 것이 적성에 맞는지 또는 내가 좋아하는 일은 무엇인지 찾으려고 많은 것을 경험한다. 이 시를 쓰는 것은 친구의 속상임도 있었지만 해보고 싶다는 생각이 강했다. 아직 실력이 많이 부족해 초등학생 수준의 시도 나온 것 같지만 이건 존 더 노력하면 될 것 같다.

처음 해보는 일이라 좀 서툴게 했지만 주변에서 많은 도움을 받았다. 정말 고맙다는 말을 전하고 싶다. 시를 쓰면서 정말 구상 자체가 안 될 때는 그냥 좀 쉬면서 여유롭게 소재를 찾았다. 급하게 하려다 보면 오히려 더 안 되기 때문에 천천히 여유롭게 하는 것을 택했다.

항상 의욕이 넘치는 모습으로 있는 나는 이 일을 할 때 조금 지친 기색도 보였지만 나름 많은 노력을 했다고 생각한다. 앞으로는 더 많은 시들을 접하고 많이 생각해서 좀 더 좋은 시를 쓰고 싶다.

가면 장인

고산중학교 현지민

차례

등장인물

후기

1. 본명은 권재영. 통칭 가면장인 올해 고3이지만 성적 등의 문제로 대학을 포기 한 후 마지막 미 성년의 해를 가면장인으로 보낸다. 가면과 보라색의 짙은색 정장으로 자신을 드러내지 않음과 딱딱하고 약간 나이 들어 보이는 말투로 대하기 어려운 사람으로 느껴지지만, 한번 마음의 문을 열면 죽은 후에도 찾으러 가 줄 만큼 정이 많은 편이다. 그림자를 통해 이동하는 듯 하며, 그림자 속에 작업실을 두었다고 한다.

2. 송현아. 16세, 자신과 어울리지 않는 얼음 공주 캐릭터를 고수하는 콧대 높은 여자아이로 학교 에서의 차가운 면과는 달리 소심하고 우유부단하며 쉽게 눈물을 흘리는 면도 가진 인물이다. 자신이 얼음 가면을 쓰고 있단 사실과, 그것이 불완전하다는 것을 알고 있어서 자신이 무너지 려 들 때면 항상 마음속으로 눈의 여왕을 불러왔다. 그리고 그 기도는 재영에게 닿는다.

3. 유하연. 미취학 7세, 재영을 '아저씨'라고 부르며 항상 곰 인형을 안고 있는 여자아이이다. 재 영을 몹시 좋아하며, 가족만큼이나 잘 따른다. 또래 중에서 유난히 순진하고 내성적이어 동급 생이나 상급생들에게 놀림도 받았던 때문인지 마녀와 악마를 동경해 악마가 되기를 소망하지 만, 그것이 재영과의 갈등을 일으킬 것이란 사실은 모르고 있다.
그러나 재영과의 이별을 안타깝게 여긴 필자는 하연의 미래에게 잊혀지고, 지워진 과거의 누군가 를 찾는 운명을 더하였다. 그러니 새드 엔딩을 좋아하지 않는 사람들도 끝까지 읽어주길 바란다.

4. 정세은. 16세, 현아의 같은 반 친구, 장난치기를 좋아하고 개그 욕심이 많은 등 비교적 해맑은 이 여학생은 외모적 콤플렉스가 큰데다 이성에 관해서도 상당히 큰 관심을 보인다. 가면을 통 해 그 콤플렉스를 줄이는 데 성공하지만, 기대한 것과는 사뭇 다른 반응에 낙담하여 재영의 수 많은 고객 중 '유일하게' 스스로 가면을 벗어 찢어버린다.

5. 정아영. 22세, 세은의 언니. 대학을 한 해 쉬고 번화가의 화장품가게에서 아르바이트를 한다. 고 객과 사업자보다는 환자와 의사에 가까운 형태로 재영과 마주한다. 가면이니 뭐니 하는 것에 크게 휘둘리지 않는 모습과 더불어 남을 무척 불신하는 모습도 보여주는 그나마 가장 '현실에 사는 사람'이다. 그러나 동생에게는 장난스럽고도 부드러운 모습을 보여 어떤 모습으로는 재 영을 인정하는 듯한 모습도 보인다.

6. 민현준. 17세, 180이 훌쩍 넘는 큰 몸집에 비해 작은 일에도 민감하며 칼날 위에 선 듯 예민했 다. 특히 성적에 관한 열등감이 큰 편이었다. 정신적 고통과 아픔에 대해 부정적인 편견이 강하 여 그것들에 관해 남에게 드러내길 꺼렸던 탓에 혼자 오랫동안 앓다가 누구에게도 자살 동기를 밝히지 않은 채 홀로 쓸쓸히 7월의 마지막 날 자신의 방에서 목을 매고 자살했다. 이 소설 속에 서는 망자(亡者)로 묘사되며, 죽기 직전에 만난 재영과 가장 친하게 지냈던 것으로 보인다.

*기타
한민지 – 재영의 기억 속에 존재하는 망자, 어릴 때 재영과 한 동네에 살면서 친 누나처럼 보듬 어주고 함께 해주던 것으로 보이며 12살 때 교통사고로 죽었다. 훗날 재영이 죽음에 대해 극단 적인 반응을 보이는 이유가 된다.

1-1. 얼음 속에 피어난 장미

"나 송현아의 이야기"

사고형, 내성형, 냉담형, 흥분형, 순종형, 독립형, 강인형, 민감형, 사교형, 행동형, 고독형, 태평연, 안정형, 지배형, 예술형 이렇게 15개의 성향으로 나누어 진로 선택한답시고 가정선생님이 뿌린 두 장의 프린트물은 아이들의 손에 쥐어졌다. 학습지 맨 아래쪽에는 세 개의 칸이 만들어져 있었는데 그곳에 친구들의 이름을 적으면, 이름이 적힌 친구들이 내 성향을 적어 주는 것이다. 대충 예상은 하고 있었지만, 세 명의 대답은 비슷비슷했다.

> [이지연]〈냉담형, 독립형, 사고형〉
>
> [최은아]〈독립형, 사고형, 고독형〉
>
> [정세은]〈고독형, 냉담형, 독립형〉

한마디로 정리하면 아이들의 눈에 나는 얼음공주로 비쳤다는 것이다. 아니, 공주란 표현은 틀린 건지도 모른다. 단순히 동사(凍死)한 파리 시체인지도 모른다. 하지만 이왕 얼어붙었다면 장미이고 싶고, 냉담하다면 공주님인게, 단순히 머릿속 생각이라고 할지라도 더 낫다고 생각되었다. 공주님은 고고하고 흔들리지 않는다. 나는 그렇게 되기 위해 노력한다. 차갑고 핏기 없는 얼굴도, 성남도, 슬픔도, 즐거움도 드러내지 않기 위해 무척이나 애쓴다. 무표정하고 시큰둥하다는 표정을 유지하기 위해 어금니를 악물고 참는다. 바보 같다. 웃는 모습이, 화가 난다. 우는 모습에, 촌스러워 보인다. 깜짝 놀라는 모습들이……

　체육시간이었다. 누가 친 건진 모르지만 앉아서 노는 학생들에게 잔소리를 하는 체육 쌤의 머리 위에 셔틀콕이 톡 떨어졌다. 그 넓디넓은 강당에서 하필 거기에, 처음에는 혼나던 아이 중 하나가 키득거렸다. 그리고 그것이 시발점이 되어 모두가 키득키득 대며 웃었다. 그 속에 나도 섞여 있었다. 다들 웃는데 나도 웃는 것이 뭐 그리 잘못 됐던 걸까? 나를 보고 있던 실장이 말했다.

　"어, 웃었다."

　왜일까, 그게 뭐가 놀라운 걸까, 그 주변에 있던 모두가 깜짝 놀랐다. 모두가 날 쳐다보는 듯한 기분……. 답답하고 부담스러운 정도가 아니라 불쾌하다. 손끝이 얼어붙는 것처럼 차갑고 찌릿 거린다. 내 표정이 굳어져 감을, 얼굴에 경련이 일어남을 통해 알 수가 있다. 아니, 굳는 것과는 조금 다른 느낌이다. 얼어간다고 해야 할까, 주체할 수 없는 한기가 돌았다.

　"그래서 뭐 어쩌란 거야? 난 웃지도 말라, 이거야?"

　목소리가 작다. 목이 메이고, 답답해 온다. 마음속으로 어딘가에 있을 눈의 여왕을 애타게 찾는다. '여왕님, 마음이 얼어붙는 눈꽃을 내게 보내주세요'라고, 애타게 마음속으로 외친다. 내가 냉정을 유지할 수 있게 도와달라고 빌고 빈다. 별것도 아닌 일에 눈꺼풀이 떨리고 눈물이 차올라와 답답하다. 우는 게 무섭다. 남들이 만만히 볼 그런 나약한 표정을 짓는 게 두렵다. 완전치 못한 나를 원망하며 나는 아랫입술을 깨물었다. 더 차가워지고 냉철해지도록, 공주님이란 표현이 맞아 떨어질 정도로 아주 차갑고도……. 차갑다? 억지로 참고 있던 눈물이 흘러내린다. 내가 왜 차가워져야만 할까? 무엇이 나를 웃지도 울지도 못하게 막고 있는 걸까? 끝없는 고민의 바다에 빠졌다. 내 표정이 어떠한지조차 생각나지 않을 정도로 깊고 차가운 바다 속에 가라앉아서 해답을 찾아 헤매고 있다. 정말 별것 아닌 고민이라고들 할지 모르지만, 지금 내게는 막막하기만 할 뿐이다. 앞으로 학교를 어떻게 다닐지, 전학이라도 가

버려야 하는지, 세상이 까맣다.

불이 꺼진, 사람들이 거의 이용하지 않는 1층 후관의 화장실. 사람이 없어서 내가 주로 이용하는 곳이다. 나는 세면대 옆 벽에 등을 기대고 섰다. 아이들이 없어서인지 그곳의 옥빛타일들은 유난히 시리도록 차갑다. 터덜거리는 환풍기의 날개가 오늘 따라 무섭게 느껴진다. 좀 더 정확히는 그 사이로 비쳤다가 사라지는 그 빛이 무섭다. 저것마저 없으면 흐릿하게 깜박이는 내 그림자조차 없어진다. 그랬으면 좋겠다. 망자처럼. 그림자 따위 땅위에 버려놓고 혼자 훨훨 날아가고 싶다. 귀찮게 앵앵대는, 사람이 손가락으로 슬쩍 누르기만 해도 죽어버리는 초파리가 오늘 따라 부럽다. 바닥을 걸어가다 나를 보고 놀라 줄행랑을 치는 거미새끼가 오늘따라 부럽다. 그들은 표정이 없으니까. 아마 이들은 ㅇㅅㅇ 이런 표정만 짓고 있을 것 같다. 영영, 죽을 때까지도, 아무 생각도, 감정도 없이……

수업 종이 울렸다. 수업에 들어가고 싶지는 않지만 개근상이 욕심이 난다. 나는 힘없이 터덜터덜 걸어 계단 앞까지 갔다. 4층까지 올라가려니 막막해서일까, 무릎이 후들후들 떨린다. 귀찮음과는 다른, 쓰러질 것만 같이, 왜 이리 졸려오는지 모르겠다. 사람이 서서 잠들 수도 있는 걸까? 하얀 얼굴을 한 사람이 계단을 따라 내려온다. 흐릿해서 잘 보이진 않는다. 하지만 새하얀 얼굴이, 아이들이 찍어 바르는 비비와는 사뭇 다른 느낌이다. 달걀귀신에 더 가깝다.

"춥다……"

나는 실눈을 감았다가 다시 감았다. 졸음이 밀려왔다. 그러다가 이곳이 집 안이 아니라 학교였다는 것을 깨닫고 벌떡 일어났다.

"때맞춰 일어났구나?"

달걀귀신(?)이 말했다. 나는 안경을 고쳐 쓰고 그의 얼굴을 똑바로 쳐다보았다. 새하얀 얼굴에 그저 검은 빛 덩이처럼 어른거리는 두 눈 모양 둘, 어쩐지 무척이나 잔혹스러워 보였다. 그러나 목소리에는 장난스럽고 귀여움이 묻어났다. 높다란 실크햇 때문에 키는 가늠하기 어려웠으나 그렇게 크지는 않은 것 같았다. 그를 어떻게 불러야 할까? 오빠? 너무 오글 돋는데다가 친하지도 않은데 그런 소릴 하면 이상하게 여길 것이다. 아저씨? 그렇게 부르기엔 좀 어려 보인다. 또 함부로 말했다간 분명 감정 상해 할 것이다. 삼촌? 그건 좀 무리수다. 그보다 여긴 어떤 것일까? 온통 새까만, 내 바로 앞의 사람을 제외하곤 하나도 보이지 않는 시꺼먼 곳이다. 그가 한걸음만 뒤로 물러나도 어둠속에 나 혼자 갇힌 기분일 듯했다. 나는 능력껏 그를 불러보았다.

"저…….저기…?"

대답이 없었다. 못들은 걸까 자신을 부른 건지 몰랐던 걸까? 나는 더듬더듬 다시 그를 불러보았다.

"저…… 저기…… ? 형……? 아, 이건 아니다……."

"응?"

화가 난 걸까? 표정이 드러나지 않으니 당최 짐작조차 할 수 없었다. 이럴 땐 정말 내가 남자아이였으면 좋겠다고 생각했다. 그럼 아무 거리낌 없이 형이라 불러도 되었을 텐데…….

"그럼, 뭐라고 불러요?"

"……. 잘 안 들린다만."

그의 대답에 나는 말 하고 싶지가 않아졌다. 무시당하는 게 짜증나고 무섭다.

"다시 말해 봐."

그는 내 쪽으로 고개를 숙였다. 가까워서일까, 어둠속에서도 아주 잘 볼 수 있었다. 귀 주변에 난 보송보송한 솜털들……. 귀엽다. 만져보면 어떨까? 원래 하고 싶던 말도 잊은 채 남의 귀나 감상하고 있는 내가 미친 게 아닌가 하는 생각이 들어 퍼뜩 고개를 들었다.

"내 모습이 무서운가 보지?"

나는 고개를 저었다. 그는 아무 말도 않고 내가 입을 뗄 때까지 기다렸으나, 내가 아무 말도 하지 않자 한숨을 쉬며 말했다.

"그래, 빨리 헤어지는 게 지금의 너에겐 좋겠지."

하고는 어둠속으로 사라져버렸다. 무서워졌다. 뚜걱뚜걱 하는 발소리는 점점 멀어지고 있는데, 사람은 보이지 않는다. 공포영화를 주인공이라도 된 듯한 기분이었다. 어디를 가든 사람은 주변에서 사람을 찾으면 안정될 수 있다는 말이 사실인 걸까. 귀신같이 생겨먹어도, 사람은 사람인 걸까. 혼란스럽기 짝이 없었다. 짧은 시간 안에 이상한 말도 막 던지고, 흉한 꼴을 많이 보여준 사람인데, 부끄럽다기 보단, 지금은 보고 싶다. 어떤 사람인지 따위보다, 그냥 그 주변에 있어 줬으면 좋겠다는, 지푸라기라도 잡아보고 싶다는 심리가 작용했다. 마음이 뒤숭숭하다 못해 머리가 아플 만큼 어지럽다. 빨리 이 새까만 곳에서 나가고 싶다. 여긴 어딜까? 처음엔 춥다고 생각했는데 시간이 지나니 제법 따뜻해지는데, 여기에 누군가 온풍기라도 틀어 놓은 걸까?

"어쩌지? 어떡해 하지? 어째야 돼?? 엄마아…… 후에엥……."

나도 모르게 아이 같은 목소리가 나와 버렸다. 그 이상한 사람이 들었을까 봐 속으론 조마조마했다.

"둘 중에 어느 것이 마음에 드니?"

"흐헤헹?"

등 뒤에서 갑자기 들린 목소리에 너무나 놀란 나머지 벌어진 목구멍 사이에서 쥐가 내는 듯한 이상한 소리를 내어버렸다. 반가운 마음에 그를 얼른 돌아보긴 했지만, 솔직히 저 얼굴은 무서웠다. 나는 두려움으로 간신히 놀라움을 진정시킬 수 있었다. 그가 고개를 갸웃거렸다. 나는 몸과 따로 움직이는 것처럼 보이는 얼굴을 피해 고개를 숙였다. 그러자 그의 손에 들린 두 개의 가면이 보였다.

하나는 그냥 동그랗게 눈구멍만 뚫린 하늘색에 우둘투둘한, 몹시 차가운 가면이었고, 하나는 웃는 눈 모양에 크게 뚫린 넉살 좋아 보이는 입매와 팔자 주름이 새겨진 연분홍빛을 띠는 것이었다. 몹시 정교해 보이는 두 가면에는 정작 중요한, 가면을 고정시키는 끈이라고 할 만한 것이나, 귀에 다는 고무줄 따위가 없었다.

"둘 다 네가 진심으로 원하는 모습이야, 어느 것을 선택하더라도 손해 볼 건 없어."

"근데……. 이건 왜 입이 없나요?"

하늘색 가면을 검지로 톡톡 치며 물었다.

"쓸데없는 말일랑 하지 못하게 하는 거지. 근데 너 아까 전에 나를 뭐라고 불렀었지?"

기억 안하고 있을 줄 알았는데 은근 뒤끝이 있는 아인가보다…. 나는 애써 그의 눈을… 아니 그 커다랗고 시꺼먼, 사람을 홀리게 하는 것 같은 두려운 눈구멍을 피했으나 뭔가 튀어 나올 것 같은 불안감에 식은땀이 줄줄 흘렀다. 그가 어깨를 으쓱 하곤 말했다.

"그래, 호칭은 네 마음이지, 하지만 '누나' 라던가 '언니' 라고 불렀으면 가만히 두지 않았을 거야."

그렇게 말해도 그의 목소리에서 악의는 느껴지지 않았다. 장난삼아 겁주는 것 같았다. 나는 그가 키득대는 사이에 슬쩍 하늘빛 가면을 집었다. 생각보다 몹시 무거웠다. 두 손으로 들고 있기도 버거울 만큼 무겁고 손끝이 아려올 정도로 차갑다. 그는 내가 하늘빛 가면을 선택한 것이라고 생각했는지 내손에서 다시 가면을 돌려받아 양손으로 가면의 뺨 부분을 감싸 쥐고 내 쪽으로 다가왔다.

"가면을 쓰고 있으면, 그것이 부서지거나 깨지지 않는 한 혼자 벗기는 힘들어. 게다가 시간이 지나면 자신이 가면을 쓰고 있단 사실도 잊게 되지. 또, 가면의 필요성을 느끼지 못하게 되면 스스로 그것은 녹아 흐를 거야. 그 외에 가면을 벗고 싶다면 나를 불러."

"어떻게요?"

"그림자가 있는 곳엔 내가 있어. 진심으로 바란다면 또 만나게 될 거야."

"그림자가 옅어도 좋나요? 손바닥 만해도, 그러니까……."

"그래, 네 맘대로 생각해."

그러고는 얼른 내 얼굴에 가면을 가져다 대었다. 얼굴 위에서 무언가 깨지는 듯한 파열음이 들렸다.

"이미 미완성 가면이 있었구나, 너무나 얇지만……. 이제는 쓸모 없어지겠군."

면전에서 들리는 파열음이 커져올수록 조금 전까지 나를 억누르고 있던 아픔이 잦아드는 것이 느껴졌다. 그리고 그 차디 찬 가면이 살에 닿을 때, 나는 어쩐지 내 본래 성격이 냉소적이고 고고하다고 느끼게 되었다. 편안하다. 차갑고 딱딱한데 어째서인지 편안하다. 답답하지도, 아프지도 않다. 무너지지 않게 해 달라는 소망도 사라졌다. 나는 스스로의 힘으로 꼿꼿하고 독단적으로 우뚝 선 철탑과도 같단 생각이 들었다.

"그것은 감정 변화에 민감하니 조심해야해."

"뭐가요?"

"네 얼굴 위에 얹혀 진 그것 말이다."

그가 검지로 내 이마를 톡톡 쳤다. 나는 그의 손목을 잡아챘다. 그는 갑작스러운 나의 변화가 신기한지 고개를 갸웃거렸다

"조언 고마워요. 다음에 또 만날 때도 이런 컴컴한데서 또 봐야 하나요?"

"아니, 이젠 바깥세상에서도 네 눈엔 내가 똑똑히 보일 거다. 이 녀석의 힘이지."

그러면서 내 이마를 꾹 눌렀다. 손톱이 살을 파고드는 것이 느껴졌다. 따끔따끔했지만 내색하지 않았다. 사실 견딜 만한 고통이기도 했고.

"아마 그 약해 빠진 것을 통해 나를 봤었을 거야. 그땐 그냥 흐릿한 연기처럼 보였었겠지만."

그 말을 마지막으로 그는 점점 멀어져 갔다. 아니 내가 떠오르는 것을 느꼈다. 나는 눈을 몇 번 깜박여 보았다. 하늘은 희고 벽에는 손잡이가 달린, 회색

빛에 껌이 덕지덕지 붙은 학교 복도 위다. 나는 혹시나 하여 주머니에서 손거울을 꺼내 보았다. 내 얼굴엔 아무 자국도 없었다.

"개꿈인가……."

꼬리 빗을 꺼내어 앞머리를 슥슥 정리하는데 이마에 빗이 닿으면서 통증이 느껴졌다. 나는 앞머리를 까고 이마를 보았다. 내 이마에는 작은 초승달 같은 사람의 손톱자국이 꾹 새겨져 있었다.

2-1. 잊을 수 없을 사람

"나, 권재영의 이야기"

"아저씨… 왜 이제 와…?"

꼬맹이가 눈물을 글썽이며 내 품에 뛰어와 꼭 안긴다. 여자아이들은 원래 안아주면 더 꼭 안긴댔던가…? 아주 제 아빠 줄 아는 듯 비비적거리기까지 한다. 대개 나와 마주친 사람들은 내 모습에 겁을 먹거나 깜짝 놀라기 마련인데, 처음 만났을 때부터 지금까지 이 아이는 한 번도 내 모습에 겁을 먹은 적이 없었다. 생각해보니 이것 때문에 이 아이와의 관계가 가장 오래 지속된 것이 아닌가 싶었다.

처음엔 의아했었다. 처음 만나자마자 갈빛의 빨간 리본을 단 곰인형을 내 뺨(정확히는 가면)에 비비적대며 "얘 이름은 도리야, 아저씨한테 인사시켜 줄 거야."라고 하는, 하늘거리는 분홍색 원피스에 양갈래로 묶은 아이에게 대체 어떤 가면이 필요했길래, 무엇을 죽을 만큼 갈망했길래 나를 불렀던 걸까?

하지만, 아무렴 상관없었다. 피 한 방울 섞이지 않았지만 세상에 하나 남은 아기천사마냥 사랑스러운 아이를 만났다는 것이, 그 아이로 하여금 내 마음이 편해졌다는 것이 지금 내게는 중요할 뿐이었다. 아이도 나와 함께 함으로써 즐거운 듯하지만, 나 역시 어느 순간부터는 즐기고 있다는 것이 새삼 신기하게 느껴졌다. 저 나이 때에만 발할 수 있는 순진하고 반짝이는 눈망울……. 어디 가지 말고 자신과 함께 놀자고 나를 부르는 것만 같았다. 나는 아이의 머리를 쓰다듬었다. 녀석은 이것을 몹시 좋아한다. 내가 아이의 머리를 두어 번 쓸자마자 꼬물대며 품속으로 기어든다. 이제 녀석은 저가 좋아하지만, 내 측면에서는 뻔한 패턴을 사용할 것이다.

"아저씨, 할 말이 있어. 귀 좀 대어볼래?"

"싫어."

"우웅, 왜애? 그러지 말구 이리와 아저씨, 꼭 해야 할 말이 있단 말이야."

나는 못 이기는 척 고개를 숙이고 아이의 입가에 뺨을 가져다댄다. 이쯤 되면 나의 이런 반응에 아이도 익숙해질 때도 됐건만 아이는 헉 하고 숨을 들이쉰다.

"할 말 있음 빨리 해봐."

라곤 하지만 나는 그 다음에 녀석이 아무 말도 않으리란 걸 알고 있다. 아이는 수줍은 듯 입술을 냈다 뺐다 하며 숨소리를 내다가 내가 귀찮은 듯 허리를 펴려하면 목에 매달리어 내 뺨에(정확히는 가면 위에) 재빨리 입을 맞추곤 살짝 웃는다.

"뽀뽀는 하지 말라고 했잖아."

그 반응이 더 좋은 듯 아이는 배시시 웃으며 고개를 절래절래 젓는다. 아이의 광대위에 불그레한 꽃이 피어난다. 아직은 단지 호기심으로만 나를 좋아하는 것 뿐임을 나는 잘 알고 있었다. 자신에게 친절히 대해주고, 항상 안기기만 하는 곰 인형과는 달리 자신이 안아주면 나 역시 팔을 뻗어 안아주는 그것이 좋을 뿐이다. 아이가 알면 조금 실망할 일이지만 당연히 내 눈에 녀석은 귀여운 동생이자 살아 있는 인형으로 느껴진다. 그렇다고 아이가 내게 있어 소중치 않다는 것은 아니다. 그녀가 자신이 항상 안고 있는 곰 인형을 사랑하듯이, 나도 이 아이를 사랑한다. 사랑하기에 아이가 부탁하는 그 말도 안 되는 가면을, 낙인을 만들어 줄 수 없다는 것이다.

처음 만났을 때 나는 아이에게 "네가 원하는 것을 들어줄게." 라고 직업멘트이지만 말할 수밖에 없었다. 그러자 아이는 눈을 반짝이며 단 한순간도 망설이지 않고 내게 자신이 악마가 되게 해 달라고 말했다. 나는 처음에 아이가 만화영화나 그림책을 보고, 그런 기괴한 것들을 신기하다고 여기어 그리 말한 것뿐이라 믿었다. 그러나 사흘 후, 나흘 후, 열흘 후에 물어도 대답은 같았다. 나는 어쩔 수 없이 아이와의 계약을 체결했다. 한번 결정된 계약은 꼭 지켜야만 하는 것이, 누구인지는 몰라도 나 같은 가면장인들에게 정해놓은 법이라 하였다.

'악마라……'

작고 하얀 천사의 얼굴에 새까만 악마의 가면을 나는 감히 내 손으로 씌울 수가 없다. 아니, 그렇게 생각 하면서도 내 머릿속 한 구석에서는 까만 악마의 가면이 그려진다. 새까만 흑요석 바탕에 빨간 아이라인이 날카롭게 그려진 눈, 달콤하고 자극적으로 그려질 유혹적인 입매, 귀엽게 솟을 붉은 뿔 두 개, 얼굴선을 따라 가장자리에는 섬세한 넝쿨 문양을 그려 넣은……. 어느 순간 나의 초점이 다시 아이로 향했다. 그러면서 머릿속의 그 저주받을 가면과 아이의 보송보송한 뺨이 겹쳤다. 갑자기 눈앞이 뿌옇게 흐려져 온다. 내가 만약 그것을 완성한다면, 그것은 내가 저 아이에게 줄 수 있는 마지막 선물이 될 것이란 직감이 들어 온몸에 소름이 돋았다.

"아저씨 어디 아파?"

"아냐, 아무데도 안 아파… 근데 있지 하연아."

"응? 왜 아저씨?"

분명 소용없는 일인 것은 알지만 나는 또 다시 마음속으로 '이번이 마지막 설득인 거야' 라고 되내면서 천천히 입을 열었다.

"아저씨가 그거 말고 딴 거 만들어주면 안 될까? 공주님처럼 예쁜 가면을 만들어줄게. 동화책에 나오는 공주님처럼 백옥으로 만든 가면에 티아라까지 만들어 주마. 분명 예쁠 거야, 응?"

내 목소리가 가늘게 떨린다. 아이는 내가 우는 것이 두려운지 저가 더 큰소리로 훌쩍대며 고개를 설래설래 젓는다. 답답해 미칠 지경이다. 다른 것은 내가 하자는 데로 곧잘 따라주면서 왜 이것에만 유독 고집을 부릴까? 왜 변덕이 죽 끓듯이 바뀌고 또 바뀌는 아이가 왜 이것만큼은 독하게 고집하고 있는 것일까? 그 이유를 아주 모르는 것은 아니다. 그렇지만 난 진심으로 저 아이의 소원이 바뀌기를 바랐다.

처음엔 울먹이기만 하던 아이의 목소리가 힘없는 떨림으로 바뀐다. 보는 내가 더 안쓰럽고 울고 싶다. 그러나 내가 무너지면 이 아이는 그 잔해에 깔리어 다시 일어나는데 너무 많은 시간이 걸릴지도 모른다.

"시… 싫어 아저씨, 하는 악마가 되고 싶어, 착하면 다들 무시하구, 내 물건 빼앗아가 버리는 것 같아서 싫어."

"네가 오해하는 걸 거야……. 그런 게 아니야……."

"아니야, 전에도 유치원에서 내 색연필 빌려가서 애들이 안 돌려줬단 말이야아…."

"색연필 때문이라면, 아저씨가 사줄게, 문방구 가자."

나는 아이의 손을 잡고 이끌었다. 그러나 아이의 손은 눈물에 젖어 내 손을 미끄러지듯 스르르 통과해 버렸다. 나는 단호하게 말했다.

"잘 생각해. 그걸 써버리면 너랑 나는 다시는 보지 못하게 될지도 몰라."

그 말에 울음을 멈추고 나를 빤히 올려다 본다. 온 얼굴이 눈물 콧물해서 난장판이다. 그러나 내가 닦아주려 하기도 전에 또 얼굴을 파묻고 더욱더 서럽게 울어댄다. 꺽꺽 숨 넘어가는 소리에 나는 아이가 잘못 되는 게 아닌가 걱정이 된다. 나 스스로 의아하다. 이 아이는 내게 지나가는 바람과도 같은 '손님'이다. 소비자와 생산자 그 이상도 그 이하도 아닌 딱 그 거리와 위치를 고정 시켰어야 하는데, 나는 좀 더 냉철히 바라보고 고객이 원하는데로 행동하여야 하는데. 나도 이 아이도 그 경계를 넘어서버린 것 같다. 이렇게 가슴이 아픈걸 보니… 아니, 내가 크게 움직인 게 아니라. 순진하고 마음 약한 저 아이가 나를 친오빠로, 삼촌으로 여기고 있는 게 아닐까? 내가 절대 흔들리지 않고 그녀의 곁에서 바람을 막아줄 벽이라고, 자신을 영원히 품어줄 침대라고 여기는 게 아닌가 모르겠다. 그런 아이에게 나와의 이별은 상상만으로도 크나큰 고통과 절망임이 분명했다. 하지만, 시간이 지나서, 만약 정말로 우리가 헤어지게 되더라도 금방 나에 대해 잊고 꿋꿋하게 살아가기를 바라며 나는 우는 아이를 다독여주었다.

울다 지친 아이는 벽에 기대어 잠들었다. 나는 아이를 안아올렸다. 대충 몇 킬로그램이나 될까? 7살의 평균을 생각하면 내 몸무게의 1/3 살짝 넘을 듯한데… 나도 이리 작았던 때가 있었을까 하는 아련한 설렘으로 잠깐 감상에 젖어들었다. 그러나 몇 번 도리질을 하고는 바닥에 아이를 편히 뉘여주었다. 나는 말랑말랑한 뺨을 몇 번 어루만지고는 아이의 귀에 속삭였다.

"아저씨 가 볼게."

한 10일쯤 되었을까, 아이를 못 본지, 어떤 경을 칠 여학생이 부탁한 말도 안 되는 가면을 만드느라 온 손바닥이 다 부르텄다. 나는 제법 빨리 만든 것이라 생각했는데 나중에 알고 보니 1주일이 훌쩍 넘어 있었던 것이다. 아무리 오래 못 봐도 1주일을 넘어 간적은 없었는데……. 분명 그 쪼그마한 것이 역으로 나를 걱정하고 있을 것이다. 나는 미약한 희망이나마 아이가 나를 잊어버렸길 바랬다. 아니, 좀 더 정확히는 슬퍼하지만 않기를 바랬다. 그러나 아이가 사는 곳 바로 앞에서 나는 생각을 바꾸었다. 다른 고객들은 보름에 한 번 볼까 말까인 경우도 있는데, 설마 겨우 10일 새 큰일이라도 났으리라고.

요즘은 보기 드문 옛날 영화 같은 풍경이다. 내가 초등학교에 갓 입학했을 때쯤에야 컴퓨터 게임이라 함은 크레이지 아케이드나 네오다크세이버, 서바이벌프로젝트 정도라서 놀이터에는 크고 작은 아이들이 제법 놀았다만, 요즘은 아주 어린 아이들을 제외하곤 놀이터엔 사람이 없고 모래도 싹 치우고 우레탄 블록으로 바닥을 깔아버려 모래성 쌓는 아이들을 보기 힘든 편이다. 그런데 후미진 아파트 놀이터의 나무 그늘 밑에서 남녀아이 네댓이 옹기종기 모여 앉아 두꺼비 집을 짓는 것이 눈에 띄었다. '두껍아 두껍아' 하는 아이들의 모습이 더 두꺼비를 닮아 웃음이 새어나왔으나, 웃음은 가면 속에서 메아리 치다가 밖으로 새지 못하고 사라져버렸다. 놀고 있던 아이중하나가 고개를 들고는 나를 바라보았다.

"아저씨이……."

아이는 흙 묻은 손으로 눈물이 흐르는 눈을 비비려 들었다. 나는 아이의 손목을 잡았다. 흙 묻은 손으로 눈을 비비는 건 위험한 일이어서이기도 하지만, 가면을 쓰고 있는 동안은 고객을 제외한 다른 이들에게 내 모습이 보이지 않아 주변의 사람들이 아이가 우는 이유를 모르기 때문에 아이를 이상하게 볼지도 모르기 때문이다. 나는 아이를 데리고 멀지 않은 수돗가로 가서 손을 씻기고 세수를 시켰다.

"아저씨 내가 얼마나 얼마나 보고 싶어 했는데, 마음속으로 애타게 불러도 아저씨가 안와서 나 버리고 가버린 줄 알고 얼마나 무서워 했는데."

"나도, 네가 많이 보고 싶었어 "

"거짓마알……."

아이가 나를 빤히 바라보고 있었다. 눈에 아직 눈물이 그렁그렁하다. 나는 그제야 내 걱정스러운 표정이 아이에게 닿지 않았음을 깨닫는다. 그렇다고 가면을 벗을 생각은 추호도 없다. 내 속의 모습을, 저런 아이에게라도 보여주고 싶지가 않았던 것이다. 나는 오른손으로는 아이의 눈이 내 얼굴을 향하지 않도록 조금 누르면서 쓰다듬었다. 그리고 왼손 엄지를 코트 주머니 속의 안료통에 담갔다 꺼내었다. 차갑고 질퍽한 촉감이 가히 마음에 들지 않는데, 그것은 살아있는 괴물마냥 내 손가락을 휘감고 손톱 밑으로 파고든다. 나는 아까 아이를 씻겨 주며 생긴 작은 물웅덩이들을 거울삼아 물감 묻은 손가락을 내 가면의 눈 밑과 뺨 위에 몇 번 긋고는 고인 물에 대충 손을 씻어낸다. 찰방거리는 소리가 무엇인가 궁금했던지 아이가 내 손 쪽으로 시선을 옮겼다가 다시 내 얼굴로 옮겨왔다. 많이 놀랐던 듯 아이의 동공이 커진다. 살짝 우습다. 그러나 그 눈에 다시 눈물이 그렁이는 것을 보니 우스움이 싹 가신다. 아이는 물에서 찰방이는 내 손을 자신 쪽으로 끌어당기어 만지작 거리다가 또 한번 깜짝 놀란다. 그제야 나는 내 손에 붓기가 아직 빠지지 않았음을 깨닫고 손을 뒤로 숨긴다. 갑자기 손이 따갑고 찌릿 거린다. 이미 푸른 안료는 거의 다 씻겨 내려간 후였으나 멍든 손가락은 여전히 푸르뎅뎅하다. 아이는 내 손을 작은 자신의 손으로 감싸 쥐어 주었다. 양손을 모아도 내 손 하나를 가리지 못 하는 것이 어째 신기하게 느껴졌다.

"아저씨 아파서 우는 거야?"

"응?"

"아저씨 가면이 울어, 많이 울어······. 손이 아파서 우는 거야? 많이 아파?"

역시 애는 애구나 하는 생각에 살짝 미소가 떠오른다. 저가 울던 건 까맣게 잊고 내가 우는 척을 하니 안절부절 못한다.

"아냐, 하연이가 우니까 아저씨도 슬퍼져서 그래."

아이는 급히 눈을 비빈다. 그리고는 손으로 내 가면을 비적비적 문지르며 물감을 지워간다. 금새 아이의 손은 덜 마른 푸른 물감으로 질척질척해졌다. 나는 아이의 손을 다시 씻겨주고는 가면도 고양이 세수마냥 물 묻은 손으로 닦아내었다.

"이제, 안 울어, 됐지?"

"응!"

아이가 고개를 끄덕인다. 아직 울어서 빨개진 얼굴이지만 밝아진 얼굴을 보니 다행스러웠다. 그나저나 물감이 제대로 다 지워지긴 한 것인가? 가면을 벗어서 제대로 확인 하고픈 충동이 느껴졌다. 그러나 아이가 나를 쳐다보는 시선과 관심에 자신도 모르는 새 붉어졌을 얼굴이 드러날까 두려워 가면을 벗을 엄두를 다시 내지는 못했다.

"아저씨, 근데 또 갈 거야?"

나는 고개를 끄덕였다. 아이의 얼굴 전체에 실망한 기색이 역력하다. 나는 오른손을 쫙 펴고, 왼손도 두 개를 폈다.

"일곱 밤 자고 올게."

아이는 손목에 매달려 억지로 내 왼손가락을 다 접어버렸다.

"다섯 밤 자구."

"그래, 노력해 볼게. 대신 울지 말고 있어야 돼. 이제 친구들한테 가봐."

아이는 머뭇머뭇하다가 저쪽에서 누군가 자신을 부르는 소리를 내자 얼른 뛰어갔다. 나는 아이가 내 새끼손가락 마디만큼 작아져 보일 때까지 지켜보았다. 분홍색 운동화가 땅에 부딪힐 때마다 밑창에서 반짝반짝 불빛이 나온다. 그녀의 등에서 자그마한 엔젤윙 두 개가 파닥이는 것이 보였다. 나는 눈을 비비고 다시 그녀를 보았다. 그러나 내가 다시 고개를 들었을 때 더 이상 아이는 보이지 않았다.

3-1. 절망의 탈출구

"나, 정세은의 이야기"

5월이 되면서 하복/춘추복 혼용기간이 되었다. 새까만 스타킹을 벗은 아이들의 다리는 희고 가늘었다. 나는 내 다리를 내려다보았다. 어릴 때 아이들이 계단 뛰어 내려가면 알 배긴다며 다리 아낄 때 나도 좀 아낄 것을, 다리 떨면 종아리에 하트 생긴다고 선생님이 말릴 때 하지 말 걸 하고 후회가 막급하였다. 지금이라도 알을 좀 빼볼까 하고 종아리를 주물러도 보고 문질러도 보았으나 바뀐 것은 없어보였다. 본디 외모엔 관심이라곤 없었으나 시간이 지날수록 누군가 나를 주시 한다는 느낌과 누군가에게 예쁨 받고 싶다는 욕구와 꾸미고 싶다는 생각들이 들었다. 아마 아이들이 수업시간에도 계속 비비크림을 바르고 미스트를 뿌려대고 선생님 눈을 피해 틴트를 발라대고 서로서로 향수를 뿌려대며 코가 지끈거리게 하는 것을 보면서 나 역시 무언가를 바르고 뿌려보고 싶어진 듯 싶다. 그러나 바닷물에 닿는 것만으로도 붉고 오돌토돌하게 트러블이 일어나는 나로 써는 아이들이 바르는 그런 화장품류는 조금 무리였다. 물론 저자극성 화장품이니 하여 전문매장이나 약국에 가면 몇 종류 팔기는 하나, 한 달 용돈을 한 푼도 쓰지 않고 모아야 한 병 살까 말까하다. 엄마한테 사달라고 졸라보기도 해보았으나, 대학 가면 비싼 화장품세트를 사주겠노라 하실 뿐, 확답은 주시지 않으셨다.

지난주에는 엄마 몰래 핫팬츠를 사 보았다. 보수적이시기로 유명한 우리 엄마가 보면 기절하실 일이다. 나는 얼른 그것을 입어보았다. 확실히 짧긴 짧다. 허벅지선에서 간당 간당거리는 짧은 바지 위를 살짝 덮은 긴 난방, 시험 직후 거리를 활보하는 그들이랑 똑같다. 하지만 거기까지만 같다. 아이들은 항상 '아니다 아니다' 해주지만 결코 가늘지는 않은 다리는 무엇을 입어도 곱게 보이질 않는다. 나는 옷을 대충 집어던지고 최상의 활동성을 자랑하는 츄리닝으로 갈아입고 바닥에 추욱 퍼져 누웠다. 얼마 전에 현아가 한 말이 머릿속에서 떠나질 않는다. 지난주에 영화를 보러 갔을 때 일이었다.

'우와~ 나도 연인이 구해주고 막 그러면 참 좋겠다, 그지?'

'넌 저런 유치한 영화를 믿는 거니? 저건 영화일 뿐이야'

'아, 그거야 그렇지. 그래도 멋있지 않아? 여주는 좋겠다…….'

현아가 정색하며 말했다. 요즘 들어 부쩍 어른스럽고 차가워진 것 같으나, 나는 굳이 그녀에게 그런 말을 하지 않았다.

'남주가 구해주는 건 돈 많고 아름다우신 공주님들뿐이다'

그래, 공주님. 애석하게도 우리 집은 부자도 못되고 나는 아름답다 와는 거리가 좀 멀다. 하기사. 남친 있다고 자랑하는 애들은 키도 크고 얼마나 예쁘고 애교도 많다. 그들과 비교하면 나는……. 초밥1개에 들어가는 300여 개의 밥알 중 하나 정도 일까나…? 손가락에 묻거나 탁자에 떨어져도 당최 알아내질 못하는 그런 평범하디 평범한 밥풀. 나는 머리 위로 손을 획획 저어보았다. 조금만 더 크면 좋지 않을까? 이전에 아담한 체구도 인기 있댔는데, 그래도 평균이랑 비슷은 한 게 낫지 않을까. 나는 바닥을 헤엄치듯이 휘젓고 돌아다녔다. 그때 머리맡의 옷장 그림자 위에 무언가 반짝이는 것이 보였다. 아까 옷 벗을 때 주머니에서 튕겨 날아간 500원짜리 동전이었다. 나는 손을 한껏 뻗어 보았으나 닿지가 않았다. 몸을 너무 쭉 펴서인지 엄지발가락에 쥐만 날 뿐이었다. 찌릿찌릿한 통증이 종아리를 통과하는 동안 나는 괴상한 자세로 마구 굴러다녔다. 한참 후에야 고통이 사라졌고, 나는 팔꿈치로 기어가서 동전을 잡았다. 그리고 어딘가로 툭 떨어졌다.

넓은 광장 같은 곳이었는데, 사방이 암흑이라 딱히 보이는 것이라고는 없었다. 무언가 튀어나온다 해도 전혀 이상할 게 없을 것 같은 공간. 여긴 대체 어딜까? 아파트 15층에 지하실이 있을리 없고. 혹시 추리소설에 단골로 등장

한다는 비밀통로 같은 건가? 아니면 말로만 듣던 4차원 공간? '나니아 연대기' 1부에 나오는 것 같은? 오오오……. 기대된다. 그러나 기대감은 오래 가지 않았고, 머릿속에는 내 영정사진이 어른거렸다. 물도 없고 먹을 것도 없는데 여기 오래 갇혀 있다간. 수백, 수십 년 후에야 누가 이곳을 우연히 지나간다면 새하얀 백골 무더기를 볼지도 모른다. 일단 나는 이곳에도 출구라는 게 있을지도 모른다는 생각에 뚜껑 문이 되었건, 천장에 있는 문이건 벽이 되었건 조형물을 찾아 헤매었다. 그러나 거의 반시간 가까이 걸어도 문이나 벽 비스무리한 것은 없었다. 그렇게 절망한 채 또다시 반시간을 돌아다녔을 때, 나는 울고만 싶었다. 아무도 없고 무서웠다. 집에 가고 싶었다. 그렇게나 미웠던 학원에 돌아가고 싶었다. 그대 나는 어딘가에 쾅 부딪혔다.

"뭐야 이게…?"

나는 그것을 더듬어 보았다. 차가운 걸 보니 금속제인 것 같은데, 무언가 표면에 정교히 새겨진 모양이었다. 그러나 무엇이 새겨져 있는지는 어두워서 당최 알 수가 없었다. 나는 그것을 힘껏 밀어보았다. 무거울 줄 만 알았던 문은 생각보다 쉽게 열리어 되리어 앞으로 엎어질 뻔했다.

이곳은 그나마 아까의 그 공간과는 다르게 온기가 느껴졌다. 짧은 복도가 직선으로 뻗쳐 있었고, 위에 주황빛 불빛이 깜박이면서 벽에 진열된 가면들의 모습이 가득히 보였다. 경극 하는 곳이라도 되는 걸까? 형형색색의 다양한 표정과 크기의 가면들이 벽에서 웃음 짓기도 울음 짓기도 하였다. 무섭다기보단 친숙한 느낌이었다. 나는 길을 따라 몇 발자국을 더 걸었다. 벽에서, 아니 정확히는 두꺼운 커튼 안쪽에서 불빛이 새어 나왔다. 처음에는 들어갈지 말 것인지 망설였으나 따뜻함에 취하여 커튼 사이로 빼꼼히 얼굴을 들이 밀고 안쪽을 쳐다보았다. 환한 불빛이 내 맞은편 벽 화로에서 뿜어져 나와 방안을 노란빛으로 밝혔다. 한쪽 벽면에는 철물점이나 공방에서나 보일법한 연장과 아무 무늬도 없는 얼굴형들이 즐비하게 놓여 있었다. 그리고 불 옆에는 남자아이가 두꺼운 검은색 표지의 책을 읽는 데에 골몰하고 있었다. 음영 효과 때문인지 뽀얘 보이는 얼굴은 제법 미소년 풍이었다. 짙은 보랏빛과 검은색을 띠는 캐주얼정장을 입고 있는걸 보아하니 무언가 격식이나 형식에 굉장히 얽매인 집안사람이 아닐까? 그러나 무릎을 한껏 당겨 의자 위에 얹은 꼴은 영락없는 어린아이였다. 저런 자세…… 셜록홈즈에 한 번씩 나오던 자세였는데. 무엇이 어찌되었던 그는 내가 있다는 걸 눈치 채지 못한 것 같았다. 한참 책을 읽던 그는 목이 뻐근한지 고개를 뒤로 젖혔다. 그리고 나와 눈이 마주쳤다.

그는 얼른 손으로 제 얼굴을 가렸다.

"뭐야 너? 어떻게 여기 들어왔어?"

나까지 깜짝 놀라 얼버무렸다. 근데 '너'라니? 아무리 내가 침입자에 가까운 상황이라고 해도, 통성명도 안 한 사이에 무조건 말부터 놓다니 너무한 것 아닌가? 기분 상한 김에 나도 그냥 말을 놓아버리기로 했다.

"미안해, 개인 사유지인지는 몰랐어, 나도 실수로 들어와 버린 거니까."

그는 나를 등지고 서서 벽에 걸린 하얀 가면 하나를 썼다. 그리곤 안심이 되었는지 작게 한숨을 쉬었다. 그가 다시 내 쪽을 돌아 봤을 때 나는 그가 쓴 하얀 가면의 섬뜩함에 겁이 났다.

"당장 여기서 나가."

"나도 나가고 싶어! 하지만 길을 모르겠는 걸."

"하긴… 어찌 들어왔는지도 모른댔지? 미안한데 뜬금없지만 이름 하나만 물어봐도 되겠나? 어디서 본적이 있는 것 같아서 말이야."

"세은이야, 정세은!"

내 말을 듣던 그는 잠깐 생각하더니 탁자위의 수첩을 몇 장 넘겨보고는 쓴 웃음을 지었다.

"아, 아, 네 녀석이로군, 최근 1주일 동안 나를 가장 곤혹스럽게 했던 가면의 주인."

"응? 내가 뭘? 가면이라니?"

그는 내 쪽으로 다가왔으나, 나를 지나쳐 복도에 있던 것 중 하나를 떼어왔다.

"내가 네 덕에 팔자에도 없는 환쟁이 짓을 했더니 죽을 맛이더라. 내 손 꼴 좀 보란 말이다."

"무슨 소리야? 내가 너한테 뭘?"

그는 수분팩 같은 잘 접힌 얇은 종이를 펴보였다. 연한 살빛의 얼굴그림이 그려져 있었는데, 큰 눈에 길게 뻗은 속눈썹, 불그레한 뺨, 갸름한 턱선, 순정만화 주인공 같았다. 내가 그것을 유심히 들여다보는 동안 그는 자그마하게 쫑알쫑알거렸다.

"당최 여자들은 이해를 못하겠군. 항상 뭐가 그렇게 부족해서 이렇게 난리들이지? 하연이도 나중에 저런 소릴 하면 안 되는데. 왜 자신의 모습을 제대로 보려고도 하지 않고 남과 비교를 해대는 거야. 아 마지막 건 남자 애들도 마찬가지였었군."

"응? 무슨 소리를 하는 거야?"

"별것 아니야. 마음에는 좀 드나?"

나는 고개를 끄덕였다. 내 대답에 화가 나고 뾰로통했던 것이 조금은 풀어진 듯 그는 선선히 그것을 되돌려 받고는 내 얼굴 가까이 대었다. 시원한 물기가 느껴진다. 그리고 그 위로 조금 차가운 손길이 느껴진다.

"좋아하니 다행이로군, 하지만 이것은 일시적인 것에 불과해"

"일시적?"

"그래, 그것은 쉽게 찢어져 버리지, 물감은 녹아내리고 겉은 타버려 시간이 흘렀을 때 너를 더 아프게 할 거야."

그는 내 손목을 잡고 커튼 밖으로 이끌었다. 짧은 복도의 벽에 한구석이 비어있었다. 아마 내 것이 붙어있던 자리였겠지? 그리고 수월하게 철문을 넘어, 다시 검은 광장에 도착했을 때 그는 내 손목을 놓았다.

"아무 방향이 됐든 네가 가고 싶은 곳을 간절히 소망해서 걸어, 그러면 그곳에 곧 닿을 거야."

"조금 전에 이곳에 올 때는 엄청 오래 걸렸었는데, 곧 도착한다니? 뭔가 좀 안 맞잖아."

그가 얼굴을……. 아니 가면을 긁적이며 말했다.

"나도 뭐라 설명할 도리는 없는데, 한 가지 확실한 것은 어딘가로 가고 싶다고 강하게 염원하면 더 빨리 도착 할 수 있다는 거야. 아까 전에는 아마 네가 이곳으로 오가 싶다는 그런 목표를 세우지 않아서 오래 걸렸던 것이겠지."

그러고는 등을 떠밀었다. 나는 그의 말대로 집을 생각하며 마구 뛰었다. 숨이 턱까지 차 올랐을 때, 나는 내가 부엌의 식탁 그림자 위에 서있음을 깨달았다.

4-1. 공존하는 빛과 그림자

"나, 권재영의 이야기"

사촌누나들과 숙모가 실컷 산 쇼핑백을 들고 번화가의 골목을 돌았을 때 일이었다. 누나들은 도시 외곽지에 살아서 그런지 도심에만 오면 정신줄을 놓는 특성을 보인다. 보고 있으니 치장에 그토록 관심이 많던 세은의 모습과 겹쳐 헛웃음만 쿡쿡 새어나올 뿐이었다. 그들이 멈춘 곳은 귀가 먹먹할 만큼 큰 소리로 벚꽃엔딩을 틀어 놓은 화장품 가게 앞이었다. 남은 자리가 없어서 앞에서 세 번째 줄에 앉아서 109분짜리 연가시를 보고 나왔더니 뻐근하다 못해 해바라기마냥 하늘만 올려보게 된 뻣뻣한 목으로 바라본 그 가게는 고대 그리스의 신전을 연상케 하는 장식 기둥 위로 금테가 둘린 아치, 그리고 그 속에 영어로 끄적여진 가게 명이 적혀 있었다.

"진짜 여기가 마지막이야. 재영아, 네 것도 사줄게 이리 와봐."

"필요 없어. 그러니 집에 좀 가자."

"영화도 보여 줬잖아. 그리고 나가 가버리면 우리 짐은 어떻게 하라구."

"세 사람이 나란히 쇼핑백 하나씩 들란 말이야."

"핸드백 들어야지."

'야!' 라고 소리를 지르려다가 억지로 꿀꺽 삼킬 수밖에 없었던 이유는 작은 누나가 팔꿈치를 꼬집었기 때문이었다. 그리고 내가 아무리 소리를 지르고 반항한데도 내 말 따위는 씨알도 먹히지 않을 것이다. 숙모까지 합쳐서 머릿수만도 3:1인 것은 물론이요. 진짜로 그들을 버리고 와버렸다가는 부모님의 잔소리 세례가 기다릴게 뻔했다. 내가 승리할 가능성은 저기 뽈뽈뽈 기어가는 개미 더듬이 정도도 못될 것 같았다. 어쩔 수 있나. 방학 첫날부터 좀비마냥 팔을 축축 늘어트린 채 그들의 꽁무니만 쫓아가는 수밖에.

그들을 따라 들어온 가게의 향은 무지개라 밖에 형용할 수 없을 만큼 특이했다. 유리문을 통과 하자마자 찍찍하게 달라붙는 땀을 식혀줄 에어컨 바람, 그리고 그 속에 섞인 콤콤한 먼지 냄새를 지나자 한두 가지가 아닌 향들이 섞여났다. 진열장마다 다른 향이 나는 것 같달까. 아니, 열려 있는 샘플들, 시험용으로 뿌리는 향수 하나하나에서 다른 향이나니 당연한 것일 수밖에 없었다. 그런데 신기한 것은 그 미세한 향들이 섞여 나는 향은 불쾌하고 역겨운 그런 향이 아니었다. 코가 따끔따끔 할 만큼 강하긴 했지만 오케스트라처럼 저들끼리 화음이 맞아 떨어져 저 여인네들을, 그리고 나를 가판대 앞으로 유혹하고 있었다. 다행스러운 것인지 내가 미련한 것인지는 알 수 없으나 내 눈은 그저 내 옆의 반짝이는 유리병속의 무언가들을 슬쩍 내려다보기만 했다. 그리고 내 눈이 마지막으로 도달한 곳은 이것저것 뚜껑을 열어 보이며 큰누나의 지갑을 열게 하는 유니폼을 입고 다정히 말을 건네는 어떤 누나에게 가 있었다.

그 사람이 딱히 예뻐서도, 목소리가 고와서도 아니었다. 내가 그녀를 볼 수밖에 없었던 이유, 그것은 그녀의 얼굴에 내려앉은 회빛의 석고마스크 같은 가면이었다. 저것은 단순한 홍보용 가면이 아님을 나는 잘 알고 있었다. 어찌 구분하냐고 물어본다면 직감이라 밖에 설명할 수밖에 없지만, 그녀의 얼굴에 내려앉은 두터운 저것이 내가 취급하는 그런 것임을 나는 알고 있었다. 물론 저런 사람을 처음 보는 것은 아니었다. 세상에 이런 비상식적인 일을 하는 사람이 나 혼자라고는 결코 생각해 본 적이 없으니까. 코끝이 간질거렸다. 아무래도 강한 향에 오래 매료되어서 그런 것인지 나는 입을 가릴 새도 없이 바닥을 보고 재채기를 연달아 해대었다. 눈물이 찔끔 나는데 닦아낼 손이 없는지라 대충 눈을 두어 번 깜박이는 것으로 해결해 내야만 했다. 다시 고개를 들어 바라본 그녀의 얼굴에는 내가 잘 아는 누군가가 살짝 겹쳐 보였다. 생각이 날듯 말듯 한 그 사람. 그러니까……

달칵이는 유리나 플라스틱들이 부딪히는 소리, 그리고 짧은 감탄 섞인 비명소리 내 뒤에는 새로 난입한 한 무리의 여중생들이 모여서 이것저것 들었다 놨다 해보며 난리를 치고 있었다. 그리고 그들과 함께 키득키득 거리는, 쇄골을 조금 넘는 머리를 하나로 틀 어묶은 세은과 마주쳤다. 당연하게도 그녀는 나를 전혀 알아보지 못했고, 나 역시 그녀가 나를 알아보는 것을 전혀 바라지 않았으며 세은에게 크게 관심을 두지도 않았다. 내 관심사는 저 가면을 쓴 누나뿐이었으니까. 나는 고개를 들어 다시 누나를 바라보았다. 그리고 기억해 내고야 말았다. 저 얼굴과 닮은 태를 어디에서 보았는지, 내 바로 뒤에서 키득대고 있는 저 여자아이. 저사람, 세은과 꼭 닮았다. 아니나 다를까. 아이들 무리에서 빠진 세은이 그녀의 곁으로 다가가 그녀의 등을 톡톡 두드리고는 농담조로 샘플 몇 개만 달라며 생떼를 쓰는 것이었다. 아마 이전에 말한 적 있는 언닌가 하는 생각이 들었다. 낯설지 않은 자매를 관찰하면서 나는 무척 신기한 사실을 알았다. 아무리 오랫동안 종업원과 같은 서비스업을 해온 사람이라도, 가까운 사람과 대화 할 때는 몸짓이나 표정이 변하기 마련인데 그녀에게는 그런 낌새가 전혀 보이지 않았다. 몸짓, 말투, 표정 하나까지 틀에 박힌 듯 완벽했다. 다른 손님들이 있어서? 아니다. 이 공간에는 나를 포함해서 여덟 명 뿐이며, 그나마도 다른 진열대들에 가려서 실제로 그녀의 시야에 들어올 만한 사람은 누나와 세은, 그리고 나 단 셋뿐, 게다가 그녀는 사실상 나를 손님이 아닌 장승이나 집 지키는 강아지쯤으로 취급하는 것 같았으므로 나는 제외할 수 있으며, 직장 상사로 보일만한 사람도 보이지 않았다.

"언니는 나한테까지 이렇게 대하면 안 피곤해?"

"글쎄? 내가 어떤데?"

"아, 됐어. 난 덕분에 무지무지 편하니까."

"아 됐어 라니. 넌 언니가 말하는데 자꾸 그런 식으로 대할 거야?"

알았다. 뭐가 어찌된 상황인 건지. 나는 쇼핑백들을 가지런히 내려다 놓고는 누나들의 눈치를 살폈다. 다행히 숙모는 아주 먼 곳에 떨어져 있었고 두 사람 모두 후광과 향기에 취해 내 쪽은 돌아보지도 않는 것 같았다. 나는 그녀에게 다가갔다. 세은의 언니는 당연히 나를 손님으로만 알고 웃으면서 나를 반겨주었다. 그러나 내가 던진 질문에 안색이 확 바뀌었다. 그러한 단서들을 보면서 나는 내가 탐정이 된 듯한 망상에 빠져 흐뭇해졌었다.

"누나, 자신이 어떤 표정인지, 어떤 감정인지 잘 모르는 상태일 때가 많지요?"

"네?"

"그런 상태를 고치고 싶어 하시고요."

그녀가 그것을 고치고 하고 싶다는 것은 가면의 끄트머리에 난 잔금으로도 쉬이 알 수 있었다. 가면을 스스로 벗는다는 것은 몹시 힘든 일이며 시간이 지나면 가면의 존재조차 잊게 되니 오랜 시간이 지나서, 이렇게 원래 피부의 일부였던 것처럼 딱딱하게 달라붙어 있으면 당연히 스스로도 그 존재를 망각하게 된다. 내 소관의 일은 아니지만, 이때는 내가 이러한 사실을 알아내었다는 자아도취에 빠지어 말도 안 되는 넓은 아량을 내보이고 말았다. 그리고 이일의 결과가 어찌 될지는 전혀 모르는 상태였다. 나는 내 손끝에서 불길이 솟는 것을 보았다. 내가 그녀에게 다가가자 그 불길은 더욱 거세졌고, 다른 사람들 눈에는 보이지 않는 듯이 내 앞의 단 두 사람의 동공만 심히 확장되었을 뿐이었다.

"난 누나를 도와 줄 수 있어요. 겁 먹을 것 없어요."

그 순간 그녀의 눈빛이 달라졌음을 알 수 있었다. 그녀 역시 직감적으로 내가 무엇을 하려고 하는지 알았던 모양이었다. 아니면 이런 말도 안 되는 등장에 적개심을 드러낸 것인지도 모른다.

"너 누구니? 내가 널 어떻게 믿어? 언제부터 알았다고 그래?"

짜증이 확 치솟았음은 두말할 것 없었다. 그나마 다행스러운 것은 찡그린 내 표정을 가려주고 있는 언제 나타난 건지 알 수 없는 이 하얀 가면 세은은 나를 알아봤는지 그저 허탈하게 웃어 보일 뿐이었다. 그러나 그녀의 언니에게서는 더욱 강한 적개심이 느껴졌다. 나는 그들에게 한 발짝 다가갔다. 어쩐지 그들의 표정을 보고 있자니 내가 살인마라도 된 것 같아서 더더욱이 기분이 나빠졌다.

"아프게 하지 않아요."

"거짓말이야, 지금 네 모습 무척이나 무서워."

"정말이에요. 한번만 믿어주세요."

"네가 다가오면 난 더 꼭꼭 숨고 싶어질 거야."

"지금 내 모습이 신뢰감 주기 어렵단건 알아요, 하지만 아프게 하지 않겠다고 약속할 수 있어요."

그녀가 나를 원하지 않는다. 마치 유리벽이라도 생긴 듯이 그 주변엔 다가갈 수조차 없었다. 아니 다가가려고 할수록 뒷걸음질쳐서 언젠가 내 뒤통수는 벽에 콩 하고 박을지도 모른다. 나는 체념하기로 했다. 내게 의무가 주어진 것도 아닌데 더 이상 개입한다는 것은 무의미했기 때문이었다.

"너, 정말 언니를 도와줄 수 있어? 언니가 왜 로봇처럼 행동하는지 아는 거지, 그런 거지?"

한참 뒤에 가게에서 따라 나온 세은이 내게 다가와 물었다. 나는 곁눈질로만 그녀를 쳐다볼 뿐 대꾸 하지 않았다. 쪽팔려서가 가장 큰 이유일까. 아니 그렇게 부끄러워할 건 없는 걸까. 저 녀석 눈에만 내가 신기한 사람으로 보이는 거지 모로 보나 난 평범한 사람일 뿐이니까. 물론 아까 전에 손끝에서 불이 난 건 나로써도 이해 할 수가 없었지만.

"너 네 언니가 원하지 않는다면 어떻게 할 수 없어."

"다음주에, 또 여기 와 주면 안 될까? 그때 까지 내가 언니를 설득할게."

"싫어!"

"나도 너를 도와주면 되잖아. 그러니까, 너도 나를 도와줘. 이도 저도 안 되면 이유만이라도, 방법만이라도 가르쳐줘."

세은이 내 손에서 짐 을 낚아채며 말했다. 꽤 무거웠는지 어깨가 축 내려앉

긴 했지만. 나는 얼른 다시 그녀의 손에서 가방들을 뺏어서 도로 쥐었다. 아까 전에 가게에서 왜 사라졌는지에 대해서, 정확히는 내가 가면을 써서 이들의 눈에 보이지 않게 된 것에 관해. 잔소리를 하다가 세은의 등장으로 입을 다문 숙모는 나도 세은도 달갑지 않은 듯 입 다물라는 의미로 아랫입술을 꽉 깨물어보였다. 나는 그들에게 먼저 가기를 요청했다. 나를 쥐어박을 것 같은 느낌을 받기는 했지만 세은이 있어서인지 군말 않고 쇼핑백 세 개 중 하나를 들고 먼저 지하철역으로 향했다. 나는 횡단보도 주변 벤치에 털썩 주저앉아서 말했다.

"아주 오래된 가면이 있어. 상냥하고, 친절한 모습이지. 근데 문제는 그 사람이 자신에게 그게 있단 걸 몰라."

"그래서?"

나는 오늘 본 영화 연가시가 생각나서 중얼거렸다.

"변종 연가시처럼 그 기생자가 숙주를 조종하는 거야, 그 사람에겐 본래의 인격도 그 무엇도 없어."

"무서워."

"그렇게 산다고 해서 안 죽어. 조금 피곤하기야 하겠지."

"내가 어떻게 할 수는 없을까?"

"없을 것 같은데."

그녀는 고개를 들었다 내려놓았다하며 안절부절 하질 못했다. 나는 그만 갔으면 싶었다. 골병이 들것만 같았으니까. 빨리 집에 가서 푹 누워서 한숨 늘어지게 잤으면 좋겠는데. 그런 생각은 세은의 눈을 보고 싹 사라졌다. 흐를 듯 말듯 고인 눈물, 그리고 녹아드는 마스카라. 조금은 마음이 움직였다.

"나한텐 무척 소중한 사람이야. 싸울 때도 있지만 우리 언닌 걸, 너한테도 소중한 사람은 있잖아."

소중한 사람……. 딱 한 사람이 떠올랐으나 나는 애써 외면하려 노력했다. 그 사람은 죽었잖아. 오래 전에, 아주아주 옛날에. 그러나 작은 균열이 간 마음의 벽은 쉽사리 허물어져 버렸고 나는 그녀의 부탁에 응할 수밖에 없었다.

그렇게 잡힌 날짜는 그 다음 주 화요일 저녁시간이었다. 세은이 학원을 가야 된다는 게 그 이유였고. 나는 그날 저녁 세은과 만났던 것을 무척이나 후회했다. 눈물을 쏟고 시간을 되돌리려 애써 봐도 그 무엇도 바꾸지 못하고, 나는 또다시 소중한 누군가를 잃는 피눈물 나는 일을 겪어야만 했다.

5-1. 빈 십자가에 부는 바람

 "나, 민현준의 이야기"

딸칵

내 묘소 앞에 무언가 놓여지는 소리가 났다. 국화를 놓는 소리는 아닌데… 그렇다고 49제를 지낼 시기도 아니고, 제사는 더더욱 멀었다. 그런데 어째서 목제기와 비슷한 소리가 나는 걸까? 소나무에 매달려 다리를 위아래로 흔들던 나는 내 묘소 위로 돌아가 그것이 무엇인지 내려다보았다. 녹빛의 어린아이마냥 해맑은 표정의 얼굴이 놓여있었다. 처음에 그것이 나를 볼 수 있는 줄 알고 순간 깜짝 놀랐다.

"어이, 거기선 잘 지내고 있나?"

'형…!'

나는 기쁜 마음에 한달음에 그에게 뛰어… 아니 날아갔다. 그러나 내 목소리도 손도 그에게 닿진 않았다. 깜박하고 있었다. 내가 망자(亡者)라는 사실을, 나는 그를 스르륵 통과해 지나갈 뿐이었다. 허망했다. 살아 있는 것들에게 나는 닿지 않는다. 내 무덤 위 풀 한포기, 벌레 한 마리조차 내 손에 닿질 않는다.

"늦게 완성해서 미안하다. 말해 줬으면 좋았을 걸. 난 정말로 네가……. 가버릴 줄은 몰랐었으니까, 마음에 드는가?"

괜히 코끝이 찡해졌다. 형은 자주 말했었다. 너는 언제 헤어져도 이상할 것 없는 고객이라고, 자신의 일은 가면을 만들어주고 가끔씩 만나 그것을 관리해주거나, 필요하다면 벗겨주고 수선해 주는 일일 뿐이노라고, 물론 예외도 있긴 했었다고 조그마하게 말하긴 했었지만 나는 내가 죽으면 나와 그의 사이에 있던 계약은 사라진 것이라고 믿었다. 그래서 그가 이렇게 나를 찾아올 줄은 몰랐다.

장례식 빈소를 빠져나와 운구차를 타고 산으로 향했을 때 나는 조금 낯설었다. 화장할 줄 알았는데 매장을 하는구나. 그런 생각도 들고, 검은 리본이 붙어 내 사진임에도 불구하고 너무나도 낯선 내 영정사진에 고개를 갸웃거리기도 했었다. 지금 내 주머니 안에는 영영 쓰이지 않을 신사임당 한 장이 들어 있다. 노잣돈이라고 운구차에 실을 때 어머니가 얹어준 돈, 이걸 어디에 쓰면 좋을지 궁리해 봤으나 죽었으니 배 고플리도 없고, 먹을 걸 팔지도 않는 데다가 옷을 입을 필요도, 옷을 입을 수도 없으니 그냥 기념물이나 다름없다. 차디찬 땅바닥에서 아무것도 하지 않고 누워서 수의의 까끄러움에 육신을 맡긴 채 공동 묘지 위를 배회하며 놀만한 걸 찾아보았지만, 가도 가도 울퉁불퉁 솟은 묘들 밖에 없어 시시할 뿐이었다. 말동무가 있는 것도 아니었다. 아무래도 죽은 사람의 대다수는 나보다 한참 나이가 많고 죽은 지 몹시 오래된 사람들도 많아서 말이 거의 통하지 않는다. 난 죽으면 영영 자는 건줄 알았다. 그런데 죽어서도 깨어는 있어야 했다. 정말 다시는 눈을 뜨지 않는다면 편할텐데… 끝없는 꿈을… 어차피 아무도 오지 않을 것 영영 잠들어도 상관없을테니.

물론 내 묘소에 찾아오는 사람들은 아직 꽤 있었다. 얼마 안가 시들시들해 졌지만 막대 사탕을 쪽쪽 빨아대며 아장거리면서 맨 날 쥐어박고 놀려먹기만 했던 못난 오빠를 찾는 어린 동생하며 담임선생님, 사촌들과 친척들. 밤 늦도록 가지 않고 계셔주신 부모님. 장례식장에서 부터 호빵맨 마냥 뺨과 코가 붉고 얼굴이 부으신 엄마. 그들이 지금은 오지 않을지라도 머릿속에 가시질 않았다. 살면서 내가 한 어떤 행동보다 많은 이들이 슬퍼하고, 울어주고, 날 보러 와 주었다. 내심 기뻤다. 하늘까지 내가 불쌍한지 삼일장을 치르는 내내 엄마랑 같이 울어주었다. 추적추적 오래도 내리다 내 무덤이 완성되기 직전에야 멈춰주었다. 계속 내렸으면 벌거숭이 내 산소 무너질 텐데 정말 잘 된 일이다.

"바보 같은 짓이었다. 자살은."

그의 냉소한 중얼거림에 퍼뜩 정신이 든 나는, 그 말에 고개를 끄덕였다. 죽고 나서 생각해 보니 그건 정말 미친 짓이긴 했었다. 지금의 하늘은 맑고 반짝였다. 단연 그 화창한 여름 날씨 속에 서 있는 어두운색 여름 정장의 그는 한 마리의 딱정벌레마냥 눈에 잘 띄었다.

"많이 무섭진 않았나? 후회는 안 되는가?"

나는 고개를 저었다. 무서웠었다. 눈앞에 얼마나 많은 사람들이 스쳐지나 갔었는지 17년이란 결코 짧지 않은 세월이 한 장의 화폭처럼 내 머릿속을 훑고 지나 갈 때 천장에 매단 줄을 잡고 있던 내 손이 얼마나 떨렸었는지, 지금 생각해도 소름이 돋을 지경이었다. 그러나 그에게 보이지 않는다 해도 형 앞에선 무섭지 않았다고, 후회하지 않았노라고 말할 것이다. 그는 자살에 대해 몹시 비관적이었기 때문이다. 내가 죽고 싶다고 했을 때 뺨을 후려갈기며 정신 차리라고 악을 썼던 것이 생각난다. 그리 행동했던 것은 소중한 사람을 옛날에 잃었기 때문이라 했으나, 그게 누군지 말하지는 명확히 말하지 않았다. 아주 어릴 때 자신을 친동생처럼 돌봐주었던 동네 아는 누나였노라 했을 뿐이다.

내가 그를 처음 만났던 것은 내가 죽기 두 달 전쯤이었다. 우리학교는 꽤 조용한 곳인지라 지난 겨울 인근 학교에서 두어 명씩의 자살로 학교가 시끌시끌 하는 동안 큰 사고 한번 없이 비교적 그 해 겨울을 잘 지나갔었다. 그런 좋은, 조용한 학교에 다녀도 나는 항상 상처투성이였고 아팠었다. 그 상처들은 대부분 남이 고의로 낸 것들이 아니었다. 열의 아홉이 자해였음은 확실했다. 크게 정신병이라 할 것은 없었다. 단지 남들보다 조금 더 예민했던 것 뿐, 그래서 고통스럽고, 피곤했고, 스스로에게 상처 입혔던 것이란 추측을 아련히 해 보았다. 그런 예민한 성격 때문에 바랐던 것이다. 좀 더 무뎌지고 헤픈 웃음도 지을 수 있는 사람이 되게 해달라고, 빌고, 빌고 또 빌었다. 그렇게 수년을 빌었을 때 나타난 사람이 형이었다. 그는 내가 만나봤던 어떤 조언자나 상담자 보다 거칠고 체계성도 없었으나 편안하고 자연스러웠다. 애늙은이 같은 말씨지만 나보다 조금 높은 톤에 섬세함, 그리고 나보다 한참 모자란 키가 그를 원래 나이보다 조금 더 앳되게 보이게 해 주었다. 사실 난 죽기 직전에야 그가 올해 고3이긴 하나 전문계 쪽으로 가서 대학을 갈 생각이⋯⋯아니 그 성적으로는 갈만한 대학이 없단 것을 알았다. 그러나 형의 꿈은 제법 높았는데 심리학자가 되는 것이라 했다.

"에에? 상담전문가나 임상심리학자는 40% 이상이 대학원 졸업자들인걸? 고졸자가 끼긴 무리라고."

"⋯⋯ 사람 사는 일은 모르는 법이지. 그리고 직장에서 야간대학 같은데 보내주는 곳들도 있다더군."

"퍽이나 그렇겠지. 에휴⋯⋯ 형 보니 부럽긴 하다. 나도 전문계 갈 걸 그랬나? 중간에도 못 드는 성적으로 억지로 용 꼬랑지라도 달라붙어선 원형탈모 걸릴 판이라니까."

"전국에 수백만이 하는 건데 뭘 그리 예민하게 여기나?"

"그 수백만의 경쟁에서 밀려나간 형이 그런 소릴 하니까 전혀 위로가 안 돼."

나는 그가 내 멱살을 움켜쥐려고 하는 것을 간발의 차이로 피했다. 팔이 짧아선지 내 목에 닿기까지 시간이 조금 걸렸던 덕분이었다.

"까짓거. 내가 형 대신 대학가서 심리학과 가주지 뭐."

"뭐란 거야 이자식이!"

이때 나는 은연중에 전문계생을 무시하는 태도가 많이 드러나 있었다. 어릴 때부터 떨어지면 올라 올 수 없는 벼랑 같은 것이 공부이고 학교라 배워와서 인지 내 밑으로는 다들 낙오자로 밖에 보이지 않았다. 친구를 만날 때조차 그 아이의 성적 혹은 노력하는 정도를 보고 사귈지 말지를 결정 할 정도였으니 말이다. 이때의 나는 형도 그런 식으로 무시하는 중이었다. 지금 생각해 보니 그는 그 성적의 굴레에서 예외적인 인물이 아니었던가 싶다. 그는 성적이나 외모, 성격, 집안사정을 보지 않고 나를 도와주려 진심으로 애썼던 것 같다. 평소엔 베푸니 뭐니 하면서 이것저것 물어도 보고 얻어먹기도 하던 학원이나, 학교를 핑계로 흰 국화 한 송이 놓지 않고 가는 빳빳한 교복의 스쿨 좀비들과는 다른 사람이란 느낌이 들었다. 겨우 두 달 하고 몇 일 사람을 봐 놓고 그 사람을 판단하는 것이 조금 무리이긴 하겠지만……

'형, 이 가면은 뭐야?'

내가 그 녹빛 가면을 집어 들며 말했다. 가면이 저 혼자 둥둥 떠있음에도 불구하고 그는 놀란 기색이 없었다. 아니 가면 때문에 표정이 보이질 않았다.

"마음에 제법 들었나 보구나."

'에이, 그게 아니라 이게 어떤 의미냐니까?'

그는 다리가 아팠는지 내 무덤가에 털썩 주저앉아 종아리를 톡톡 두드리며 말했다.

"네가 원하던 모습이잖아? 넌 사람들을 즐겁게 하기를 좋아했었잖아. 물론 성공한 적은 얼마 없었지만."

'하긴 내 개그는 다들 싱거워 했었지'

"난 꽤 재밌는 녀석이라고 생각했었지만 말이야"

'거짓말도 잘해. 형은 내 말에 별로 웃어준 적 없잖아.'

그는 옛날에 잘 그랬던 것처럼 내 머리를…… 아니 아직 잔디가 제대로 나지 않은 듬성듬성 보기 흉한 봉분을 쓰다듬었다. 그의 손아래에 예쁜, 그러나 몹시 조그마한 하늘빛 꽃잎이 부드럽게 일렁였다. 그가 가면의 입 대신에 새겨넣어준 조그마한 꽃 봉우리도 내 손 아래에서 그 아름답고 섬세한 잎을 부드럽게 내비쳐보였다. 그의 작품은 작은 숲과 같았다. 평소에 그가 만들어내는 것들은 사람의 모습을 닮았는데, 이것은 내가 묻혀 있는 이곳과 꼭 닮아 있었다. 무성하게 자라 향기를 내뿜는 소나무들과, 달콤한 산딸기와, 한 번씩 찾아와서 내 제단 앞에 도토리를 주고 가는 청설모와, 이름 모를 작은 풀꽃들, 그것들이 모두 그 속에 있었고, 그것들은 마치 하나처럼 초록빛 가면 속에 방긋 웃는 사람의 모습을 표현하고 있었다. 이것들은 지지 않는다. 세상이 끝날 때까지 나와 함께 영원토록 지지 않고 겨울에도 화사함을 뽐내며 그를 기억하게 해줄 것이었다. 그렇게 감상에 젖어 있을 때 풀꽃을 꺾어 낸 그가 말했다.

"너무 아깝지 않나……. 식물로 치면 고작 떡잎 두 장 피워낸 것이 모진 비와 햇살을 견디지 못해 죽어버렸단 것이, 어떤 식물인지, 얼마나 아름다운 꽃을 피울지 얼마나 달콤한 열매를 맺을지도 모르는 것이……."

그렇게 말하곤 본인도 오글거렸던지 흠흠 하며 헛기침소리를 낸다. 그런 모습이 귀여워서 웃음만 나온다.

"결론만 말하자면 다음 생애도 인간으로 태어나서 백 몇 살 까지 뼈 빠지게 살다 죽어버리란 말이다."

겉과 속이 다른 이 사람을 보고 있으며 정말이지 웃음만 나올 뿐이다. 나보다 겨우 2년 오래 살아본 주제에 뭘 안다고 저런 웅변을 하고 있는 걸까? 웃음을 참을 수 없었던 나는 내 표정을 가리기 위해 그가 얹어놓은 가면을 슬쩍 들어 얼굴에 대어보았다. 그의 얼굴이 가면을 따라 고개를 들어 내 쪽을 보는 것을 보고나서야 아차 싶어 그것을 다시 단 위에 내려두었다. 그의 고개도 가면을 따라 스르르 내려갔다. 그리곤 한 참을 그 자리에 서서 가만히 있었다. 어디 아픈 걸까? 아니면 많이 놀라서 쇼크라도 먹었나?

'형…?'

내 손이 그의 머리를 쑥 통과하고 지나가자 그는 한기가 온 듯 몸을 부르르 떨었다. 나는 얼른 그에게서 손을 떼었다.

"여름해가 길긴 하지만 가봐야 될 것 같아."

그가 한 하늘에 공존하는 해와 달을 번갈아 쳐다보며 말했다.

"아무리 귀신을 겁내지 않아도 공동묘지에서 밤을 지새고 싶은 마음은 전혀 없거든."

나는 그가 떠나는 것이 못내 아쉬워서 우물쭈물 거렸다. 그런다고 그에게 내가 보인다거나 그의 마음을 돌릴 수 있는 것은 아니지만······.

"나중에 또 오마."

그 말이 이리도 기쁜 적이 없었다. 그의 그 한마디는 내 삶······.은 아니지만 여튼 그 비슷한 것에서 가장 극한의 기다림을 불러일으키는 말이 되었다.

1-2. 백야

"나, 송현아의 이야기"

숨쉬기가 답답하고 힘들어져 온다. 뭘까? 경멸에 가까운 저 눈빛들, 전에는 한 번도 느껴보지 못했던, 아니 정확히는 한동안 느껴지지 않았던 무시하는 듯한 말투, 눈빛. 그리고 눈물이 날 듯 역겨운 도도한 체하는 이들 나는 다른 세상에 사는 걸까, 그들이 사는 곳이 뜨겁고 밝은 정열적인 열대지방이라면 나는 극지에 홀로 서있는 기분이다. 만년설이 녹지 않는 곳, 오로라가 빛나고 해가 반년이나 뜨지 않는 곳

그런 곳에 백야가 시작되었다.

"울었었나?"

'그'가 내 가면을 살피며 물었다.

"그걸 어떻게 아는 건가요?"

"눈 주변이 조금 녹았어, 뺨도 조금 녹았군, 이건 단순히 얼굴이 빨개져서인지도 모르겠지만 말이다."

그렇게 말하며 그는 내게 그가 손질하던 가면을 내밀어보였다. 전보다 눈구멍이 넓어졌음이 확실히 눈에 띄었다. 당황스러웠다. 그에게 내 감정을 다 비치는 것이 부끄럽고 싫었다. 그는 주머니에서 작은 화장품 케이스 같은 것을 꺼내어 넓어진 눈구멍을 가 쪽부터 발라 들어갔다. 가면에서 쩌적쩌적 소리가 나며 한기가 돌았다. 그리고 연푸른빛 아우라가 스물스물 연기처럼 피어오르며 톡 쏘는 향을 내었다. 어여쁜 옥빛의 얼음 가면은 다시 원래의 모습으로 돌아가 있었다.

"이건 영원한 것 아니었나요? 왜 녹는 거죠?"

"난 한 번도 그것이 영구적이라고 말한 적이 없다만?"

나는 입을 다물었다. 보름에 한번 가면 없이 지내는 한 시간 정도. 그 시간 동안 나는 한없이 작아지고 약해지는 기분이다. 그것이 누구든 무엇이든 상관없이 뒤로 숨고 기대어 쉬고 싶어진다. 그나마 위안이 되는 것은 내가 가면을 벗고 있을 때는 내 곁에 저 사람을 제외하면 아무도 없다는 것이다. 나이도, 이름도, 어디사는 누군지도 모르는 나랑은 전혀 상관없는 사람인지라 주변에 알려질 가능성도 거의 없다. 이런 모습을 주변인들에겐 절대로 보이고 싶진 않으니까

하지만 가면이 없으면 자신감도 사라지고 말문도 쉽게 막히어 말싸움에서는 당최 이길 수가 없다는 게 아쉬웠다. 나는 다른 사람이라면 몰라도, 저 재수 없는 인간에게 만은 지고 싶지가 않았다. 자상하게 가르쳐주려는 의도였는지 알 턱은 없으나 전체적으로 잘난 척 하는 걸로만 보인다. 게다가 대답도 단답형이며 딱딱한 어조와 자기가 말하고 싶지 않으면 말을 끊어먹고 더 이상 입도 떼지 않는 초등학생 같은 모습은 정말이지 질색이었다. 그렇다고 왜 대답을 않느냐고 물으면 자기 마음이다 라며 씨근대기만 한다. 정말이지 마음에 들지 않는 녀석이었다.

이렇게 내가 혼자 씩씩대고 있으면 그는 다시 가면을 씌워주고 가버린다. 그러나 오늘은 어째서인지 완성된 것 같은데도 가질 않고 그저 고개를 푹 숙인 채 가면만 내려다보고 있을 뿐이었다.

"이봐. 이것 그만 쓰는 게 어때?"

"무슨 소리지요?"

"그냥, 꼭 그렇게 해야 할 것 같은 기분이 드는군."

나는 그 말의 앞뒤는 재보지 않고 무조건 반항부터 했다. 그냥 오늘따라 유달리 그가 싫었다. 뭐라 형용할 수는 없었으나 모든 것이 마음에 들지 않는다.

"싫은데요?"

"왜 말하는 게 그런 식인 거냐!"

삐친 것이겠지? 1점을 땄다는 게 이런 기분일까, 조금은 이긴 것 만 같아서

기분이 나아진다. 그런데 그 사람이 어디로 갔을까? 방금 전까지 저기 의자 위에 앉아 있지 않았던가? 증발이라도 한 걸까?

"가면 대신 내가 이렇게 가려 줄게."

눈앞이 깜깜해졌다. 언제 뒤로 갔던 것일까? 방금 전까지 얼음덩이를 잡고 있어선지 차갑고 축축한 손이 내 눈을 지그시 가리며 눈꺼풀을 자극하다가 내가 몸을 이리저리 꼬아대니 얼굴에서 떼어준다. 손 틈새로 옅은 빛이 들어온다.

"뭐하시는 거예요. 지금."

바로 뒤에서 조그맣게 풋 하고 웃는 소리가 들린다.

"뭐냐 그 늙은이 같은 말투는."

그나 나나 애 늙은이인 정도로 따지자면 엇비슷할 것 같은데 저 사람의 입에서 늙은이 소리가 나오니 기분이 이상했다. 내가 더 어른스럽단 것을 인정해 준 것만 같달까? 오늘따라 정말 그를 이긴 듯한 기분이다. 나 정말, 정말로 저 사람을 이긴 걸까? 기쁘다, 나는 그를 올려다보았으나 검은 눈구멍을 보니 무서워서 기쁨을 거꾸로 꿀꺽 삼킬 수밖에 없었다. 내 귓불에 거의 붙어 있다시피한 하얀 가면에서 뜨거운 바람이 불어왔다. 그 따뜻한 바람 사이로 두런두런 목소리가 들려온다.

"더 이상 가면에 의존하려 하지 말았으면 해. 너를 잃게 될 테니까."

"무슨 소리에요? 갑자기!"

"너는 굉장히 약해져 있어. 내 앞에 존재하는 너는 내가 만든 껍데기에 불과해. 속알맹이는 내가 만들어 줄 수 없어. 네가 만들어가야만 해!"

나는 그를 쩌려보며 말했다.

"무슨 말인지 모르겠군요."

"정말 모르겠나?"

"네."

나는 그가 의자 위에 얹어놓고 간, 블루마린마냥 반짝이는 가면을 집어들었다. 너무 차가워서 하마터면 놓칠 뻔 했지만 나는 눈을 꼭 감고 세수하듯 그것을 얼굴에 가져다대고 꼭 눌렀다. 잠깐 차가웠으나 냉기는 곧 씻은 듯이 사라져 버렸다.

"뭐하는 거야 지금?!?!"

그의 목소리에 당황스러움과 분노가 뒤섞이어 떨려왔다. 나는 한층 차가운 목소리로 그에게 대답할 수 있었다.

"난 이게 꼭 필요해요."

뒤돌아 씩 웃고 나가버리는 나를 그는 굳이 붙잡아주려 하지 않았다. 우월감이 나를 감쌌다. 어쩌면 이런 행동에 화가 난 그가 다시는 오지 않을 지도 모른다고 생각했다. 아무렴 그래도 상관은 없을 것 같지만.

'찰싹'

나는 뺨을 감싸 쥐었다. 얼굴에 독기가 가득 오른 아이가 나를 밟아 죽여 버리고 싶다는 듯이 나를 쳐다보았다. 내 발 밑에는 완전히 박살이 나버린 나무모형들이 난잡하게 흩어져 있었다. 실수였다. 하지만 되돌릴 수는 없는 아주 중대한 실수. 저 모형들은 아이들이 삼삼오오 짝을 지어 만들어낸 기술수행평가 과제물이었다. 물론 한두 명 정도는 내 걸 대신 내줄 순 있지만 내가 들고 있던 것은 십여 개도 넘었다. 비교적 비중이 적은 과목이기는 하지만 고등학교 결정을 해야 하는 아이들은 칼끝에 선 듯 날카롭고도 민감했다. 아마 저 아이도 내가 실수로 그랬단 것을 알고 있었으며 본디 내게 크게 미운 감정도 없었음을 안다. 때리고 나서 앙들의 웅성거림에 당황하는 것을 보니 내 추측은 더욱 확실하여졌다.

그러나 나는 이미 너무도 억울하고 화가 났다. 분노로 내 얼굴은 벌개졌고 아픔과 억울함으로 눈물이 쏟아졌다. 볕에 타기라도 한 듯 얼굴이 화끈거리고 봉침에 쏘인 것 마냥 입술은 부어서 반쯤 뒤집어졌다. 나는 얼굴을 일그러트렸다. 쩌적 하는 소리가 아까 맞았던 뺨에서 났다. 나는 그곳을 더듬어보았다. 손끝에 피가 묻어난다. 얼음조각에 베인 것이다. 아이들이 나를 보고 기

겁을 하며 뒤로 물러선다. 나는 내 얼굴에 무언가 이상한 일이 생겼음을 직감한다.

"아…… 안 돼!!"

투두둑 하고 얼음조각이 바닥에 떨어지어 반짝이는 보석조각처럼 변한다. 그리고 그것은 붕괴키 시작한 빙산마냥 끝없이 무너져 온 바닥에 흩뿌려진다. 나는 얼굴을 손으로 가렸다. 그러나 손틈 새로 얼음 녹은 물이 주르륵 흐를 뿐, 그 차디찬 얼음은 윤곽조차 느껴지지 않는다. 오른쪽 뺨에서 시작된 균열은 리듬을 탄 파열음이 이끄는 대로 왼쪽 뺨까지 이어졌다. 이제 내 얼굴에는 눈물과 땀에 섞인 투명하디 투명한 물에 불과한 것이 흘러내리고 있을 뿐이었다.

나는 몸에 힘이 빠지는 것을 쉽게 느낄 수 있었다. 찌릿한 전율이 온몸을 아프게 타고 점점 강하게 흔들어간다. 그리고 가면뿐 아니라 몸마저 모두 무너져 내려버린 것 같은 환상이 든다. 갑자기 눈앞이 깜깜하다. 그러다가 작은 삼각형들 사이로 빛이 쏟아지어 눈이 부셨다. 나는 눈을 깜박이며 내 눈을 가리고 있는 물체를 손으로 더듬어보았다. 따뜻하고 좋은 향기가 나는, 판판하고 몰랑몰랑한 그리 크지 않은 물체이다. 나는 그것을 어디에서 느꼈는지 금방 기억해 내었다. 내 손이 아닌 나보다 조금 더 크고 가늘고 긴 손가락이 눈밑을 톡톡 두드리듯이 닦아내어 주었다.

"울지 말고 진정 좀 해봐봐, 괜찮다는 듯이. 아무 일도 없었단 듯이."

나는 뒤를 돌아보았다. 그가 내 뒤를 받쳐주고 있었다. 그의 손은 가면과는 조금 다른 역할을 하여주었다. 내 표정이 남에게 읽히지 않도록 가려는 주지만 내 감정과 기분까지 바꾸지는 않았다. 일종의 펜스 같았다.

"고개 조금만 들고. 그래 너무 많이 들지는 말고, 저기 멀리 딴 데 쳐다봐봐 애들 보지 말고."

나는 그의 지시에 고분고분히 따랐다. 이유를 말할 수는 없었다. 그냥 나보다 이 상황에 익숙할 이 남자를 따르면 좀 더 편해질 것이란 생각밖에 나질 않았다.

"숨 들이쉬고…… 천천히 내쉬고…… 진정이 좀 되겠나?"

"네……."

"그래, 늦지 않아서 다행이다."

그는 한손으로 내 머리를 쓰다듬었다. 그의 손가락이 두 번째로 내 머리에 닿았을 때 나는 복도로 뛰쳐나갔다. 아이들은 내가 우는 모습을 보이기 싫어 화장실이나 보건실에 가 있을 것이라 생각했던지 말리거나 하지 않았다. 그렇게 후미진 복도 끝에 다달아서야 나는 뒤를 돌아보았다. 그는 처음부터 여기 있었다는 듯 자연스레 내 앞에 서있었다. 슬퍼졌다. 며칠 전엔 그렇게나 미웠는데. 지금은 ,그가 가버리면 너무도 슬플 것 같다. 그의 동작 하나 하나가 작별의 의미라고 내 마음속 누군가가 속삭여 주고 있었다. 단지 직감적으로 다시는 보지 못할 것임이 느껴졌다.

"이제 가시면 다시는 못 보는 거지요?"

"아마 그렇겠지."

"보고 싶다고 해도 다시는 오지 않으실 테지요."

"왜? 슬플 것 같나?"

"네."

그는 내 머리를 쓰다듬어주었다. 이번에는 도망치지 않았다. 모두 작별인 사임을 알고 있으니까. 마지막이니까. 조금이라도 오래 해주었으면 좋겠단 생각이 들었다.

"이런 행동도 애정결핍이 아닐까?"

"무슨 소리에요, 갑자기?"

"너는 누구와도 인연을 맺지 않으려고 노력했었잖아. 하지만 정말 누군가와 친해지면 정말 끝없이 정을 주고 기대려는 기질이 강해보여서. 이런 것도 애정결핍이 아닐까 하는 생각이 들어."

"얼마 전에 나한테 그렇게나 욕을 들어놓고는 그런 시답잖은 소리를 하고 싶나요?"

그는 내 말 따위 간단히 씹어버리고 말했다.

"너는 단지 좋아한다는, 그 표현을 할 줄 모르는 것뿐일지도 몰라."

맞는 말 같았다. 애들한테 츤데레 소리도 들어본 적 있었고…….상담실에서도 그 비슷한 말을 들어봤던 것 같다. 그는 어떻게 이토록 나를 잘 알아주는 걸까? 나는 이제 겨우 그와 십여 번 만나보았을 뿐인데, 아니다. 그와 만났던 나는 가면이 없는 있는 그대로의 나 자신, 나 송현아, 바로 한 번도 숨기지 않은 있는 그대로의 나 자신을 그에겐 보여 왔기 때문에, 그가 이토록 나를 잘 알아주는 것이다. 부끄럽다는 기분은 들지 않는다. 오히려 지금은 그에게 나를 비칠 수 있어서 속이 다 시원했다.

"당신은 마술사 같아요."

그는 아무 말도 하지 않았다. 그저 내 머리를 쓰다듬어줄 뿐이었다. 그러나 나는 느낄 수 있었다. 그의 손길이 점점 가벼워지고. 그의 모습이 점점 흐릿해져 꼭 벽에 비친 내 그림자처럼 보였다. 나는 조그맣게 속삭였다.

"고마웠어요. 정말로."

이제는 더 이상 대답이 없었다.

2-2 되돌릴 수 없는 과거

"나, 권재영의 이야기"

"있지 아저씨, 만약에 나중에, 나~아중에 내가 아저씨보다도 훨씬 커졌을 때도 아저씨는 날 찾아 올 수 있을까?"

"물론이야."

"그럼, 내가 이름을 바꾸고 딴 동네에 살아도 아저씨가 날 찾을 수 있어?"

"그래, 근데 그런 건 왜 묻지?"

아이가 우물쭈물 거리며 말했다.

"얼마 전에 민이가 멀리 이사를 갔는데, 나중에 편지 한다고 해놓고 아직도 안했어."

"잊어버린 거겠지."

"그렇지 않아! 꼭 편지 한다 그랬어!"

그러다가 고개를 휘젓고는 다시 내게 따지듯이 말했다. 서늘한 바람 때문인지 아이의 얼굴이 연분홍빛으로 상기된다.

"중요한 건 그게 아니라, 아저씨가 나를 찾을 수 있냐니까."

"그래."

"정말이지 아저씨?"

"그래, 꼭 찾아낼게. 이 세상을 다 뒤져서라도 꼭 너를 찾아낼게."

아이가 방긋 웃는다. 이것이 나와 그 아이 사이의 마지막 행복한 추억이었다.

나는 몹시 망설여졌다. 내가 지금이 이것을 아이에게 건네주지 않는다면 나와 그 아이는 앞으로 더 행복한 시간을 만들어갈 수 있을지 모른다. 하지만, 이제 이것을 전해준다면 나의 행복은 바스라져 사라져버린다. 어쩌면, 저 아이가 앞으로 살아가는 길이 순탄해질지도 모른다. 내가 너무 이기적인 것일까? 내가 주저 하지 않으면 앞으로 험한 세상을 나아갈 아이에게 이것은 좋은 좌표이자 능력이 될 것이다. 하지만 지금 나는 내 눈앞의 행복과 웃음을 위하여 아이의 소중한 것들을 내가 뺏고, 미루고 있는 것이나 마찬가지 않은가. 나는 결국 녀석에게 이 악마를 선사해 주기로 마음먹었다. 아이는 앞으로 어떤 일이 일어날지 모르는 채 방긋방긋 웃으며 생일선물을 받은 것 마냥 기뻐하며 깡총대었다. 아이의 얼굴에 가면을 가져다 대었을 때, 나는 내가 얼마나 겁 많은 사람이었는가를 깨닫게 되었다. 아무런 일도 없었다. 아이는 고개를 갸우뚱 거리며 내가 왜 아무 말도 하여 주지 않는지를 궁금해 하였고, 아이의 몸짓 하나하나, 말투 하나하나에도 이전과 다를 바는 없었다. 단순히 내가 지나치게 겁을 내고 과잉보호를 하고 있었던 것뿐이었다. 우리는 이전과 다름없이 행복했다. 아무 일도 일어나지 않았다. 이야기는 여기에서 끝이 났어야 했다.

"아저씨, 하연이 할머니가 얼마 전에 돌아가셨어."

"그래? 슬프겠구나."

"아니, 전혀 슬프지 않아."

"왜? 이제 할머니를 다시는 보지 못하는데?"

"이사 간 민이도 앞으로 다시는 못 보잖아."

"이사 가는 거랑 죽는 것은 달라. 그리고 그렇게 말하는 건 죽은 사람에 대한 예의가 아니야."

"아니야. 죽은 사람은 불러도 대답해 주지 못하는 거잖아. 하지만 이 시간 사람은, 불러도 대답을 스스로 해주지 않는 거야. 그게 더 나쁘고 절망스러워. 그게 더 나빠!"

얘가 오늘 따라 왜 이러는 걸까? 평소에는 내가 하는 말이라면 강아지가 날아다닌 데도 믿던 아이인데 오늘 따라 왜 이리 열을 올리며 바락바락 대드는 걸까? 할머니의 죽음을 잊기 위해서 스스로 최면이라도 거는 걸까? 아니다. 그러기에는 아이는 너무 어리다. 나는 단순히 아이가 죽음에 대한 인식이 없어서 라고 믿었다. 아직은 다시는 못 본다는 말도 금방 잊어버리고 언제 보냐니, 어디 갔냐니 하며 매달려서 물어올 나이이지 않은가. 아마 내 말 한마디에 쉽게 굴할 것이다.

"그렇게 생각한다니, 난 너한테 실망이다."

"아저씨 나빠!!"

예전과 다를 바 없이 내 말 한마디에 이리 변했다 저리 변했다 하는 아이일 뿐이다. 나는 괜한 걱정을 한 것만 같아서 스스로가 한심했다. 나는 아이의 머리를 쓰다듬었다. 아이는 내 손바닥 아래에서 스르르 빠져 나와서 툴툴거렸다.

"아저씨는 나를 완전히 아기 취급해. 삐지거나 울 때 안아주면 다인 줄 알아."

평소에는 이것을 그리도 좋아하던 아이가 왜 이럴까. 곰곰히 생각할 필요도 없었다. 녀석에게는 이제 말을 트기 시작한 어린 동생이 있었다. 집안에서는 아마 네가 누나니까. 말도 가려서 하고 아기에게 모범이 되어야 한다고 말했을 것이다. 그래서 나도 자신을 아기취급 하지 않기를 바란 것이다. 하지만 내 눈에 저 녀석은 책임질 것도, 고민할 것도 없는 그냥 아기일 뿐이다. 내 행동하나하나에 눈물짓다가도 생긋생긋 웃고 모든 것이 서투르지만 웃음 하나로 실수도, 잘못도 용서가 되는, 그런 세상에서 가장 작고 귀여운 아기일 뿐이다.

그런 몽롱한 환상에 잠겨 있는데 갑자기 아이의 머리위에 얹어놓았던 오른쪽 새끼손가락에서 고통이 엄습했다.

핏방울이 송송 맺혀서는 손톱이 거의 빠지기 직전까지 와있다. 아이가 입에서 쓴맛이 나서인지 침을 뱉고는 혀를 삐죽이 내밀고는 도망치려 한다. 아이가 침은 뱉은 곳에서 침 섞인 피거품과 반달모양의 내 손톱 조각이 진득하게 떨어져 나온다. 나는 아이의 목 뒷덜미를 잡고는 내 쪽으로 돌려놓았다.

"너, 내가 사람 물라 그랬어, 그러지 말라 그랬어."

"몰라."

"다시 물어볼게, 그랬어, 안 그랬어?"

"몰라. 아저씨 나빠. 저리 가!"

그냥 '그랬어, 잘못했어.' 그러면 용서해 주었을 것인데. 저렇게 뾰로통한 표정에 화가 난다. 저가 무엇을 잘했다고 저리 열을 올리는 것인지. 한순간 불같은 분노가 나를 집어 삼킬 뻔 했다. 그러나 아이가 아주 어리단 사실에 간신히 인내심을 되찾고 아이 앞에 다친 손을 내밀었다. 아이는 내 눈을 바라보려 하지도 않았다. 나는 아이를 내 앞으로 바짝 당겨 놓았다. 당연스럽게도 아이는 발버둥을 친다. 아이의 주먹이 내 콧등을 치기도 하고, 뺨을 때리기도 한다. 아이의 손톱이 내 뺨을 스쳐 지나가기도 한다. 그리고 다음 순간 아이의 손안에는 하얀 가면조각이 들려 있었다. 입가에 서늘한 바람이 불어 닥친다. 가면이 뜯어져 나간 것이다. 또 다시 갈고리 같은 손톱이 내 입가를 스친다. 따끔 따끔한 것을 보아하니 입술을 뜯기라도 한 모양이었다. 나는 아이의 손목을 꽉 잡았다. 통통한 손목 두 개가 내 왼손 하나에 다 들어왔다.

"빨리 사과해, 너 요즘 들어 왜 이러냐, 자꾸."

"난 요즘이랑 옛날이랑 똑같은 걸. 달라진 건 아저씨야."

"내가 뭘 어쨌다고 그래?"

"아저씨 전부터 자꾸 나 아기 취급하고, 내말도 자꾸 무시하고. 자주 오지도 않고 너무너무 미워."

"바쁘면 잘 못 올수도 있다고 그랬잖아."

아이는 도리질을 하다가 인상을 찌푸린다. 그제야 나는 아이의 손목을 놓아준다. 이미 손목 두 개가 붙어 있던 곳과 내가 잡고 있던 곳이 빨갛게 변해 있었다. 아이는 울먹이며 내 품에 꼭 안겨든다. 역시 아직 어린아이일 뿐인 거겠지. 그러나 곧 비명을 지르며 아이를 거의 내동댕이치다시피해야 했다. 나는 뒷목을 짚어 보았다. 물컹물컹한 살덩어리가 손끝에 묻어난다. 목을 물었던 것이다. 아직 다 나지 않은데다가 군데군데 빠진 덕분에 상처가 깊지는 않을 것이나. 이미 그것은 칼라를 다 적시고 넥타이께까지 흘러내렸다. 무엇보다 참을 수 없는 것은 설익은 소시지 덩어리 같은 물컹물컹한 것들이 내게서 떨어져 나온다는 것이었다. 나는 손을 마구 털어내서 그 끔찍한 것들을 눈앞에서 없애 버리고 싶었다. 그런데 손을 몇번 흔드니 손에서도 고통이 일었다. 조금 전부터 덜렁거리던 손톱이 살덩이 사이로 툭 떨어져 나갔다. 은빛의 맨들거리는 바닥재는 이제 빛으로 번들거렸다. 아이가 나를 보고 씩 웃어왔다. 나는 그 아이가 더 이상 사람으로 보이지 않았다. 주인을 물어뜯는 미친 개. 목줄 풀린 개로 밖에 보이지 않았다. 아이의 입가에는 틀어진 제 입술에서 나온 것인지 내피인지 알 수 없는 것들이 마치 떡볶이 양념마냥 묻어 있었고. 손 안에는 저가 뱉어낸 살덩이가 들어 있었는데 그게 장난감이나 되는양 만지작만지작 거리고 있었다. 나는 주체하는 화를 참을 수가 없었다. 나는 스스로도 이해할 수 없는 욕들을 뱉어대며 아이에게 외쳤다.

"이제 다시는 네가 보고 싶다고 해도 오지 않을 거야."

"걱정마, 이제 난 다시는 네가 보고 싶지 않을 거야."

아이가 나를 아저씨가 아니라 '너'라고 불렀다. 이젠 자신보다 연장자로 봐줄 가치도 없단 걸까? 아니면 그 아이 눈에 나는 더 이상 자신에게 잘 대해주던 그 아저씨가 아니란 걸까? 대체 저 아이의 눈에 나는 뭘로 비치는 거길래. 조금 전부터 내가 바뀌었다니. 나쁘다니 그런 소릴 하고 있는 걸까. 같이 물어뜯고 짖어대는 개로 보이는 게 아닐까? 저 아이는 사람이 사람을 물고 헐뜯은 게 아니라 투견 두 마리가 미친 듯이 싸워댄 것으로 느껴지는 걸까? 나는 한참을 더 욕을 해대었다. 내가 학교에서도 한번 해보지 않은 험한 말들에 아이의 눈빛은 점점 슬퍼지고 고통스러워져 갔다. 아이의 울음소리가 건물을 다 뒤흔들 때야 나는 내가 무슨 소리를 하고 있었는지 깨닫고 입을 틀어막았다. 아이의 울음소리에 사람들이 몰려와서 난장판에 헉 하는 소리들을 내었으나, 아이가 다치지 않았다는 사실에 안도하며 하연이를 안고 가 버렸다. 그렇게 우리는 제대로 된 인사조차 한번 하지 못한 채 헤어졌다.

집에 돌아온 후 어지럼증을 느꼈다. 그제야 아직도 등께까지 축축히 적셔주고 있는, 텅 빈 목덜미가 기억이 났다. 그러나 엄마를 부르고 싶은 마음도, 힘도 없었다. 그냥 죽는데도 할 말이 없단 생각으로 그저 바닥에 털썩 주저앉아버렸다. 이대로 죽으면, 민지누나를 볼 수 있겠지…? 누나가 사는 곳에 나도 같이 갈 수 있겠지? 지금 나를 이해해 주고 위로해 줄 사람은 누나밖에 없는 것 같은데… 아주 오래전 일이었다. 능금(아기사과)만치 솟은 작은 소녀의 가슴에 얼굴을 묻고 꺽꺽대며 숨죽여 울던, 괜찮다고, 아프지 않다고 등을 쓸어주던 손길이 기억이 났다. 아주아주 오래전 일이었다. 그렇게 해주면 편하고, 슬프지 않았는데. 아마 지금도 누나가 살아있었다면 난 그녀에게 기대려고 했을지도 모른다. 그녀는 내게 숨을 수 있는 거대한 벽이었고, 편안한 나무 그림자였으며, 따뜻한 불꽃같은 존재였다. 내게 있어서 가면장인은 바로 그녀였다. 지금의 나를 존재할 수 있게 해준. 진짜 가면장인….

"하연이에게… 사과를 해야겠지?"

그 일이 있고 보름 정도가 지났을 때 였다. 나는 아이가 살던 마을 주변까지 왔다. 아마 크게 싸웠어도 금세 훌훌 털어버리고 또 애교를 부릴 것이라 믿어 의심치 않았다. 역시나 이전과 다름없이 3시 40분쯤이 되자 아이는 노란 유치원 버스에서 깡충깡충 뛰어내려 아이들 속에 섞이어 다람쥐가 그려진 분홍 앞치마를 한 여선생님께 인사를 하고는 아파트 계단을 총총 뛰어 올랐다. 나는 아이의 앞에 섰다. 아이는 나를 올려다보기는 했으나 칫 하고는 얼른 뛰어가서 엘리베이터에 올라타 발판을 밟고 올라섰다. 나는 아이를 따라갔다. 그러자 아이는 닫힘버튼을 마구 눌러대었다. 나무를 쪼는 딱따구리마냥 쿡쿡 눌러대는 아이의 모습에 공포가 서려있었다. 물론 나는 아이를 쫓아갈 수도, 집에 먼저 가 있을 수도 있었다. 그러나 아이가 나를 거부한다는 그런 강한 마음이 전해졌다. 나는 그 자리에 못박힌 듯 선 채 아무것도 할 수가 없었다. 하얀 거즈를 댄 목께가 갑자기 또 쓰라려 왔다. 이것으로 모두 끝난 것이다. 더이상 긴 설명이 뭐가 필요가 있겠는가. 나는 발걸음을 되돌릴 수밖에 없었다. 보고 싶었다. 후회 되었다. 얼마 전부터 내 눈앞에 나타났던 게 하연이가 아니었다고 믿고 싶었다. 단지 아이의 환영에 불과해서, 소악마를 그 아이라고 착각했고, 악마에게 욕을 했었다고 믿고 싶었다. 그러나 부정 할 수 없는 사실이 한 가지 있었다. 그 아이를 악마로 바꾼 것은 나다. 내게 닥친 아픔과 재앙은 내가 자초한 일이며, 아이의 아픔도 내가 만들어버린 것이다.

내가 기억하는 천사도 아이였지만, 내 눈앞에 보였던 악마도 아이였다. 그것은 부정 할 수 없고 앞으로 영영 바뀌지도 못할 사실이었다.

나는 더이상 이곳 일에 손을 댈 수 없음을 이전부터 알고는 있었다. 그러나 자꾸 집착 할 수밖에 없었던 것이다. 그리고 집착 하려고만 드는, 포기 할 수 없는 스스로를 너무도 원망했다. 한순간 숨이 차오르고 하늘이 팽팽 돌았다. 나는 넥타이 끈을 잡아 당겼다. 그러나 숨막힘은 끝이 나질 않았다. 나는 답답함에 목을 거의 쥐어뜯다시피 했다. 그러나 어째서인지 편해지지가 않았다. 지금이라도, 늦지 않았을 것이란 생각이 머릿속을 가득 채웠다. 그러나 다리는 움직이지 않았다. 나를 거부했던 아이의 행동들. 그리고 그것이 내게 작용했던 영향들을 생각하면 겁이 나서 그 무엇도 할 수가 없었던 것이다. 한없이 어린 아이가 되고 싶었다. 이대로 길바닥에 주저앉아서 엉엉 울어버리면, 누군가 달래주고, 왜 우냐고 물어봐주고. 내가 원하는 대로 해 주었으면 좋겠다. 그러나 이미 나는 그럴 없었고, 그래서도 안 되는 그러한 나이에 다달아 있었던 것이다.

3-2 빗방울 전주곡

"나, 정세은의 이야기"

빗방울 전주곡

처량하달까 가을비 추적추적 내리는 창밖을 단지 혼자만 앉아서 보고 있다는 게, 아니 창문을 보고 있는 건 나 하나뿐, 내가 동경하는 다른 누군가는 내가 쌓아놓은 문제집 사이에 앉아서 열심히 채색중이다. 기말 고사까지 끝이 났건만 고등학교 대비라는 이름하에 학원에서 무한히 공급되고 있는 수학문제에 신물이 나기 시작할 때쯤 나는 그의 뺨을… 아니 가면을 꾹 찔러보았다. 그가 돌아보았다. 그의 입술에 내 검지가 부딪혔다. 그는 내 손목을 귀찮다는 듯이 치워 버리며 말했다.

"왜?"

"나 이거 가르쳐줘."

"나 공부 못해."

"고3이라면서~ 진짜 몰라? 고1 문제인데."

"어, 진짜 모르겠다. 하나도."

그는 내가 앞에 가져다댄 흑백 수학 프린트물을 신경질적으로 밀어내어 버렸다. 무엇 때문에 저렇게나 이골이 나 있는 건지 신경쓰여 미쳐버릴 지경이다. 인중부터 찢어져 턱과 입매가 훤히 들여다보이는 가면에 넥타이도 풀어 헤쳐진 채 바짝 세워서 목을 가린 칼라, 그리고 그 속으로 보이는 하얀 거즈와 살빛 반창고, 풀린 단 추속으로 보이는 쇄골과 그 위로 목젖게까지 난 붉은 손톱자국들, 입 주변에 떨어지다 만 빗방울처럼 이어지다 끊어지다를 반복하는 목보다 작은 손톱자국들. 누군가와 크게 싸우기라도 한 걸까? 나는 그에게 물어볼 것은 목구멍으로 꿀꺽 삼키고는 습관적으로 핸드폰 전원을 꾹 눌렀다. 트위터에 댓글이 수도 없이 달려 있었다. 아니, 내가 폰을 키는 그 순간까지도 댓글이 왔다고 핸드폰이 진동을 해 대었다. 가면을 쓴 얼굴, 이 얼굴로 셀카를 찍으면 사람들은 몹시 좋아했다. 그가 가면을 고쳐 준다며 가져 간 지금의 내 얼굴은… 실상 자신이 거의 없었다. 풀이 죽은 채 다리만 떨고 있는 내 모습이 처량해 보이기라도 했는지 그는 내게 말을 걸어주었다.

"남자친구랑 헤어졌다고 들었어. 죽고 못사는 사이처럼 굴더니 왜 그런 거지? 그것대문에 우울한 것 아닌가?"

"그건 아냐…. 단지 따로 좋아하는 사람이 생긴 것뿐이야, 사람의 감정이란 게 원래 쉽게 변하기 마련이잖아."

"변심도 참 대단하군, 상처받을 사람은 생각해 보지 않았단 말인가?"

그 말 한마디에 나는 여지껏 부려왔던 허세를 접을 수밖에 없었다. 서럽다. 나는 여태 우리가 헤어진 이유를 내가 상처 받지 않는 방법으로 미화해서 남들에게 알리고 있었는데, 저 가면쟁이에게 만큼은 거짓을 불 수가 없었다. 그냥, 그의 눈이, 그것을 강하게 거부하고 있었다. 진실을 말하라고. 화내지 않을 테니 말해 보라고 그렇게 독촉하는 것처럼 보였다.

"그래…. 내가 차인 거야…."

울지 않고 말하려고 했는데 눈물이 자꾸 그렁그렁 맺힌다. 너무너무 미운 사람. 생각만 해도 울화가 치미는. 그래서 그럴까. 녀석과 헤어진 다음부터 유난히, 재영이었나. 저 사람에게 끌리고 있었다. 마음속 공허한 공간을 채워 주기 위해서 오랫동안 알고 지냈던 그를 이용하기 위해 이러는 것이라면, 결국은 그와도 아프게 이별해야 할지도 모른다. 게다가 가면, 우리의 계약관계가 사라지면 그마저도 나를 버리겠지? 나는 그렇게 예쁘지 않으니까. 아마 그의 주변에는 나보다 훨씬 나은 언니들이 많을 것이다. 그 사이에 끼인 난 그에게 있어서 있어도 그만 없어도 그만인 그저 그런 공기같은 존재가 아닐까? 나는 그의 곁에 걸터앉았다. 그의 고개가 나를 따라 위로 살짝 올라왔다. 그리고 시선을 멈춘 채 나를 잠깐 응시했다.

"아직도 이게 그렇게나 필요한 건가? 굳이 예쁘게 보이고 싶은 대상도 없어진 이 시점에서?

"응, 아직은, 아직은 그냥 좀 그래, 이게 있으면 사람들 앞에 더 잘 설 수 있을 것 같아."

"왜 그렇게 확신하지?"

"그냥, 그런 기분이 들어."

"내가 전에 말해 주지 않았나, 이런 것 때문에 더 아플 거라고."

그는 내 뺨을 살짝 쓰다듬어 주었다. '그의 작업'이란 것만 하고나면 상처로 얼룩지게 되는 그의 손에는 소독약 향이 어른어른 풍겨왔다. 소아과 주사실이나 간호사 실에서 나는 냄새… 간호사 언니처럼 가늘고 긴 손가락. 닿기만 해도 기분이 좋았다. 이런 게 좋아한다는, 그러한 의미일까? 이전과는 다른 느낌 그냥 가까이 있다는 것만으로 행복하고 보고 싶고 가버리면 아쉬운 정도가 아니라 서글퍼지는 이런 기분? 나는 그의 어깨 너머로 보이는 가면을 쳐다보았다. 그는 그 종이가면을 내 얼굴에 가져다 대었다. 시원한 느낌이 든다. 쿨팩처럼 산뜻한 느낌이 가득하다. 하지만 답답한 느낌도 없잖아 있었다. 단 한 가지만 확인이 된다면 난 이런 것 따위는 기꺼이 버려 버릴 수도 있다. 나는 그것을 오늘, 이 자리에서 확인하고자 한다. 나는 우물쭈물 대다가 간신히 그에게 물을 수 있었다.

"아까 새삼스럽게 가면에 대해선 왜 물어봤어? 네 눈엔 내가 그런 것 없이도 다른 아이들보다 못하지 않아 보인단 거야?"

"어"

"정말인거지? 놀리는 거면 맞는다."

"자꾸 귀찮게 물어오는 네가 더 날 놀리는 것 같은데."

저 말을 내 멋대로 해석해 버려도 될까. 그렇다면 난 정말 이게 필요가 없는걸, 그렇다면, 그렇다면…… 이제 어차피 내 가면을 사랑해 줄 사람도 없다면, 어차피 이딴 것 필요가 없는걸.

나는 얼굴에 손을 대었다. 얼굴에 테이프를 붙였던 것처럼 찌직찌직 소리가 나며 따가웠다. 그가 벗겨줄 때는 이렇지 않았는데 지금은 왜 이리 아픈걸까? 이것에 아직도 집착하기 때문에? 스스로 이것을 놓으려고 하지 않기 때문에? 하지만 내 마음에 맹세코 이제 이런 것은 필요가 없는걸. 가면을 사랑해주는 사람은 떠났고, 인정받고 싶은 사람은 본 모습이 괜찮다고 해 주잖아.

나는 벗겨지면서 군데군데 찢겨진 가면을 망친 시험지를 쥐어찢어 내듯이 쫙쫙 잡아당겼다. 그 얇은 것은 완전히 조각난 채 그와 나 사이에 눈꽃처럼 흩뿌려져 내렸다. 물론 그의 눈 앞에서 스스로 어찌나 자부하고 조심히 여기려고 하는 '그의 작업'의 결과물, 즉 '작품'을 찢어버렸으니 당연히 화를 내면서 다시는 보지 않겠다고 선언할 것이라 생각했다. 나는 아랫입술을 꽉 깨물었다. 마음을 독하게 먹으니 조금은 위로가 되었다. 나는 어차피 나로써 살아가야만 하고 그렇게 살기 위해서 이것은 장애물일 뿐이었다. 지금 찢어 낼 수 있음을 감사해야 한다. 게다가 그 사람도 괜찮다고 해주지 않았던가, 내 본모습이 예쁘다고, 괜찮다고. 그렇다면 그걸로 된 것이다. 누구에게 보다 인정받고 싶었던 그에게 괜찮단 말을 들었잖아?

나는 얇게 찢어진 가면 조각을 꾹 밟았다. 의외의 반응이었다. 그는 잠깐 멍하니 서 있다가 살짝 미소 지으며 가볍게 짝짝짝하고 박수를 쳐주고는 어쩔줄 몰라 하는 내게 다가와 이전과 다름없이 머리를 쓰다듬어 주었다. 이런 행동에 전혀 애정, 심지어 그 비스무리한 것마저 담겨 있지 않다는 사실은 슬프지만.

"잘했어, 이게 더 너 다우니까."

"잘했다고?"

"그래, 누군지는 모르겠지만, 아마 네가 좋아한다던 그 사람도 분명 네 이런 모습을 좋아해 줄 꺼야."

"정말 그렇게 생각해?"

그의 입가에 뜬 미소는 여전히 사라지지 않았다. 기뻤다. 그는 그 말이 자신을 지칭한다는 사실을 모르고 저 말을 했었겠지만, 분명 제 입으로 말했었다. '분명 좋아해 줄 것이라고' 자신도 그렇게 생각했으니까, 이렇게 말해 주는 것 아닐까? 너도 그렇게까지 내가 싫은 것은 아니란 거지? 아니 그게 사실이 아니라 해도 내가 멋대로 이렇게 해석해 버려도 되는 거겠지? 그냥, 그렇게, 그렇게 믿기로 결심한 나는 내 뺨에 닿은 그의 손을 꼭 잡았다. 이전에 내가 장난칠 때처럼 손가락을 꺾거나 다친 곳을 꽉 누르기라도 할까 봐 걱정됐는지 그의 손이 꿈틀거렸다.

"미안해."

내가 공격을 하지 않는 것을 보고 한풀 누그러진 그가 조금은 엄한 태도로 말했다.

"네가 이렇게 나오는 건 무척 곤란하다고 말했지 않나? 차라리 아프면 아프다고 괴로우면 괴롭다고, 외로우면 외롭다고 솔직하게 말해. 그래야 도와주기가 한결 편하니까."

"그런 게 아니야."

"넌 심란한 거잖아. 그렇게나 좋아하던 사람이랑 헤어져서 심란하고 슬픈 거잖아. 그렇지 않아?"

아마 그 말이 아주 틀린 것은 아닐 것이다. 하지만 내가 헤어졌어도, 내색치 않고 일상으로 평범히 돌아갈 수 있었던 이유도, '너'를 선택하기 위함이었으니까. 단지 이렇게 사무적으로 대응하는 그 태도가 너무나 밉고 바보 같을 뿐이다. 눈치도 없어서, 전부터 그렇게 내색하고 암시를 줘도 왜 알아주질 못하는지. 원래 남자애들은 다들 그런 걸까? 눈도 귀도 꼭꼭 틀어막은 바보 같이? 아니면 내가 표현하는 방법이 잘못되었던 걸까? 아무리 노력해도 내 입에선 세 글자 밖에 나오지 않았다. 딱 세 글자, 그 이상도 아닌

"미안해."

"왜?"

“미안해.”

“이유를 빨리 대답 안하면 그냥 확 가버리는 수가 있어.”

“어, 그건 안 되는데….”

“그럼 대답을 하란 말이야.”

“네 상황도, 마음도 모르고 멋대로 좋아해 버려서 미안해. 나도 왜 그런지 모르겠는데 자꾸 네가 좋아져서 미안해.”

표정이 보이지 않으니 그가 어떤 생각을 하는지조차 알 수가 없다. 그나마 노출된 입조차 조금도 움직이지 않으니, 나로서는 방정인 주둥이를 매우 치고 싶은 생각마저 들었다. 어떻게 이런 말도 안 되는 오글거리는 소리를 하고 있는 건지. 내게 다른 누군가 빙의라도 한 걸까. 아니면 단순히 최근 들어서 연예소설을 너무 많이 읽은 걸까.

“나도 미안해.”

심장이 덜컹 내려앉는다. 거절의 표시일 것 같다. ‘미안해’는 사과의 의미이고 그것은 결국 이 상황을 부정 할 수밖에 없다는 의미이니까. 결론만 말하자면 난 지금 차인 것이라고 밖에 해석 할 수가 없었다. 나를 더 비참하게 만들어 줄 그 다음 대답은 무엇이 될까? ‘미안하지만 난 네가 싫은데’라던가 ‘다른 좋아하는 사람이 있어’ 뭐 이런 걸까.

“빨리 네 마음을 알아주지 못해서.”

“화나지 않았어? 그러니까….”

“사람을 좋아하는데 이유가 어딨어. 화내지 않아.”

“너 내 말 또 오해 하고 있지? 그 단어의 의미가 이 의미는….”

“그리고 고객님 같은 여자 분은 또 없을 테니까요.”

그의 입가에 다시 미소가 피어올랐다. 너무나 귀엽고 자상해 보인다. 그냥 이전에 들었던 좋기도 하고 나쁘기도 하던 모든 기억들이 아주 먼먼 옛날이야기 같았다. 아니, 원래 없었던 일 같았다.

“화나지 않았어. 기분 나쁘지도 않아. 그러니까 넌 미안해 할 것도 없는 거야."

  처음으로 그가, 내가 가면에 손을 대었는데 아무 말도 하지 않았다. 오랫동안 쓰고 있어서인지 얇은 플라스틱 가면에서도 그의 따뜻한 체온이 느껴졌다. 하얀 가면 뒤에 오랫동안 꼭꼭 감춰 두었던 갈색 눈이 드러났다. 눈이 부셨는지 찌푸린 그의 눈 속에는 처음 만났을 때의 적개심이 아닌, 동화책 속 수호천사들에게 나타난 따뜻함 그리고 그 속에, 단지 그 무엇도 아닌 내 모습만이 가득 담겨 있었다.

4-2 나를 찾아 떠나는 여행

"나, 권재영의 이야기"

아영은 실은 내가 가장 싫어하는 사람이다. 후회되는 일이 한두 가지가 아니니까. 내가 지난 여름, 그녀에게 가지 않았더라면 현준이는 죽지 않았을 텐데. 내가 그 아이가 죽지 않도록 말릴 수 있었을 텐데. 왜 세은의 말을 들어버렸는지, 어째서 아영이 누나의 특이 증세에 관심을 가지게 되었는지. 가면을 오래 쓴 사람들 사이에서는 한 번씩 일어나는 일이지 않은가? 스스로도 가면의 존재를 망각하는 바보 같은 행동에 의한, 자신의 잘못이란 말이다. 물론 그것이 가면의 재질이나 표정과도 직결되는 문제이기는 하지만, 자신의 무능함과 나약함에도 달려 있었다. 그랬기에 나는 이전에 껍데기만 남은 채 속은 무너져 버렸던 현아에게 가면을 벗을 것을 권고했던 것이다. 그리고 또 걱정이 되는 한 사람. 생각만 해도 마음 한구석이 욱신거리며 눈물이 날만큼이나 보고 싶은 한 사람. 내 동생. 눈에 넣어도 아프지 않을 예쁜 내 동생 하연이… 친남매가 아니더라도 가족만큼이나 소중했던 내동생… 아영이 누나가 아르바이트를 하는 가게 앞에 서자 나는 하연이의 생각으로 눈 앞이 핑 도는 것만 같았다.

"무슨 생각해?"

아영과 관련된 이 모든 일의 발단이지만 당최 원 말 할 수가 없는 내 일반적 표현으로 여자 친구인 세은은 내 마음을 아는지 모르는지 제 언니 걱정으로 내 행동이 늦어지는 것에 안절부절 하지 못하고 있었다. 나는 그녀의 얼굴을 바라보았다. 필요 없다고 해도 굳이 방문을 쾅 소리 나게 닫고 걸어 잠근 후 바삐 발랐던 것으로 추정되는 화장품의 달달한 냄새가 물씬 배어난다. 입술에서도 달콤한 향이 나며 살짝 연분홍빛으로 반짝이는 듯 보인다. 물론 많이 바르지는 않았겠지, 피부가 약하다고 했으니까. 가면을 쓰지 않아도, 화장을 하지 않아도 생얼이 지금 나이에는 훨씬 예쁘다고 말을 해 주어도 여우마냥 헹헹 소리를 내며 파우치를 열심히 뒤적여댄다. 시간이 지난 후에 귀 뒤부터 불그레하게 알레르기 반응이 오고 있는 것을 보면 조금 딱하기도 했으나 굳이 말해주지는 않았다. 본인도 자신에게 문제가 생긴 것을 아는 것은 물론이고, 그 사실을 무척 부끄러워하기 때문이었다.

가게 안에 들어서자 세은의 향을 집어삼키는, 정신을 몽롱케 하는 향기들이 코끝을 간질인다. 하연이에 대한 기억이 향속에 섞이어 저기 저 환풍기 너머로 사라진다. 나는 누나와 눈이 마주쳤다. 이제는 이전처럼 도망가거나 겁먹지는 않았으나, 경계하는 모습만은 여전했다. 그녀가 원하지 않으면 나는 다가 갈 수조차 없는데. 이렇게 하면 하면 세은과의 약속을 지켜 줄 수가 없잖아? 난 이제 그 누구도 내 앞에서 울지 않았으면 좋겠는 걸, 정말이지 그녀만큼은 결코 슬퍼하지 않았으면 좋겠는걸. 그렇기 하기 위해선 좋으나 싫으나 누나가 스스로 만들어낸 가면의 '구속'에서부터 해방시켜야만 한단 사실에 한숨이 나왔다.

그나마 위안이 되는 것은 거의 세 달 동안이나 나보다 세은, 그 자신이 언니를 더욱 열심히 설득시켜왔다는 것이었다. 그래서인지 가끔 누나와 마주치면 경계하는 마음이 누그러들었음을 느낄 수 있었다. 하지만 왜 항상 슬픈 표정을 지우지 못하는 걸까? 동정심을 사려고 하는 그녀의 가면과는 다른, 그런 측은함이다. 죽은 민지누나와 비슷한 눈빛이다. 부모님이 일하러 나가시고 밤 늦게까지 혼자 방에서 놀고 있는 나를 항상 찾아와준 나보다 세 살 많던 누나의 눈에 가득 하던 그 슬픔이 아영이누나에게서 그대로 느껴진다. 그래서 더 슬프다. 나는 여전히 두 사람이 왜 나를 보고 슬퍼하는지 모른다. 하지만, 단 한 가지는 확실히 기억하고, 자각하고 있다. 옛날에 민지누나가 죽을 때 나는 그토록 그녀를 사랑했음에도 아무것도 하지 못 했던 것, 그리고 지금 아영이누나가 파멸에 가까워질 때까지 내가 아무것도 하지 못하고 멀뚱멀뚱히 서서 주위를 배회할 수밖에 없다는 점. 과거와 현재의 내 모습이 데자뷰처럼 겹쳐진다. 결국 나는 내 앞에서 누구도 슬퍼하지 않기를 바라면서 아무것도 하지 못한단 말이다. 답답하다. 나는 왜 이렇게 나이를 먹어서도 아무도 구하지 못하는 걸까? 왜 누군가의 소중한 사람들을 구해 주지 못하는 걸까? 제발 그녀에게 닿게 해줘, 더 이상의 비극은 보고 싶지 않으니까. 내 모든 행복을 하늘께 바쳐서라도 비극의 끝을 내고 싶으니까.

"나 이거 사줘."

세은의 해맑은 목소리에 정신이 퍼뜩 들었다. 두 자매는 내가 손을 뻗으면 닿을 가까운 곳에서 키득대고 있었다. 세은이 내 손을 잡아끌었다.

"나 이거 사주라 응?"

"너 화장품 잘못 바르면 피부 트러블 난다면서."

"이건 좀 괜찮데. 봐봐 언니가 나보다 알레르기 심한데도 멀쩡하잖아."

그러며 어린아이에게 처음 보는 물체를 가르쳐줄 때 직접 만져 보게 하는 것처럼 내 손을 끌어다 누나의 뺨에 가져다 대었다. 내가 다가가면 항상 피하기 급급했는데, 가족의 손아귀 속에서는 나조차도 위험치 않다고 느낀다는 것일까? 누나는 내 검지손가락이 창백한 자신의 뺨을 꾹 누를 때까지 가만히 있었으나. 손등의 절반 가까이가 뺨에 다가오자 내 손이 차가웠는지 화들짝 놀랐다. 아니 차가워서가 아니라 너무 뜨거워서일까? 내 손이 닿은 뺨에서 붉은 장밋빛 불꽃, 그리고 그 속에 개나리색의 불꽃이 치솟았다. 그리고 그 연기에서 라일락향이 가득히 묻어났다. 불길은 빠르게 그녀의 얼굴을 뒤덮었으나, 머리카락 한 올 태우지 않은 채 공중에 발자국 같은 두 개의 불똥을 튀기고는 사라졌다. 어안이 벙벙한 표정으로 거울 주변에서 기웃대는 모습이 보였다. 스스로는 자신에게 어떤 변화가 일어났는지 모르는 듯하다. 그래, 세은이가 원한 대로. 구속은 사라졌다. 내 강한 염원이 그녀에게 전해져 구속을 풀도록 내버려 둬 준 것일까? 아니면 내가 너무 불쌍해 보여서 하늘에서 민지누나가 날 도와줬던 것일까? 단지 노후된 가면이 자멸해 버린 것일까? 아니면 행복을 다 가져가도 좋다는 말에 하늘이 소원을 들어준 것일까? 그렇다면, 이 어지러움이 하늘께서 내 행복을 가져가는 중이라는 의미인 걸까? 물체가 두세 개로 보이고 땅이 위 아래로 흔들리는 것처럼 보일 만큼 어지러웠다. 내 눈앞에서 두 사람의 모습과 환한 불빛들, 떠드는 여자들의 목소리가 사라졌다.

 지금 내 눈앞에는 사거리에서 빨간 책가방을 메고 까만 신발주머니를 흔들며 건널목을 건너가는 여자아이의 모습이 눈앞에 선히 보였다. 그리고 아이를 향하여 청록빛 승합차가 빠르게 달려왔다. 끼익, 그리고 퍽 하는 소리가 섞이어 형용하기 어려운 기괴하고 둔탁한 소리가 나며, 아이의 몸이 공중으로 2m 이상 떠올랐다. 그녀의 짧은 흑발이 버드나무가지처럼 휘날리고 헐렁하게 매여 있던 가방은 어디론가 날아가 툭 하는 소리를 내고는 다른 차에 깔리어 걸레조각처럼 변해버렸다. 힘없이 떨어지던 그녀의 몸은 마주 오던 하얀 승용차 위에 떨어지고 다시 바닥으로 굴러 떨어졌다. 온 몸의 뼈가 부스러지기라도 한 듯 기괴한 자세로 틀린 몸은 꼼짝도 하지 않았고, 단지 피와 아스팔트 조각이 엉겨 붙은 머리카락만 사람들의 옷자락과 입에서 나는 바람을 타고 무겁게 살랑였다. 검은 아스팔트 바닥을 향한 머리에서 붉다기보다는 보랏빛 와인색에 가까운 피가 주르륵 새어나와 근방의 하수구까지 타고 들어갔다.
 "누나…?"
 아무 대답도 없다. 나는 숨을 헉하고 들이쉬었다가 다시 그녀를 불러보았다.
 "누나, 민지누나. 누나아!!"
 사람들이 소란을 피우는 소리가 점점 줄어들어간다. 쓰러져 있던 아이의 몸이 스르르 작아진다. 까만 흑발은 갈색의 깡총한 양갈래 머리로 바뀐다. 검은 신발주머니는 짙은 갈빛털의 곰인형으로 바뀌었다. 바닥의 핏자국은 사라지고 아이의 몸이 부르르 떨리며 천천히 일어난다. 꼭두각시 인형마냥 앞뒤로 흔들리던 작은 몸이 균형을 찾자 아이는 내 쪽으로 고개를 돌린다. 뭉그러 터져 버린 눈알이 다시 하얗고 반짝이며 생기를 되찾는다. 아이는 나를 째려보며 앙칼지게 말했다.

"나를 버리고 가 버렸어. 아저씨 나빠."

"그런 게 아니야, 내 말 좀 들어봐줘."

그러나 아이는 귀를 틀어막고 고개를 절레절레 젓는다. 나는 더 크게 소리를 질렀다. 그러나 소리는 크게 내려하면 할수록 작아만 지었다.

눈을 뜨니 그냥 아무 무늬도 없이 하얗게 회칠이 되어있는 방이었다. 흐릿하던 초점이 맞아지자 아영이 누나의 걱정스러운 표정과 세은의 얼굴이 눈 안에 들어왔다. 나는 살짝 미소를 지어보였다. 내 그런 행동에 안심이 되었는지 그녀가 물었다.

"괜찮아? 정신이 좀 들어?"

"여기가 어디지?"

"직원 휴게실. 그보다 하연이가 누구야?"

"하연이?"

"응, 계속 하연아 미안해, 그런게 아니야, 불쌍한 우리 하연이, 그러면서 계속 그 애를 찾던데?"

"내가 그랬던가…"

하연이, 불쌍한 우리 하연이. 그 아이도 저 누나처럼 내가 가버리고 난 뒤 가면을 벗지 못하게 되면 어쩌지? 그것이 정체성조차 제대로 자라지 못한 아이에게 들러붙어 융화되어 버리면 정말 악마가 되어 버리는 게 아닐까? 내가 천사를 타락시켜 버린 게 아닐까? 자칫 위험한 길로 빠지면 어떻게 하지? 그 아이도 나를 거부 하고 있는데 만난다고 해도 도와 줄 수나 있을까? 나는 그녀에게 손도 대지 못하는데?

머릿속이 어지럽고 속이 울렁거렸다. 찬 공기가 마시고 싶었다. 비상구표 지판을 보고 일어나려는데 누나의 모습이 눈에 띄었다.

"구속은 이제 풀렸어, 이제 누나가 가고 싶은 길로, 누나 발로 걸어 가."

"내가 가고 싶은 길?"

나는 의자 위에 손가락 검지와 중지 손가락으로 걸어가는 모습을 보여 주었다.

"사람은 누구나 가야 할 길이 있어. 물론 다른 사람의 길과 겹치기도 하겠지. 누나에게도 분명 그 길이 있을 거야. 단지 누나는 그 길을 혼자만 편하게 자전거를 타고 왔다고, 처음에는 자신이 자전거를 탔단 걸 알았을 거야, 하지만 시간이 지나니까. 그게 너무 자연스러워서 잊어버렸던 걸 거야."

"무슨 소리를 하는 건지 모르겠어."

"그래… 그래야 정상이지."

나는 설명을 포기하고 비상구쪽을 향했다. 순간 벽에 있는 반짝이는 무언가가 눈에 띄었다. 나는 그쪽을 돌아보고 놀라지 않을 수가 없었다.

"누가 내 가면에 멋대로 손대라고 했지?"

하얀 가면 대신 식은땀으로 젖어 있는 연한 살빛얼굴에 짙은 갈색의 머리카락이 이마와 뺨에 몇 가닥씩 땀으로 엉겨붙은. 무기력함으로 초점조차 제대로 맞지 않은 까만 눈동자와 죽은 사람처럼 갈빛으로 변한 채 일그러진 입술이 금테가 둘린 거울에 고스란히 비친다. 내 목소리를 들은 세은의 몸이 움츠러 들었다. 왜 이렇게 행동했는지는 안다. 아마 도움을 청하기 위해서는 나를 드러낼 필요가 있었었겠지. 게다가 화 낼 마음도 힘도 내게는 남아 있지 않았다. 내가 손 댈 수 없는 구역에 집착하는 강한 마음이 스스로를 어둠속으로 밀어넣고 있었다. 나는 가면도 외투도 챙길 생각조차 하지 않고 비상구 표지판이 있는 뒷문으로 나왔다. 뒤쪽 길은 사람이 없는 공터로 이어져 있었다. 초겨울의 차가운 바람이 얇은 와이셔츠 안으로 파고들자 심장이 덜컹 내 앞는 것 같은 충격이 상체 전부에 파고들었다. 팔에 소름이 돋고 경련이 왔다. 그러나 몸을 움츠리거나 팔짱을 끼지 않으려 노력했다. 눈조차 깜박이지 않으려 노력했다. 눈물이 나면서 눈이 시리고 뻑뻑해져 온다. 아프다. 하지만 아프지 않으면 더 슬퍼질 것이다. 이것은 내가 내게 주는 벌이니까. 아프고 고통스러워야만 한다.

등 뒤가 갑자기 따뜻해져 온다. 곱아서 제대로 펴지지도 않는 손도 누군가 잡고 녹여준다. 누굴까, 이 벌로부터 나를 방해하는… 아니 구원해 주는 사람이.

"하연이가 누군지는 모르겠지만 너한텐 소중한 사람인 거겠지? 나한테 네가… 아니 우리 언니가 소중한 사람인 것처럼 말이야."

그녀의 얼굴이 발갛게 달아오른다. 나는 그녀의 머리에 손을 얹었다. 그러나 쓰다듬을 힘은 없었다.

"속으로만 끙끙 앓고 완전 어린애네. 야, 가끔은 누나한테 털어놔도 돼! 이래봬도 난 애들한테 제법 해결사로 불리거든."

"네가 왜 내 누나냐, 한참 어리면서."

"말이 그렇단 거지, 뭘 그렇게 따지고 그러냐!"

귀엽다. 오늘 따라 그녀가 너무너무 귀엽고 사랑스럽다. 나도 이유를 알 수는 없다. 하연이가 곰인형을 사랑하던 것에 이유가 없었던 것처럼.

"하나만 실험해 봐도 될까?"

그녀가 고개를 끄덕여 주었다. 누군가는 이런 행동을 사심이 가득하다. 애정행각이다. 그런 시답잖은 소리를 할지도 모른다. 하지만 나는 정말 시험이 해보고 싶은 것이다. 이전의 누군가가 내게 그랬듯이 누군가가 안아주면 정말로 마음이 편해지는지 그리고 만약 그게 사실이라면 마음이 편해질 때까지 이렇게……. 꼬옥, 손 끝에 보드라운 겨울셔츠의 촉감이 느껴진다. 나는 그 옷깃을 꼭 잡고 더욱 그녀에게 파고들었다. 놓치고 싶지 않으니까.

"ㅈ… 잠시만!! 숨막혀!"

그녀의 다급한 외침이 들려왔다. 그제야 나는 손에 힘을 빼었다. 헝클어진, 그렇게까지 길지 않은 곱슬머리에 상기된 얼굴로 그녀가 나를 쳐다보았다. 뭐라 말을 해야 할지 몰라서 그저 굳은 표정으로 머리를 쓸어넘기는 이를 바라 볼 수밖에 없었다. 싫어할까. 내 이런 행동에?

"저기… 미아ㄴ…?"

그녀가 내 입술에 손가락을 가져다대고 살짝 누른다. 그리곤 배시시 웃어 보인다. 고르게 배열된 치열이 눈안에 들어왔다.

"다행이다. 다시 몰캉몰캉해졌어."

"몰캉몰캉이라니, 무슨?"

"조금 전엔 안 그랬었거든."

내가 입을 가리며 말하자 그녀는 이젠 대놓고 귀엽다면서 키득키득 웃는다. 어떻게 대응해 줘야 할지 까마득하다. 그냥 원하는 대로 해도 될까? 키득 댈 때마다 가볍게 떨리는 목과 빰을 양손으로 감싸자 웃음소리가 멈추고 고개를 들어 나를 바라본다. 자꾸 눈길이 입으로 가는 것이 밉다. 의식하지 않으려고 했는데…. 의식 하면 자꾸 부끄러워져서 할 수가 없는데, 그냥. 단지 그냥. 손가락으로 그녀의 빰을 살짝 쓰다듬고 목덜미에 내려온 붉은 갈빛을 띠는 머리카락을 손가락에 몇 번 감았다가 풀었다.

내가 자꾸 머뭇거리자 분위기라는 알 수 없는 기류가 억지로 누르고 있던 그녀의 눈꺼풀이 파르르 떨린다. 다시 저 눈꺼풀이 열릴까 두렵다. 나는 고개를 숙이고 그녀의 입술에 나의 것을 겹쳐 얹고는 부드럽게 지분거렸다. 내 품속에 있는 작은 어깨가 살짝 움츠러 들었다가 서서히 풀린다. 서툰 키스에 반응해 오는 그 몸짓 하나하나가 너무도 사랑스러웠다. 그녀의 말랑말랑하고 부드러운 입술의 촉감 이외엔 차가운 바람도, 다리를 스치는 풀잎의 촉감도 느껴지지 않는다. 그냥 세상이 참 고요하다.

5-2 기다려도 오지 않는 사람

"나, 민현준의 이야기"

불규칙으로 오던 그는 첫눈이 내리던 날 다시 찾아왔다. 크리스마스 밤늦게 까지 울리던 캐롤이 멈춘 지 엿새나 지난 후였다. 그는 자신이 얹어놓은 가면위의 눈을 툭툭 털어내고는 다정히 내 무덤과 함께 검은 박쥐 우산을 쓰고는 나직이 말했다.

"이제 내일이면 2013년인 건 알고 있지?"

나는 그의 우산 밑에 웅크리고 들어가 고개를 끄덕였다. 살면서 그런 모습을 본 적이 없었다. 그가 우는 것이다. 정확히는 뺨 부분부터 찢어져 나가고 없는 가면 아래, 뺨과 턱선으로 흘러내리는 가는 두 줄기의 눈물을 보았다. 결코 눈물 한 방울 없이 고고하게만 존재할 것 같던, 신처럼 보이던 그가 눈이 쏟아지듯 펑펑 우는 것이었다.

"오늘은 마지막 인사를 하러 왔어."

'그 마지막이 올해의 마지막이라고 말해 줘. 내일 아침해가 뜨면 올해의 첫인사라고 말해 줘. 당신이 웃는 모습은 바라지도 않아. 하지만 우는 모습만은 다시는 보지 않게 해줘.'

나는 두 눈을 질끈 감고 주체할 수 없는 아픔에 눈밭을 굴렀다. 그러나 전혀 차갑지가 않았다. 부드러운 감촉에 온몸이 뜨겁게 타버리는 것만 같은 기분이 들었다. 올해가 지나면 그가 내게서 완전히 잊혀져 버린다는 사실은 얼마 전부터 알고 있었다. 나는 그 사실을 안 이후 날짜를 세지 않으려 노력하고 있었다. 그런데 그가 이렇게 불쑥 찾아와 버리면. 나는 날짜를 세지 말아야 된다는 사실을 잊어버릴 것이 분명하다.

'형, 아니라고 해줘, 제발 부탁이야.'

"오늘밤… 자정 직전까지 여기 있을 참이야 같이, 네가 항상 내려다보고 있었을 저 불빛들을 보면서."

그러더니 그는 가방에서 소주 한 병을 꺼내어 까드득 까르륵 소리를 몇 번 내더니 뚜껑을 따냈다.

"냉장고에 있길래 한 병 슬쩍했다."

그러고는 병째로 입에 가져다 대려다 머뭇대기를 반복했다. 술이 익숙치 않아서일지 모르겠다. 그러나 그 머뭇거림은 오래 가지 않았고, 그는 눈을 질끈 감고 쾌를 뒤로 젖혀 제법 많은 양을 들이켰다. 그러나 곧 이어 쿨럭 대며 거의 대부분을 눈밭에 뱉어내고야 말았다. 기분 나쁜 쓴맛에 그는 퉤퉤거리며 잠깐 휘청대기까지 하였으나, 다시 중심을 잡고는 내 무덤 쪽으로 그의 타액으로 반짝이는 은사(銀絲)가 그의 턱까지 연결된 병을 들이밀었다. 당연히 내 손은 병을 통과해 지나갈 뿐이었다. 그는 술병을 내려놓고 미친 듯이 웃었다.

"죽기 전에는 어디 술집만 보면 들어가서 마셔보고 싶다고 껄떡대던 녀석이 정작 마시라고 건네는데 왜 한 방울도 못 마시는 거냐, 응? 죽고 나더니 술에 대한 궁금증이 싹 가셨나?"

'그러게 말이야. 나도 어쩐지 한심하네.'

나는 뒤통수를 긁적였다. 그는 우산을 나무에 대충 걸쳐 놓고는 아직 반 이상 남은 소주병을 오른손에 쥐고는 어른께 따르듯이 왼손으로 오른손목을 받친 후 내 무덤 위에 남은 술을 다 뿌려 주었다. 살짝 실성한 사람처럼 보인다. 물론 겨우 몇 모금 밖에 넘어 가지 않았을(다 뱉어냈으니까) 술에 취했을 리는 없다. 그를 미치게 한 것이 술이 아니란 사실을 알기에 나는 더 슬펐다. 그가 뱉어낸 것을 보고 혀를 끌끌 차며 어린 녀석이 술을 잘못 배워왔나 보다 하고 헛소리를 하다가 종종걸음(?)으로 멀리 가버렸다. 토해버려선지 정말 슬프고 애달해서인지 그는 찢어진 가면의 경계쯤을 소매로 슥슥 문질러 물기를 닦아낸다. 그 아래로 떨리는 입술이 벌렸다 닫혔다 한참을 우물거린다.

"이럴까 봐 내가 네 녀석들이랑 정 안 붙이려고 했던 것이었는데. 헤어질 때 너무 아플까 봐서. 오늘 밤이 지나면 모두를 잊어버리니까. 거리를 두고 방관자로써만 대하려 했는데……."

나는 알고 있었다. 방관자로써 그는 실패했다. 그는 누구보다 살가운 내 친구였고 가족 같은 사람이었다.

'만약 형이 그런 사람이었으면 난 분명히 더 슬퍼했을 거야'

이렇게 그의 말에 대답은 하지만 나는 내 말이 그에게 닿지 않는다는 것과 그가 내가 듣게 하려고 한 말이 아니란 것도 알고 있다. 지금 그는 속풀이가 하고 싶은 것 이었다. 아무도 없는 곳에서 혼자 발악하고 욕을 하고 소리를 지르는 것은 그의 자존심이 용납치 못하였기에 보이지도, 느껴지지도, 들리지도 않는 나를 찾아와 주정 아닌 주정을 부리는 것이다. 그래도 청자(聽者)가 있다는 그의 가느다란 믿음과 미신 속에 존재하는 나를 그리며. 어디 있는지도 모르는 나를 애타게 찾아 이곳에 와 있는 것이다.

사실 나로서는 그가 이러는 것이 몹시 싫었다. 그가 여기서 이러지 않았다면 나는 그와의 이별 사실도 몰랐을 것이다. 그러면 슬프지 않았을 것이다. 아마 오늘밤이 깊어질 때까지 단순히 그를 기다렸을 것이다. '왜 형이 오지 않을까?' 그런 깊은 궁금증으로 빛바래 가는 가면을 쓰다듬으며, 내일은 오겠지, 내 기일에는 오겠지, 늦어도 졸업식 끝나곤 올 거야 하며 기약 없이 그를 기다리다 자정이 되었을 때 모든 것을 잊어버린 채 멍하니 기억도 나지 않는 사람을 기다렸을지 모른다. 이 슬픔은 몇 시간 가지 않는다. 자정까지다. 하지만 참을 수가 없다. 1분이라도, 아니 30초라도 이것에 대해 깊게 생각하면 미쳐버릴 지경이다. 이런 악소식만 전해 주는 그가 밉다. 아주아주 미워서 영원토록 이 자리에 허수아비마냥 세워놓고 보내주지 않고 싶을 지경이다.

나는 한참 후에야 나도 그를 따라 울먹이고 있었다는 것을 알아차렸다. 눈송이가 차차 잦아든다. 사람들이 삼삼오오 도심 공원에 있는 종 주변으로 모여든다. 아직 종이 울리기까진 반시간 가량 남아 있지만 이미 그 근방은 사람들로 가득하다.

"네 마지막 장소는 어떤 의미였지? 네게 가장 친숙했던 곳? 너를 가장 쉽게 숨길 수 있는 곳? 아니면 가장 기억에 남았던 곳?"

내 방. 끈으로 스스로 목을 매었던, 십여 년째 지내고 있던 그 장소. 특별한 의미는 없었던 것 같다. 단지 그곳이라면 남들이 알기 전에 죽을 수 있을 것이란 단순한 희망을 품고 그 장소에, 중학교 입학 이후 줄 곧 나를 떠받치고 밤늦도록 서 있던 의자를 마지막으로 밟고……. 그 다음은 잘 알 것이다.

"내 마지막 장소는 어디로 하면 좋을까?"

그가 한참을 갸우뚱 거리다가 우산을 내 묘비에 걸쳐 놓고는 하늘을 쳐다보며 말했다.

"정해진 것 같아. 어릴 때 휴가를 보냈던 그곳으로 할 거야."

그는 목에 단 회중시계를 슬쩍 보고 사람들이 모여든 산 아래의 종 쪽을 내려다본 후 몸을 틀어 내 무덤 쪽을 향해 말했다.

"이제 정말 마지막이야. 보고 싶을 거란 말은 하지 않겠어. 거짓말일 테니까."

그러고는 거짓말이란 말을 되뇌다가 퍼뜩 생각난 듯 재빠르게 읊조린다.

"학교 가을축제 때쯤 하연이랑 했던 약속도 거짓말이 되어버렸던 사실을 잊고 있었군. 미안하다고 전해야 하는데."

나는 그가 당연히 하연이를 만날 것이라고 생각했다. 그러나 그는 고개를 저으며 입술을 굳게 닫는다. 그가 전에 말해 주어 알고 있었다. 하연이와 크게 싸운 사실을. 다시 생각해 보니 하연이랑 싸운 날 이후로 그의 가면이 찢어져 있었던 것 같다. 아직도 목에 물린 상처가 남아 있을까? 그의 굳게 다물린 고집적인 입술은 내가 그 대신 하연이에게 약속을 지키지 못하게 되어 미안하다는 이야기를 전해주기를 바란다는 메시지처럼 보여졌다. 시간이 자꾸 가고 있었다. 잠깐 동안 딴 길로 빠져 잊고 있었다. 사람들의 웃음소리가 산

위의 여기까지 들리는 것만 같다. 연말방송에서 '이제 20분 남았습니다.' 라는 남자 아나운서의 쾌활한 목소리가 들린다. 하지만 그 소리가 내게는 저주의 말처럼 들린다. 어린아이처럼 그에게 매달려 붙잡고 싶었다. 나를 지금까지라도 행복하게 해줬던 존재가 사라진다는 사실이 너무나도 무섭게 엄습해온다. 내 눈에는 더 이상 형 이외에 다른 것은 보이질 않았다. 하얀 눈밭도, 눈 덮인 소나무들도, 아무것도 보이지가 않았다. 뒷걸음질로 까만, 앙상한 겨울나무의 그림자 밑으로 걸어가는 그를 따라 날아가 그에게 매달렸다. 그의 입에서 새하얀 입김이 담배연기처럼 피어오른다. 그리고 스르르 그 새까만 어둠 아래로 스며든다.

'가지 말아 형! 미안하다는 말은 나중에 형이 꼭 직접 전해줘. 그리고 그렇게 말했다고 내게 또 전해줘!'

그가 나를 올려보며 슬프게 웃는 것 같다. 순간 그의 눈에 내가 보이는 게 아닌가 하는 생각에 섬뜩하다.

'가지 마! 부탁이야! 아무데도 가지 말아줘. 내일도, 모레도. 또 볼 수 있다고 말해 줘."

그러나 나의 절규에도 그의 모습은 완전히 사라져 버리었고, 그가 남기고 간 검은 우산만이 덩그러니 남아 있을 뿐이었다.

'형은 그게 인사였다고 하고 간 건지 몰라도 난 아직 인사도 제대로 못했단 말이야. 제발 돌아와 줘. 나를 두고 가지 마……'

그것이 그해 내 마지막 절규였다. 종소리를 들으려 허공을 맴돌던 망자들이 내가 딱해보였는지 달래주려 내려와 애를 썼다. 그러나 나는 그 해의 마지막 날이 완전히 지날 때까지 단 한마디도 하지 않았다.

뎅뎅 하는 종소리에 나는 고개를 들었다. 공허하다. 나는 이곳에서 뭘 하고 있는 거였지? 내가 왜 울고 있을까? 이유를 알 수 없는 통증이 온몸을 휘감는다. 그러나 나는 내가 아픈 이유를 모르겠다. 무엇이 나를 이렇게 숨막히고 슬프게 하는지도 모르겠다. 내가 이곳에서 누구를 기다리고 있었는지, 어떤 말을 듣고 싶었는지 기억이 나질 않는다. 새까맣게 가려진 머릿속 검은 부분은, 생각하면 생각할수록 내 숨통을 더욱 조여 왔다. 어떻게 하면 이 아픔을 잠재울 수 있을까? 누가 나를 고통스럽지 않게 해줄 수 있지? 좀 더 깊게 파고드니 온 마음이 다 요동을 친다. 단순히 슬픈 것 보다 내가 왜 슬픈지 모르는 게 더 슬프고 고통스럽다. 왜 슬픈지 모르기에 슬프지 않게 하는 방법은 수백 년이 지난대도 찾을 수 없을 것만 같다. 고통스러움에 나는 손으로 스스로 목을 졸랐다. 그러나 지금 겪고 있는 정신적인 고통에 비하면 아무렇지도 않았다. 아니, 사실 고통스럽지도 않다. 나는 이미 죽었으니까. 그러고 보니 떠오르는게 하나 있다. 내가 죽던 날 밤에 나는 지금처럼 공허하고 무의미한 무언가에 매여 있었다. 그것을 좇아 헤매었고, 정신을 차렸을 때 나는 내 손으로 끈 속에 머리를 끼우고 있더라.

ed 동화와 현실의 경계에서

"나, 권재영의 이야기"

강원도 사북, 그곳은 내가 가장 좋아하는 지역이다. 멀리서 내려다보면 그곳은 빛과 그림자의 도시 같다. 한쪽에는 불꽃이 밤하늘에 만개하고 오색분수와 장식등들이 오로라를 뿜어대며, 자동차의 헤드라이트가 밤새도록 깜박이는 강원 랜드가 동화 속 성처럼 건재하고 있으나, 한쪽에는 불빛조차 희미한 무너질 듯이 서있는 사오층 남짓한, 석탄연기로 거뭇거뭇해진 낡은 광부의 아파트 네댓채가 서있다. 저 낡은 건물이 있었기에 저런 성들도 존재 할 수 있었음을 깨닫는 사람은 별로 없을것 같았다. 대다수는 자신들이 가진 것, 보고 있는 것마저 모자라, 아름다운 기억의 잔해들을 없애버리고 더 아름답고 더 높은 성을 짓기를 바란다.

어째서일까, 나는 이곳에 산 적도 없는데 이곳만 오면 감정이 북받친다. 찢어진 채 휘날리는 현수막과 관광지로 전락해버린 갱도, 원래 이곳에 살던 사람들은 어디로들 가버린 걸까? 붉은 색으로 물든 강은 그들이 이곳에 살지 않음을 증명하기라도 한 듯 말라붙어 거의 흐르지 않는다. 산이 병풍처럼 휘둘려있지만 그 속은 벌레 먹은 사과마냥 뻥뻥 비어있을 것이 안타깝기만 했다. 나는 그 붉게 오염된 흙 한줌을 쥐었다.

"이제 돌아갈 시간이야."

흙덩이가 잘게 부서져 손에서 흘러내렸다. 이미 나는 손때 묻은 내 조각도들과 주인이 가는 줄도 모르고 불을 이글대는 가마와 작별하고 난 후였다. 가면장인의 규칙 중 하나, 그것을 악용할 위험이 있는 성인은 더 이상가면을 만들 수 없다는 것, 그리고 제작방법을 모두 잊는다는 것, 이번 겨울이 지나면 나는 어른이 된다. 그러면 모두를 잊게 되고 만날 수조차 없게 된다. 내일 아침 눈을 뜨면 나는 어떤 모습일까, 고3 생활 내내 알아주지도 못하는 수공업이나 하며 지낸 내 미래는 이 흙만큼이나 미약하고 핏빛이다. 이 나라에 태어나지 말걸 그랬구나 하는 생각과, 그걸 내 맘대로 정할 수 있었겠냐는 생각에 웃음이 나왔다. 이룰 수 없이 멀어진 꿈, 한때는 심리학자가 되는 게 꿈이었던 듯 했다. 그래서 나처럼, 나만큼이나, 나보다 더 아팠을 누군가들을 도와주고, 나락속에서 구해 주고 싶었던, 뭐 그러한 꿈이 있었던 듯했다. 나이를 먹고, 현실을 직시할수록 멀어져 버려서, 지금은 손에 잡히지도 않지만……. 그래도 이런 모습으로 나마 엇비슷하게 대신 할 수 있어 기뻤다. 1년 동안 나를 대신했던 가면과도 작별이었다. 왜 이런 때에 싸웠던 이가 떠오른 걸까. 그 사람도 나를 잊을 텐데, 마지막으로 사과를 해야 한다는 알 수 없는 책임감을 나는 슬픔으로 눌러버렸다. 나는 말라붙은 강바닥에 주머니에 있던 물감들을 전부 다 부었다. 물감들은 끝도 없이 오색빛 강물을 만들어 바위를 타고 흘러내렸다. 나는 그 속에 하얀 가면과 미리 벗어놓은, 내 옷이 아닌 검은 옷가지들을 띄워 흘려보냈다. 어둠속에 갈수록 거세어지며 졸졸 흐르는 물소리가 경쾌하다.

핸드폰 벨이 울린다.

'우리 낼 50일~ 내일 봐♡'
세은이로부터 귀여운 문자가 도착해 있다. 나는 그녀와의 모든 문자 기록은 물론이고 그녀의 번호마저 지워버렸다. 아마 내일 아침이면 그녀도 그렇게 할 것이다. 나를 기억하지 못할 테니까. 문득 시계를 보았다. 시간이 얼마 남지 않았음을 자각한 나는 손안에 있던 투명한 유리가면을 얼굴에 가져다 대었다. 차가운 느낌이 들었다. 가면에는 아무것도 새겨져 있지 않았다. 다른 이들의 얼굴을 만들면서, 나는 미래에 내가 나 자신대로 살기를 바랐던 것이다. 그러나 상처는 받지 않도록 강인한 방어벽이 필요로 했었기 때문이다.

'뎅!'

경쾌한 사람들의 함성소리가 울려 퍼진다. 눈이 내린다. 그 속에 새해를 알리는 종소리가 섞여 내려온다. 흐르는 물소리에 기억들이 떠내려 흐른다. 절대 잊을 수 없을 것이라 느껴졌던 하연이도, 내 첫 사랑도, 현준이도 모두 머릿속에서 사라져간다.

어리둥절하다.

내가 왜 이불 위가 아닌 장롱그림자 위에 누워 있었던 건지, 새벽이 밝아오면서 달이 사라지고 가로등마저 꺼져버리자 내가 누워있던 그림자마저 사라졌다. 아무도 없는 고고한 어둠에 답답함과 무력함이 느껴졌다. 나는 베란다로 나갔다. 맨발에 퍼스슥 하고 먼지와 머리까지 순식간에 타고 올라오는 냉기 때문에 걷기가 고통스러울 정도지만, 내 등과 머리는 땀이 나고 답답함을 느꼈다. 나는 잠옷 단추 하나를 열었다. 겨울바람을 타고 칼라가 빠르게 후다닥 소리를 내며 휘날렸다. 쇄골을 타고 찬바람이 귀까지 밀려들어왔다. 한결 시원해졌다. 그러나 바람이 닿을 때마다 저릿저릿하니 가슴이 아파왔다. 무언가 빠져나가고 뻥 비어버린 것처럼 허무했다. 그러나 찬바람이 스치고 지나갈 때마다 따끔함과 동시에 새살은 돋아나고, 그 위에 포근한 눈이 덮히어 원래 상처 따윈 없었던 것처럼 편안해짐을 느꼈다.

ep 지켜지지 못했던 약속

"나, 유하연의 이야기"

"이야… 개판이네 아주 방이."

내가 방문을 열어보고 한 첫마디였다. 군데군데 헌 벽에, 오래된 화로는 불이 꺼져있어 냉기가 돌았다. 나는 불부터 켠 후 대충 빗자루로 바닥을 쓸었다. 먼지가 한 움큼이나 나왔다. 그다음은 벽을.

슬슬 문질러 보았다. 후두둑하고 가루가 떨어져 나온다. 이곳에서 새것이라곤 탁자 위에 얹혀진 새하얀 가면뿐이다. 나는 신경질적으로 벽을 갉작거렸다. 후둑후둑 가루가 계속해서 떨어진다.

"이게 뭐지?"

벽 틈에 갈색 무언가가 보였다. 철근 같은 거려나? 아니면 나무? 나는 벽을 더 갉작여 보았다. 그것은 나무는 나무였다. 그러나 벽재로 쓰이는 그런 굵은 나무가 아니라 액자 틀이었다. 나는 그것을 꺼내어보았다. 먼지가 쌓여 회색빛으로 밖에 보이지 않았다. 입으로 불고 손바닥으로 털자 바닥에 또 먼지가 듬뿍 쌓였다. 아까 한 게 헛고생이 간 것 같아서 기분이 나빴다. 액자. 그리고 그 속의 오래된 사진. 괜시리 마음이 편해지는 듯한 포근한 향이 느껴진다. 나무에서 나는 향일까? 아니면 먼지? 아니다. 그것과는 사뭇 다른 아주오래 전을 떠오르게 하는 무언가… 나는 액자를 쳐다보았다. 사진 속의 젊은 남자. 아니 어린… 아무리 많아봤자 나보다 두 살이상 많을 수는 없다. 성인은 가면장인일 수 없으니까. 하얀 가면을 쓴 것을 보아하니 옛날의 가면장인이었던 모양이다. 어쩌면 방을 개판으로 만들고 치우지도 않고 가버린 사람일지도 모르지만. 그리고. 옆의 사람은 포스트잇 때문에 가려져 있었다. 떨어지지 않도록 사진 위에 붙여서 액자 속에 같이 붙인 연분홍색 포스트잇에는 검은 볼펜으로 무언가 끼적거려 있었는데 유리 때문에 조금 번진 듯 했지만 읽는 데 큰 문제는 없었다.

'10월 17일. 나중에 사랑하는 내동생 꼭 찾기 약속.'

무슨 지령도 아니고. 동생 찾기는 뭐란 말인가. 숨바꼭질이라도 했던 걸까? 아마 이런 내용으로 볼 때 포스트잇에 가려져있는 사람은 이 사람의 동생이란 말이 된다. 나는 액자를 분해하여 사진을 끄집어냈다. 접착력이 떨어진 포스트잇이 팔랑 떨어졌다. 그리고 그 안에는 아주 어릴 적의 내가 있었다. 기억이 나질 않는다. 나한테는 어릴 때부터 오빠가 없었다. 사촌오빠 중에도 이정도로 나이차가 많이 나는 사람은 없었다. 이 사람은 누구일까. 기억 못하는 게 당연하다. 장인들의 규칙에 의해서 그에 관한 기억은 아무것도 남아 있지 않으니까. 하지만 뭐라 형용할 수는 없는 설움이 치밀어 올랐다. 누구와 어떤 약속을 했었는지 기억이 나질 않는다. 그래서 너무나 슬프다. 사진으로만 존재하는 이 거짓말쟁이가 밉다. 찾기로 약속해놓고, 내가 고등학생이 될 때까지 찾으러 오지 않은 이 사람이 너무나 밉다. '약속 못 지켜줘서 미안해 하연아' 그 말 한마디 해주지 않는 이 사람이 너무너무 밉다. 찾아가서 따지고 싶다. 그러나 10여년이 지난 지금. 나를 내동생이라고 불렀던 당신은 어디에 있나요? 내가 과연 찾을 수 있을까요? 만약 내가 당신을 찾으면 당신은 나를 알아볼 수 있을까요? 이 세상에 더 이상 없는 것은 아니겠지요?

나는 사진을 가장 눈에 잘 띄는 벽 정중앙에 걸어 놓았다. 가능하리라 믿지는 않는다. 그러나 희미한 희망이나마 이번엔 내가 그를 찾을 차례일 것이라고 입속으로 되뇌었다. 그리고 꼭 따질 것이다. 왜 약속을 지키지 않았느냐고. 아마 스물여덟, 아홉쯤 된 그는 나를 보고 고개를 갸우뚱 거릴 것이다. 그리고 아마 내가 스무 살이 되는 해, 나도, 그도 서로를 완전히 잊어버릴 것이다. 만약 그와 내가 정말 인연이었다면 오랜 시간이 흐른 후에도 우리는 만날지 모르겠다.

　원래 이 글은 우울증, 조울증, 경계성장애, 대인기피증 등 정신병을 중심으로 그것을 치유해가는 학원물을 쓰려고 했으나, 심리/정신과의 병을 멋대로 진단했다간 엄청난 나락으로 떨어질 수 있기에 포기했으며, 후반부부터는 본분을 잃고 내 글을 읽어주는 우리 반 아이들이 좋아하는 형식으로 서서히 밀려나가는 판이 되어 2-2와 4-2는 되돌릴 수 없는 이야기가 되어 버리고야 말았다. 그 이야기들이 그렇게 바뀐 것은 내게는 너무도 슬픈 일이었다. 글쟁이에게 자신이 쓴 글은 그것이 흑 역사로 남는 한이 있더라도 제 보물인데 버려지게 된 것 같아서였으며, 본 이야기에서 가장 공을 들여 쓴 것이 ep2와 ep5였기 때문이었다.

　이 글에는 모티브가 되어준 한 사람이 있었다. 실제 친구가 아니라 단지 미투데이에서 알고 지내던, 2012학년도 고등학교 2학년 '이성재' 군이었다. 원래 이 글은 학교 제출용이 아니라 그와의 약속이었다. 그래서 원고가 완성되면 가장 먼저 보여 주고자 했는데 애석하게도 이야기가 시작될 때쯤 나는 그와 크게 싸워 보지 못하는 실정이다. 주인공 '재영'은 그를 닮은 것이었다. 170이 안 되는 작은 키와 심리학에 관심이 있으며, 꼴통이라서 대학은 못 가는 사람. 그렇지만 인간성까지 아주 바닥은 아닌 얼굴 없는 누군가, 어릴 때 자신을 예뻐해 주던 아는 누나가 사고로 죽은 사람. 자신이 친동생이라고 부르며 아끼던 사람에게 되려 물려버린 그 사람이 바로 '이성재'였다. 물론 싸운 이후에는 어떻게 지내는지 등을 모르므로 후로 갈수록 내 성격과 흥미가 섞이어 캐릭터가 뒤죽박죽이 되어 버렸지만, 본래의 모티브는 그가 맞다. 나는 실제로도 그가 자주 했던 말을 자주 인용했는데, '가면장인'은 그의 닉네임이었으며, 입이 없는 하얀 가면은 그가 주로 사용하던 프로필 사진이었다. 나와 싸우고 나서 방관자로써 자신의 위선을 지켜야 한다고 했던 것, 그리고 아주 잠깐이었지만 동생처럼 예뻐해 줬던 것, 많은 이들에게 조언자나 도우미와 같은 역할로 남아있는 것. 단지 '재영'과 다른 점이 있다면, 사라지고 나서도 아무도 그를 잊어버리지 않았다는 것. 내 기억속의 그의 가장 독특하고도 한편으로는 재밌었던 모습들이, 최대한 눈에 띄지 않도록 이 속에 녹아났기를 바란다.

위의 말에서 짐작할 수 있듯이, 내가 가장 나의 분신으로 그리려고 했던 것은 하연이었다. 다른 이야기들과 다르게 ep2는 처음부터 현실 속에서 엔딩이 정해져 있었다. '재영'과 크게 싸우고 헤어지는. 물론 후반부에 아이들이 좋아하는 해피엔딩으로 이야기를 바꾸기 위해서 아련하나마 하연의 운명에 대한 복선을 떨어트려놓았다. 이 열린 결말에 대해서는 스스로 생각해보기를 바랄 뿐이다.

대부분의 독자들은 내 모습과 가장 닮은 것이 현아와 세은에 가깝다고 했다. 그러나 현아와 세은은 각각 내가 보는 여학생들의 모습일 뿐이었다. 도도하려고 노력 하면서 그 속은 아직 덜 자란 어른도 아이도 아닌 그 사람들의 모습이 현아였으며, 수업시간에도 쉬지 않고 파우치를 뒤적이고 머리를 빗는 모습을 세은으로 그렸다. 전에 누군가는 세은이 무척 꼬리치고 다니는 애 같다고 했었지만, 내 눈에는 그 말한 사람과 세은은 거의 판박이 수준이었다.

문득 이런 생각이 들었다. 이희승의 딸깍발이에 현대인은 약았다고 적혀 있었다. 하지만, 정말 현대인이 약았었을까? 현아의 이야기를 쓰면서 든 의

문에 대하여 나는 이렇게 답하기로 했다,

현대인은 생각만큼 약지 않았다. 단지 약은 체를 하는 뿐이다.

그리고 이 약은 체를 우리는 보통 허세라고 하며, 나는 이것을 인간과 인간 사이의 벽이라고 하고 싶다. 그리고 그 벽이 허물리면, 보통 우리가 말하는 인간적인 사람이, 모두의 속에 살고 있다. 그 방법을 찾게 해주는 사람이. 이 속에서 꿈처럼 사람들 사이에 나타났던 가면장인이었던 것 같다.

몇 쪽 안 되는 얇은 이야기에 별의별 이야기가 다 들어간 것은 어쩌면 오기였던건지도 모른다. 절대로 쓰지 말라고 했던 이야기들만 골라서 쓴 것도, 분량을 줄이라는 말에 오히려 그 내용에 살을 붙여 갔던 것도, 어쩌면, 나만 기억하고, 나만 지키게 될 이 약속을 완성하고 싶었다는 내 자부심이 아니었을까 하는 막연한 설렘이 잠깐 흐르듯 지나갔다.

감나무가 있는
미재마을에서

고산중학교 2학년 10반 이아현

　대구 출생. 평범한 중학교의 여학생.

　이 책 이야기는 하나도 빠짐없이 실화로 이루어진 이야기이다. 작가는 자신의 어릴 적 유년기를 보낸 외갓집에서의 많은 시간을 이 책에 써놓았다. 그리고 작가에게서 소중한 사람, 또는 잊을 수 없는 사람을 회상한 책이기도 하다. 게으른 성격탓에 더 오래 걸린 이 책은 과연 읽을 수나 있을까??

차례

나 어릴 적 외갓집에 …

정민이

사탕할머니

외할머니가 항상 우리를 기다리시는 그곳. …
경상북도 포항시 북구 죽장면 매현리를 아시는지..?

작가의 말 …

나 어릴 적 외갓집에서

1. 기억 없는 비디오

우리집 텔레비전 아래 서랍 속에 있는 검정 비디오테이프. 테이프 필름 속에는 내가 기억하지 못하지만 나의 주변인들은 기억하는 나의 어릴 적 이야기가 고스란히 찍혀 있다. 지금과는 다르게 홀쭉하면서도 작은 체구. 말은 잘 못하지만 웅얼웅얼 옹알이를 하는 귀여운 꼬마 여자아이가 있다. 아장아장 한발한발 겨우 걷는 꼬마. 기저귀를 차고 있어 더욱 뒤뚱거리는 걸음마. 홀쭉한 몸매에 어울리지 않는 통통한 볼때기. 아기를 낳고 좀 뚱뚱해진 우리 엄마는 그 꼬마를 "아현아~"라고 부르고 있다. 그리고 그 비디오 속에는 항상 같이 있는 남자아이가 있다. 빡빡머리에, 찍히는 내내 찡찡거리고 있는 동갑내기 남자아이. 그리고 지금이나 옛날이나 똑같아 보이는 주야 이모(어렸을 때부터 부르던 막내이모 애칭)가 그 꼬마소년에게 "성욱아~"라고 부르고 있다. 지금보다는 훨씬 검은 머리카락이 많으시고 건강해 보이시는 우리 외할머니는 지금은 좀처럼 잘 볼 수 없는 함박웃음을 지으시며 손주들을 보고 있다. 주위에는 지금보다 훨씬 젊어보이는 이모들과 지금은 시집을 가고 대학을 간 사촌들이 모두 옛날 그때 그 시절로 돌아가 있다. 8남매를 낳으신 우리 외할머니 덕분에 작은 캠코더 렌즈 속에는 많은 사람들이 바글바글하게 있다. 그래서 더욱 정겨워보인다.

나는 주위 친구들보다 유난히 많은 외사촌을 가지고 있다. 외할머니께서는 아들 세 명에 딸을 다섯이나 낳았으니 많지 않을 수가 없다. 나이가 굉장히 많으신 포항이모와 딸, 그리고 아들. 거의 침묵을 지키고 계시지만 마음은 따뜻하신 큰외삼촌과 딸, 그리고 아들. 엄마 집안의 자랑, 교수이신 작은외삼촌과 딸, 그리고 아들. 가끔은 짓궂으시지만 재미있는 작은 포항이모와 딸 둘. 공부를 굉장히 잘하셨던 영재 이모와 딸, 그리고 아들. 가장 미모가 출중

했다고 자칭하시는 우리 엄마와 딸 하나. 어렸을 때부터 외할아버지의 예쁨을 한몸에 받으셨다던 막내이모와 아들 둘. 마지막으로 지금 이 세상에는 없으시지만 건강한 청년으로 남아 있는 외삼촌 한 분이 더 계신다.

이 때문에 가정시간, 가족수 조사할 때 1등을 해서 나름 기뻤던 적이 있다. 비디오 속에는 지금보다는 정정하신 외할머니가 계시고 지금보다 훨씬 젊어지신 외삼촌들과 이모들이 계신다. 포항 큰이모와 언니, 오빠는 어렸을 때부터 만난 적이 거의 없었기 때문에 비디오 속엔 없지만 아직도 나에겐 과분한 외사촌들이 있다. TV 속엔 지금은 결혼을 해서 아이 엄마가 된 손소 언니(내가 부르는 언니의 애칭)는 그 시절 HOT의 광팬이었던 여드름이 소복히 난 여고생이다. 지금도 체구가 건강하고 무한한 여드름을 가지고 있는 웅락이 오빠도 지금보다는 조금, 아주 조금 더 작은 체구를 가지고 있는 사춘기 남학생이다. 손소 언니랑 웅락이 오빠는 큰외삼촌의 자식이다. 그 다음, 지금은 어엿한 회사에 취직해 열심히 사회생활을 하고 있는 윤정이 언니는 짧은 단발머리에 귀여운 쫄쫄이 바지를 입고 어린 사촌동생들을 돌보고 있다. 어렸을 때부터 외삼촌보다 더 많이 침묵을 지키던 수줍은 요조숙녀 효선이 언니는 지금은 나름 수다쟁이가 된 성숙한 여대생이 되었다. 윤정이 언니랑 효선이 언니는 작은 포항이모의 딸들이다. 지금은 열심히 공부를 하며 커리어우먼을 꿈꾸고 있는 허짜 언니(내가 부르는 언니의 애칭)는 학생 신분의 최종점 고3이 되었다. 비디오 속에는 귀여운 남동생을 질투하는 새침떼기이다. 그리고 허짜 언니가 시기한 남동생 쭌이 오빠는 사촌 중에서 가장 잘생기고 귀여운 남동생이었다. 지금은 질풍노도의 시기를 겪고 있는 사춘기 소년이지만. 허짜 언니랑 쭌이 오빠는 영재 이모의 자식이다. 그리고 비디오 속 시절에 가장 어려서 더욱 귀여움을 받았던 나는 지금 더 이상 귀엽지 않은 평범한 여중생이다. 나는 우리 엄마의 외동딸이다. 마지막으로 비디오 속, 나와 동갑내기이자 사촌 중 대표 찡찡이였던 성욱이는 지금 열심히 공부하고 있는 서울 어느한 학교의 우등생이다. 지금 외사촌 중 가장 막내인 성호는 그 비디오 속에는 없다. 그후에 태어났기 때문이다.

그래서 성호와 함께 이 비디오를 볼 때면 자기가 없다고 섭섭해 하기도 한다. 귀여운 녀석! 정말 외사촌들 소개를 하면 숨이 가쁘다. 헥, 헥. 여하튼 이제 약 13년 전의 그때로 돌아갈 것이다.

2. "참새!" "짹짹!"

아지랑이가 일어나는 봄날. 벌써 밤이 찾아오고, 보이는 것이라곤 어두우면서도 맑은 하늘과 달빛 별빛 덕분에 산자락만이 겨우 보이는 시골의 밤. 저 멀리 마을 중턱쯤 자리잡고 있는 기와집 문 창호지에서만 노오란 불빛이 새어나오고 있다. 외할머니집 마당에는 우리 아빠 차와 성욱이네 차만이 우두커니 있다. 방안에는 어린 성욱이와 어린 아현이가 문턱을 놓고 투탁투탁거리고 있는 중이다. 아마 우리 가족과 성욱이네만 외할머니집에서 머물고 있는 듯했다. 성욱이는 중국아이처럼 머카락이라곤 없는 민머리고 반대로 나는 어렸을 때부터 머리숱이 풍부한 아이였다. 그래서 가끔 싸울 때면 성욱이는 자신에게 없는 머리카락이 부러운지 내 머리카락을 쥐어뜯곤 했다. 하지만 나는 아픈 기색도 없이 울지도 않고 가만히 있을 뿐이다.

"성욱아! 아현이 머리 뜯지 마! 그러면 안 돼요!"

이모가 성욱이에게 다가가 성욱이의 손을 내 머리카락에서 떼어내고 있다. 외할머니집은 기와집이어서 문턱이 높았다. 어렸을 때부터 기와집의 문턱에 발을 딛고 일어서 있거나 앉아 있는 것은 예의에 어긋나는 행동이라고 어른들이 야단을 치셨지만 어린 아현이와 어린 성욱이 엉덩이까지의 높이인 문턱은 우리들이 앉아 있기에 딱 좋았다.

내가 먼저 자리를 차지하고 문턱에 앉아 있으니 욕심쟁이인 성욱이는 자기가 앉으려고 나를 끌어내기 위해 내 머리카락을 쥐어뜯고 있었다.

이모는 성욱이가 나의 머리카락을 못 만지게 하자 나는 곧바로 자리에서 일어나 딴 곳으로 걸어갔다.

성욱이는 기다렸다는 듯이 문턱에 앉아 방글방글 웃고 있다.

할머니가 성욱이를 보며 "아이고~ 지도 저기 앉을려고!" "아하하하하! 성욱이도 거기 앉을려고?"라고 하셨다.

이모부가 가지고 계신 캠코더를 이모가 들고 말하니 더욱 크게 들린다.

"성욱이는 아현이 따라쟁이야? 아현이 하는 거는 다 따라하네~"

이모부가 성욱이를 놀린다. 내가 좁은 방안을 걸어 다니다가 전화기가 있는 서랍쪽으로 갔다. 뒤따라 성욱이도 나를 따라와 전화기가 있는 서랍쪽으로 왔다. 서랍 위엔 시골동네 전화번호부 책이 여러 권 있었다. 시골 외할머니집엔 두 살배기 꼬마들이 만질 만한 장난감이 없어서 전화기 옆에 있는 숫자만 가득 적힌 전화번호부 책들만 뒤척인다. 하지만 두 살배기들에겐 세상 어떤 물건도 궁금하고 흥미있을 수밖에 없으니 전화번호부 책만으로도 어린 우리들의 놀잇감으로 충분했다. 그저 어린 우리들에겐 검은 게 글자라는 것만으로도 신기하기 때문이다.

갑자기 이모부가 전화번호부 책 한 권을 들고 "자~알 됐다. 니들끼리 한번 붙어봐라."며 한쪽 부분을 어린 성욱이 손에 쥐어주고 그 반대편은 내 손에 쥐어주고는 개구쟁이 같은 웃음을 지으신다. 그러곤 손을 놓으신다.

둘이서 처음엔 멀뚱멀뚱 잡고만 있더니 슬슬 게임이 시작됐다.

"끼잉~잉~잉"

성욱이가 끼잉끼잉대며 자기 쪽으로 끌어당기기 시작하고 어린 나는 영문도 모르고 성욱이가 책을 끌어당기니 나도 덩달아 책을 내 쪽으로 끌어당기기 시작했다.

시간이 좀더 지나자 이모부 무릎에 앉아 있던 성욱이가 화가 나는지 몸부림을 치며 "으아아앙~ 으앙~" 책을 손에 꼭 쥐고 울음보를 터뜨린다.

점점 힘이 드는 어린 나는 우는 성욱이 때문에 내가 이모부에게 혼날까 봐 책을 끌어당기면서도 이모부를 빤히 쳐다보며 눈치를 살핀다.

그 모습을 본 아빠는 "으하하하! 이아현 봐라! 저 눈 봐래이~" 이모부는
신이 나셨는지 "아현아! 괜찮다, 괜찮다. 얼른 뺏어라! 얼른 뺏어!" 하시면서
더욱 싸움을 붙이셨고, 캠코더를 들고 있는 이모마저 "아현아 뺏어라! 뺏어
라! 히히히 요것들 봐래이." 하시며 오히려 재미있어 하셨다.

성욱이가 계속 울고 있자 어린 나도 안 되겠는지 "으아아앙!"거리며 같이
울음보를 터뜨렸다. 그랬더니 이모가 "그래~ 이씨! 성욱이만 우나~? 나도
울어뿐다! 그자 아현아? 히히히" 그리고 곧 아기들의 귀여운 씨름은 끝이 났
다. 방안의 분위기는 점점 무르익어 갔다. 곧이어 손주들의 재롱잔치가 막 벌
어지고 있다.

"아이고 잘하네~ 아이고 잘한다~"

어른들은 연신 이 말만 하고 있다. 어린 성욱이와 어린 아현이는 겨우 손짓
발짓 정도로 마치 큰 재주를 부리는 것처럼 어른들의 관심을 집중시켰다. 이
모가 캠코더를 들면서 우리들의 동작 하나 하나 놓칠세라 열심히 찍고 있는
중이다.

아빠와 이모부는 하회탈 같은 얼굴을 하고서 박수를 손이 닳도록 치고
있다.

성욱이와 나는 어른들이 불러주는 이름없는 노랫가락에 재롱을 부리고 있
다. 뛰기는커녕 걷는 것조차 엉거주춤한 아기들에게 어떤 재주를 바라겠는
가. 그저 손짓 하나 발짓 하나가 사랑스럽고 찹쌀떡 같은 엉덩이를 살랑살랑
흔들 때마다 그 찹쌀떡 같은 엉덩이를 앙 깨물어주고 싶을 만큼 순수 귀여움
그 자체로 만족한다.

"랄랄라! 랄랄라!"

어른들이 불러주는 흥겨운 노래에 성욱이는 엉덩이를 아래로 갔다 위로
갔다, 무릎을 굽혔다 폈다 하며 춤을 추고 어린 아현이는 그 작은 몸뚱이를
꽈배기 꼬듯 오른쪽으로 왼쪽으로 배배 꼬며 춤을 추고 있다. 그러다가 어린
아현이는 너무 과하게 꼬았는지 발을 헛디뎌 톡 넘어지기라도 하면 할머니

는 "아이고 잘한다~" 하며 넘어진 나를 일으켜 안아주시며 칭찬하신다.

곧 날 낳고나서 살이 차오를 때로 차오른 우리 엄마가 들어온다.

엄마는 성욱이에게 일부러 장난으로 땅바닥을 톡톡 치며 "이놈의 쉬키! 이놈의 쉬키가 우리 아현이한테 뭐했어? 맴매! 맴매! 야는 지 혼나는 거 아나? 히히. 주야(막내이모애칭)~ 테이프 다 썼나?" "아니~ 내일 찍을 거 더 있다." 하고 있다.

전직 유치원 선생님답게 우리 엄마의 주크박스가 시작되었다. 우리 엄마는 정말이지 모르는 동요라곤 없었다. 우리 엄마의 동요부르기는 항상 멈출 줄 몰랐다.

"산~토끼~ 토끼야~ 어~디를 가느냐? 깡충! 깡충! 뛰어서~ 어~디를 가느냐!"

"곰 세 마리가! 한 집에 있어~ 엄마 곰~ 아빠 곰~ 애기 곰~"

"떼굴떼굴떼굴떼굴~ 도토~리가~ 어~디서 왔나~ 단~풍잎이 곱게 물든~ 산골짜기에서 왔지~"

어린 성욱이와 나는 멈출 줄 모르는 동요에 잇따라 춤추는 것도 멈추지 않았다. 이제 슬슬 어린 아현이가 본격적으로 재롱을 시작하기 시작했다.

"아현아! 곰 세 마리 춤추자! 곰 세 마리가~"

먼저 나는 까딱까딱 무릎을 굽히기 시작한다.

"아빠 곰은! 튼튼해!"

나는 마치 아빠 곰인 마냥 팔을 둥그렇게 펴고 손을 주먹쥔 뒤 배를 세게 치는 척한다.

"엄마 곰은! 날씬해!"

아직 유연하지 못한 두 살배기 아현이는 다시 까딱까딱 무릎을 굽힌다. 가장 하이라이트는 바로 이 부분!!

"애기~곰은 너무귀여워~ 으쓱!으쓱!"

나는 골격이 몰랑몰랑한 어깨를 들썩들썩 거리면서 으쓱으쓱을 한다.

그 순간 할머니는 "허허허! 요놈 봐라! 조 어깨 보래이~" 하신다.

엄마는 더욱 더 신나서 "으쓱! 으쓱! 으쓱! 으쓱!" 으쓱 으쓱을 무한 반복으로 불러준다.

그칠 줄 모르는 나의 어깨놀림.

"아현아~ 이번에는 떼굴떼굴하자~"

두 번째 나의 재롱

"떼굴떼굴떼굴떼굴~ 도토~리가~"

나는 고사리 같은 손으로 두 손을 모아 떼굴떼굴이라는 음절에 손을 요리조리 움직인다. 마치 조그마한 애기 물레방아처럼. 그러더니 또다시 엄마는 신이 나서 "떼굴떼굴떼굴떼굴…" 무한반복을 한다. 성욱이는 내가 화려한 재롱을 부리고 있는 동안 심지 굳게 한 가지 춤만 무릎을 굽혔다 폈다 하며 손을 이리저리 흔들고 있다.

한참 동요를 불러주시다가 엄마도 힘이 든지 노래를 멈추고 마지막 필살기 재롱을 선보인다.

"아현아, 참~새!"

나는 아직 말도 못하는데 굉장히 짧고 굵은 악센트로 "쩍!쩍!" 어른들은 모두 내가 말을 할 때는 쥐죽은 듯이 조용히 있다가 내가 말을 하고나서 자지러지게 웃으셨다.

"아하하하하하하!"

"허허허허허!"

"아현이는 못하는 게 없네~"

이모부가 칭찬을 해주셨다.

"언니야~ 아현이는 말이 빠른갑다."

이모는 놀라운 듯 말해 주셨다. 왜냐하면 성욱이는 제대로 된 자음과 모음을 나타내는 말을 한 적이 없으니까.

"으히히히! 우리 아현이 목욕할 때 가르쳐 줬다 아이가. 참새 하니까 쩍!

쩍! 거리는 거 금방 외웠다. 히히히"

　　우리 엄마는 열심히 가르친 재롱의 결과를 만족스러워하면서 또 다시 "참새!" 하면 어른들이 모두 조용할 때 나는 곧바로 "쩍!쩍!" 그 순간 어른들은 "아이고 잘하네~ 아이고 잘하네~" 그러면 나는 히힛 거리며 작은 손을 입에 막고 웃었다.

3. 콩나물 시루 같은 우리 아빠차

　　외갓집 꼬마들이 가득했을 땐 고만고만한 아이들뿐이었다. 항상 연휴며, 방학이며, 주말에 우리는 시간이 날 때마다 우르르 모여 외갓집에서 오랫동안 지냈다. 항상 같이 있던 사촌들 중 나이가 많아봤자 초등학생에서 벗어나지 않았다. 그래서 항상 바빴던 건 엄마들, 이모들이었다. 특히나 식사시간이 되면 정신이 없었다. 특히 외할머니 생신일 때 친척들이 모이면 아이들만 해도 11명이었고, 어른들만 해도 13명이었다. 밥그릇이 무려 24그릇이라니! 식사 때면 할머니집에 있는 상이라는 상은 모두 펴야 밥상이 마련되었고, 그래도 안 되면 이모들과 외숙모들은 부엌에서 먹을 수밖에 없었다. 어마어마한 양의 음식을 마련해야 했고 식사를 다 끝난 후에도 설거지거리는 산같이 쌓였다.

　　엄마는 가끔 옛날을 회상하며 "정말, 그땐 어떻게 음식을 다 만들고 설거지를 했는지… 지금 당장 10억 준대도 못한다."며 고개를 내저으신다. 그래도 항상 끝맺음말은 "힘들어도 그때가 좋았을 때지. 언제 다시 그렇게 모이겠니?" 하신다.

　　그렇다. 그때는 그때일 뿐이다. 봄이면 개수가 모자라는 호미 하나씩 들고 봄나물 캐러 가고 여름이면 선크림이 동 날 정도로 온몸에 발라서 시냇가에, 바닷가에 물놀이 하러 갔다. 가을이면 어른들이 긴 장대로 감을 따면 아이들은 긴 장대에 걸린 감을 떼어내려고 서로 아웅다웅했다. 겨울이면 우리 아빠가 나무로 시겟또(얼음썰매 사투리)를 만들어주셨다. 그러면 그 시겟또를 구르마(수레의 사투리)에 넣어 얼음이 꽁꽁 언 시냇가에 갔다. 썰매가 4개뿐이었지만 추운지 모를 정도로 신나게 놀곤 했다. 서로 돌아가면서 끌어주고 태워주며 사이좋게 놀았다. 가끔 내가 미끄러운 얼음판 위에서 넘어지기라도 하면 언니 오빠들이 달려와 "아현이 괜찮아? 괜찮다. 괜찮다. 다시 같이 놀자." 며 울음을 터뜨리려고 했던 나를 따뜻하게 달래주며 썰매를 태워줬다.

해가 산 아래로 떨어지면 구르마에 썰매를 차곡차곡 넣고 연기가 모락모락 나는 외할머니집으로 갔다. 큰 상에 아이들은 동그랗게 앉아 재잘재잘 이야기를 하며 밥을 먹었다. 저녁을 다 먹고 우리들은 배부른 배를 소화시키기 위해 또다시 열심히 마당에서 뛰어 놀았다.

"우리 땅따먹기 하자!(원래는 사방치기 놀이지만 우리는 이상하게도 사방치기를 땅따먹기라고 불렀다.)"

"그래!"

"그래!"

우리는 흩어져서 마당을 돌아다니며 열심히 흙바닥을 쳐다보고 있다. 맨들맨들하고 동글동글한 돌멩이를 찾고 있다.

"가위바위보!"

윤정이 언니가 심판을 보기로 했다. 누군가의 차례일 때마다 모두가 눈에 불을 켜며 금을 밟지는 않는지, 돌멩이가 조금이라도 빗겨나가지는 않았는지 보고 있었다. 우리들 중 가장 잘하는 사람은 날씬한 효선이 언니와 자영이 언니였다. 바닥에 먼지가 날리도록 콩콩 뛰며 게임을 했다. 가끔 한 발로 서 있으면서 중심을 잃어 흙바닥에 구르기도 하고, 손바닥은 엉망이 되었다. 밤하늘이 더 깜깜해지면 곧 우리 엄마의 불호령이 떨어진다.

"이제 그만 놀고 씻어야지! 씻을 사람 차례대로 줄서!"

마당은 금방 텅 비고 아이들은 후다닥 씻으러 들어간다. 아이들은 부엌 안에 있는 조그마한 욕실(변기는 없고 욕조와 샤워기가 세탁기와 함께 있었다.)에 들어가려고 줄을 서서 부엌 바닥에 앉아 기다렸다. 여름에는 더워서 움직이기 싫고 겨울이면 추워서 밖에 나가는 것은 엄두도 못내니 형편없는 욕실도 그나마 실내에 있다는 이유로 손님들이 북적였다. 시골 외할머니 집에선 넓지 않은 부엌 안의 비좁은 샤워실도 나름 따뜻한 실내 샤워실이었다. 비좁았지만 적어도 2명씩은 들어가서 세안을 해야 했다. 빨리 씻고 놀아야 하니까. 어른들은 사랑방 뒤뜰에 있는 야외 샤워실을 사용했다.

여름에는 거의 시냇가에서 논 후 해가 지면 어른이든 아이든 흐르는 물에 미역을 감았다. 하지만 어른들은 추운겨울에도 좁아터진 실내 샤워실을 아이들에게 양보하기 위해 야외에 있는 얼음이 동동 뜬 물을 사용했다. 아주 추운 날에는 물을 데워서 섞어 썼다. 이 욕실전쟁터가 질릴 쯤, 하루는 대가족 모두가 목욕을 하러 입암(외할머니집의 읍내인데 발음상 이밤이라고 불렀다.)에 있는 목욕탕에 갔다. 우리는 어딜 가나 집단적(?)으로 움직였기 때문에 특히 먼 길을 갈 때는 가장 좌석이 많은 차가 필요했다. 하지만 아무리 좌석이 많은 차가 필요하다지만 이모부들에겐 버스 정도의 차는 당연히 없었기 때문에 그나마 좌석이 많은 우리 아빠 차를 애용했다. 솔직히 좌석이라고 할 수 없는 곳까지 타곤 했다. 우리 아빠 차는 그레이스라는 승합차였는데 앞에는 운적석까지 3자리가 있었고 뒤에는 4인용의 긴 좌석이 있었다. 그런데 그 모자라는 좌석에 어떻게 다 탔냐고? 앞에서 말했다시피 좌석이 아닌 곳까지 탔었다. 그렇다고 트렁크에 타지는 않았다. 어린 아이들은 어른들의 무릎에 앉았고 그래도 모자랄 땐 앞 좌석 바로 뒤편에 엔진 때문에 불룩 솟아오른 부분이 있었는데, 윗부분은 아주 평평했다. 그래서 마치 뒤로 가는 느낌으로 앉아갔다. 가끔 멀미 할 뻔도 했지만. 그쪽에 앉으면 앞좌석 사람들과 등을 맞대고 앉아 있고, 뒷좌석 사람들과는 마주보고 갔었다. 그래서 아이들은 오히려 서로 그곳에 앉으려고 난리였다. 왜냐하면 마주 앉아 있으면 같이 놀 수 있었으니깐. 가장 안좋은 자리는 멀쩡한 앞자리 중간 부분이었다.

왜냐하면 양옆에는 지루한 어른 둘 뿐이었고, 뒤돌아보려고 움직이면 비좁다고 볼멘소리를 듣게 되었기 때문이다. 그 자리는 거의 나의 지정석이었다. 아빠차라는 이유로 운전석에는 당연히 아빠가 탔고, 중간엔 내가 타고 내 오른쪽에는 엄마가 탔다. 그 많던 사람들을 모두다 우리 아빠 차에 구겨넣은 건 아니지만 아이들은 서로 한시라도 같이 있고 싶은 마음에 우리 아빠 차를 탔고, 어른들은 다른 이모부차를 탔다.

지금 생각하면 그 무게를 견딘 그때 아빠 차가 대단하다고 생각한다. 그때만 해도 우리 아빠 차는 쌩쌩한 차가 아닌 오래된 차였으므로. 총각 때의 아빠와 일생을 함께했었다.

얼마 전에 더 이상 고칠 수 없는 경지에 다다른 그 차는 고철덩어리 고물차로 생을 마감했다. 어렸을 땐 우리 아빠 차가 낡았다고 투정을 부리면 오히려 사촌들이 "나는 큰 차가 좋은데?"라며 부러워해 줬다. 다른 이모부들의 차는 날씬하고 흔들림이 적은 승용차였는데, 우리 아빠만 예쁘지 않은 짙은 남색에 낡은 뚱뚱한 승합차였기 때문이다. 더군다나 이동할 때마다 흔들림이 심했다. 나는 멀미가 심한데, 그럴 때마다 그 차가 밉상이었다. 이모부들은 모두 회사원이었지만 아빠의 직업상 많은 짐을 트렁크에 실어야 했다. 우리 아빠만 힘든 일을 해서 사게 된 이 차가 너무나도 싫었다. 그런데 얼마 전에 가장 친근하게 지내는 쭌이 오빠가 말했다.

"나는 옛날부터 네 아빠 차가 크고 편해서 좋더라."

거짓말인 줄 알았다. 어렸을 땐 그저 위로해 주는 격으로 모두가 입을 모아 말해 준 줄 알았다. 무뚝뚝한 오빠지만 꽤 진심으로 말해 줬다. 기분이 나쁘진 않았다. 지금은 다른 차지만 다시 그 차가 보고 싶다. 사진 하나라도 찍어둘 걸. 그 차가 아니었으면 이만큼 내 머릿속에 남는 추억도 없었을 것이다.

4. 다슬기, 튜브, 피라미.
아침부터 뜨거운 공기가 기습한다. 그물 같은 모기장 속에 선풍기가 윙윙 돌아간다. 아~ 뜨거운 바람이 불어오니 더 더운 것 같다. 그때 벌써 일찍 일어나 놀고 있었던 언니, 오빠들이 아직 잠투정을 하고 있는 나를 깨운다. "아현아~ 놀자! 얼른 일어나~ 노~올자~" 나는 괜히 심술을 부리며 일어나지 않으려고 안간힘을 쓴다. 결국 찍찍한 잠자리에서 일어난다. 그러면 이모들이 "밥 먹어라~ 야들아 밥 먹으러 온나~" 그러면 그나마 시원한 마루에서 옹기종기 모여 밥을 먹는다. 우리 엄마가 "니들 오늘도 물놀이 하러 갈 꺼가?" 그러면 모두는 당연하다는 듯이 고개를 끄덕인다. 물놀이는 12시에 가기로 해서 아직 2시간이 남았다. 윤정이 언니가 "우리 보물찾기 놀이 할까?" "응!" "응!" "언니야 내가 허짜랑 보물찾기 놀이 종이 만들게." 효선이 언니가 웬일로 말을 꺼냈다. "그래라 그럼." 윤정이 언니는 종이에 쓸 벌칙을 효선이 언니랑 허짜 언니랑 짜고 있다.

"크크큭"

"누나~ 우리도 한 개씩 쓰면 안 되나?"

쭌이 오빠는 음흉한 개구쟁이 웃음을 짓는다.

"그럼 성욱이랑 성호, 아현이도 쭌이랑 같이 한 장씩 자기가 정하고 싶은 벌칙 쓰고 종이 2번 접어서 나한테 줘."

대장인 윤정이 언니가 허락을 했다. 모두가 볼펜이랑 연필을 한 자루씩 들고 골똘히 생각을 한다. 그러다 모두들 음흉한 미소를 지으며 벌칙을 써내려 갔다.

윤정이 언니가 종이를 모두 거두고 "모두 다 방으로 들어가. 내가 숨길 동안 방 밖으로 나오면 안 돼! 알겠지?" "응~" "알겠어~"

모두가 얌전히 윤정이 언니 말에 순응한다. 3분쯤 지났을까?

"다 됐다!! 얼른 나와서 찾아!!"

너도나도 할것없이 모두 다 사랑방 밖으로 얼른 나와 신발을 신고 넓은 마당을 돌아다니기 시작한다. 솥뚜껑 밑에, 이모나 이모부 신발 속에, 뒤뜰 풀숲 어딘가에, 가끔은 이모나 이모부들 손에 쥐어져 있기도 했다. 하나씩 찾을 때마다 찾은 사람은 "찾았다!!"라고 크게 소리치고 어떤 벌칙이 걸렸는지 큰 소리로 읽었다.

"물 5잔 마시기!"

그러면 얼른 부엌으로가 서슴없이 물을 벌컥벌컥 마셨다. 그리고 벌칙은 항상 심판인 윤정이 언니 앞에서 실행해야 했다.

"어! 나도 찾았다!!"

쮼이 오빠가 드디어 찾았나보다.

"어? 작은 포항이모 볼에 뽀뽀하기?! 으악!!!!!"

작은 포항이모가 "허~쮼~ 얼른 이모한테 뽀뽀해야지~~" 했다.

"으악!! 싫어~"

"하하하!"

"킥킥킥!"

"불쌍한 허쮼이형! 키키킥"

결국 쮼이 오빠는 걸음아 나 살려라 도망을 가고 이모는 쮼이 오빠를 따라 갔다.

"누나! 누나! 나도 찾았어."

막내 성호가 귀여운 목소리로 외친다.

"엉덩이로 이름 쓰기?"

"어? 내가 적은 거 성호가 걸렸네? 히히"

윤정이 언니도 재밌는지 만개웃음을 지었다. 성호는 토실토실한 엉덩이를 힘들며 열심히 벌칙을 수행했다. 종이를 다 찾고 나서야 게임이 끝나고 우리 가 놀 동안 외할머니께서 밀어놓으신 손칼국수를 해먹었다. 모두들 짧은 옷 차림을 입고 선크림을 온몸에 덕지덕지 바른다. 항상 아이들을 우두머리에 서 리드하던 우리 엄마는 마치 군대조교처럼 강압적으로 말했다.

"모자 안 쓰는 애는 안 델꼬 간다! 알겠나!"

그러면 아이들은 얼른 모자를 머리에 걸친다. 그리고 튜브에 바람을 넣느라고 볼떼기를 개구리처럼 부풀려서 분다. 그리고 물놀이 필수품인 라면과 냄비를 구르마(수레)에 넣고 오늘은 특별히 이모부들이 물고기를 잡는다고 해서 빈 주전자와 아주 커다란 그물을 넣었다. 이모부들 손에는 도끼가 하나씩 잡혀 있고 아이들은 저마다 자기 허리에 튜브를 끼워넣었다. 모두들 뜨거운 땅바닥을 딛고 시원한 물가로 걸어간다. 맑은 물 속에는 피라미와 같은 민물고기가 다니고 마치 소라처럼 생긴 다슬기들이 돌에 다닥다닥 붙어 있다. 바로 밑에 냇가는 너무 낮아서 애기들이 놀기에 좋았고, 조금만 더 위로 올라가면 억장소라고 해서 조금 더 수심이 깊은 곳이 있다. 우리는 항상 그곳에서 놀았다. 이모들은 다슬기를 줍느라 정신이 없었고 우리는 물가에 서서히 들어가기 시작했다. 서로 눈치를 살피다 서로서로 물 속으로 밀어넣었다. 어린 성호는 튜브를 타고 물을 참방참방 손으로 쳤다. 물놀이를 하다가 눈치를 살핀 후 윤정이 언니에게만 물공격을 했다가 그 다음엔 쥰이 오빠에게만 공격을 했다가 하면서 수영도 하고 튜브도 밀어주면서 재밌게 놀고 있었다. 열심히 놀아서 입이 새파래지고 배가 출출해질 때쯤 이모들과 우리들은 옹기종기 자갈밭에 앉아 라면을 끓여먹었다. 항상 그때의 라면맛은 꿀맛이었다.

라면을 다 먹었을 때쯤 저 멀리서 성욱이 이모부와 우리 아빠가 열심히 물고기를 잡는 소리가 들린다. 어떻게 아냐고? 이제 왜 도끼로 물고기를 잡는지 알게 된다. 외할머니집 앞에 있는 냇가에는 자갈돌이 많은 계곡이다. 그래서 큰 돌 같은 데에 도끼로 세게 두드린 후 돌을 뒤집으면 돌 밑에 있던 물고기는 도끼의 충격으로 기절해서 물 위로 떠오르게 된다. 그러면 아이들이 그것을 맨손으로 주어 물이 조금 든 주전자에 넣는다. 그래서 이모부와 우리아빠가 도끼로 돌을 두드릴 때 "딱!" 소리가 난다.

그러면 '아~ 지금쯤 물고기를 열심히 잡겠구나' 라고 알 수 있다.

아빠는 "여보, 우리 저위에 상거리 하면 되겠다." 엄마는 신나는지 "오~케이! 야들아, 우리 모두 모여서 물고기 잡자!"라고 하였다. 상거리란 조금 수심이 깊은 물에서만 가능한데 아주 넓은 하얀색 그물을 펼쳐들고 한 명씩 한 명씩 그물 가장자리를 잡는다. 그 다음 그물을 물 아래로 내려 우리는 그것을 잡고 물 속에 앉아 있는다. 그리고 조용히 절대 움직이지 않고 몇분 앉아 있어야 한다. 그러면 물고기들이 "이건 뭐지?"라며 그물 위로 올라와서 막 노닌다.

그러면 아주 작은 소리로 "온다! 온다! 가만히 있어라."며 엄마는 조용히 흥분하기 시작하고 아이들은 "우~와. 내 앞에 지금 큰 물고기 와 있다. 히히. 얼른 잡아야지!"라고 한다.

"쉿~"

윤정이 언니가 조용히 하라고 손짓한다. 그 다음 물고기가 좀 많이 노닌다 싶으면 아빠가 "하나. 둘. 셋! 올려!!"라고 하면 일제히 그 무거운 그물을 턱 밑에 까지 올린다.

"자! 자! 조심조심 자갈밭으로 옮겨라! 손에 힘 풀면 안 된데이. 물고기 밖으로 나가면 안 된데이. 알긋나?"

어마어마한 양의 물까지 품고 있는 그물이라 엄청나게 무거웠다. 하지만 물고기가 잡혔다는 생각에 신이 나서 별로 힘들지 않았다. 자갈밭 위로 올라가 그물을 펼쳐보면 피라미며 뿌구리며 쉬리까지 종류가 다양하게 잡혀 있다. 가끔 정말 큰 피라미를 잡았을 때 얼마나 기분이 좋은지! 그렇게 몇 번이나 상거리를 하면 주전자에 가득 물고기가 채워진다. 집에 갈 때 얕은 물가에서 물고기의 배를 따고(물고기의 속내장을 제거하는 일) 아이들은 주전자 속 물고기를 구경한다.

엄마가 "집에 가기 전에 얼른 씻어야지! 모두 여기 샴푸랑 린스 있으니까 머리감고 몸에 비누칠해라! 그래야 집에 가서 또 안 씻어도 된다." 하면, 수영을 하면서 머리를 감는 기분은 최고다. 뭔가 자유로운 느낌에서 몸을 청결하는 느낌이란! 한 명씩 머리에 두건을 두른 듯 수건을 쓰고 집으로 갔다.

저녁에는 특별히 바깥에서 고기를 구워먹었다. 앞밭에서 따온 싱싱한 상추와 함께 쌈을 싸먹는다. 모두다 볼에 음식이 가득 찬 채 우물우물 거린다. 이제 잠옷으로 갈아입고 본격적으로 밤에 놀기 시작한다. 바로 전기놀이!!

모두가 방안에 둥그렇게 앉는다. 그리고 그 위에 큰 이불을 모두의 하반신까지 덮는다. 그 밑에 손을 넣고 게임을 시작한다. 순서를 정해서 "시~작!" 하면 누군가는 마치 손에 감전이 일어난 것처럼 부르르 떤다. 대신에 절대 아무도에게 티를 내선 안 된다. 그래야 술래가 맞추니까. 그러다가 술래가 범인을 찾으면 그 사람은 인디언밥을 먹는다. 인디언밥은 모두가 알다시피 진 사람이 엎드리면 그 등 위에 모두가 손바닥으로 때린다. 그러다 보면 방안에는 웃음소리가 가득하다.

"꺄르르르"

"헤헤헤"

"크크큭"

"하하하"

모두가 하품을 하고 눈꺼풀이 두꺼워질 때쯤에야 모기장으로 씌워진 잠자리에 들어갔다.

5. 시골 미재마을 밤에는…

하루종일 물에서 놀았더니 몸이 노곤하다. 더운 여름이지만 밤에는 밖에 있는 것이 훨씬 시원했다. 뙤약볕 아래 모두가 함께 외할머니 마당정원에서 소복히 따놓았던 봉숭아를 윤정이 언니가 반들반들한 돌로 콩콩 찍고 있다. 우리 엄마는 열심히 비닐을 가위로 자르고 있고, 옆에서 효선이 언니가 실을 풀고 허짜 언니가 적당한 길이의 실을 자르고 있다. 나는 맑은 밤하늘을 보며 마당에 있는 평상에 누워 있다. 북극칠성부터 이름 모를 별들까지 아스라이 빛나고 있다.

"자~ 모두들 모여라~"

성욱이, 성호, 나, 쭌이 오빠, 허짜 언니, 효선이 언니, 윤정이 언니, 우리 엄마까지 모두가 평상 위로 앉는다.

"봉숭아 물들일 사람!"

"저요!"

"저요!"

"나도!"

"나도!"

성욱이와 쭌이오빠는 들은 체 만 체 하며 서로 재미나게 이야기를 나누고 성호는 주야 이모 품에 안겨 있다. 언니들과 나, 엄마는 물을 들이기로 했다. 가끔 성욱이나 쭌이 오빠의 손톱이나 발톱 한 개씩을 억지로 해주기도 했다. 돌로 찍어 진물이 나는 봉숭아 꽃잎을 손톱 위에 조금 뭉쳐 올려놓고 자른 비닐을 손가락 끝에 돌돌 만다. 그러면 기다란 실로 비닐 위를 돌돌 말아 피가 조금은 통할 정도로 꼭 묶는다. 그렇게 여자들이 정답게 담소를 나누며 열심히 물을 들이는 동안 남자애들은 마당에 켜진 등불로 그림자 밟기 놀이를 한다. 서로 자기의 그림자가 밟히지 않도록 요리조리 뛰어다니며 열심히 남의 그림자를 꽉 밟는다. 봉숭아를 물들일 때면 항상 손재주가 좋고 꼼꼼한 윤정이 언니와 엄마가 해주었다. 우리엄마는 허짜 언니랑 효선이 언니, 나에게 먼저 물을 들여주고 나면 자신의 손톱을 예쁘게 물들여주는 윤정이 언니에게 "윤정이는 차~암 손이 꼼꼼하데이~" 그러면 윤정이 언니는 칭찬에 부끄러운지 멋쩍게 웃는다.

외할머니집 마당에는 2개를 합쳐놓은 넓은 평상과 우리 아빠가 가져다 놓은 파라솔이 있다. 그 파라솔은 우리 아빠가 그때 음료수 관련 일을 하고 있었을 때, 가지고 오셨는데 동그란 플라스틱 상 중간에 둥그런 구멍에 큰 우산 같은 파라솔을 끼워넣고 세트로 의자가 4개쯤 있었다. 파라솔에는 칠성사이다, 환타, 코카콜라 등 여러 가지 음료수 종류가 적혀 있었다. 여름에 낮이면 뜨거운 햇빛을 피해 얼음이 동동 뜬 아이스티를 마시며 그 밑에 앉아 있기도 했고 밤에는 서로 수다를 떨기 위해 앉아 있기도 했다. 낮에 냇가에서 주운 다슬기를 삶아 이쑤시개로 까먹으면서. 더운 여름에는 외할머니와 이모들은 집안에 있는 시원한 대청마루에 앉거나 누워 계셨고 우리들은 파라솔 밑 의자에 앉아 있거나 의자가 모자라면 평상에 앉아있거나 누워 있었다. 우리들은 손가락에 있는 비닐이 벗겨질까 조심조심 행동했다.

좀 옛날 기억에는 분명 한번 다같이 별똥별을 본 적이 있었다. 모두가 두 손을 모아 반짝이며 날아가는 별똥별에 소원을 빌곤 했는데… 가끔 밤에는 마당에 모기를 쫓기 위해 피워놓은 모닥불에 낮에 사놓은 폭죽에다가 불을 붙여 터뜨리기도 했다. 초라한 불꽃놀이였지만 막대 같은 곳에서 색색깔의 불꽃이 픽! 픽! 나오면 힘차게 밤하늘에 솟아오르다가 탁! 탁! 터졌다. 우리의 눈요깃거리엔 충분했다.

아! 불꽃놀이 하니까 생각나는 일이 있는데 한번은 어느 여름밤에 우리 엄마랑 영재 이모가 목욕을 하러 냇가에 갔는데, 엄마가 집마당에서 폭죽을 터뜨리면 불날 수 있다고 해서 우리는 폭죽을 터뜨리기 위해 냇가에 따라갔고 엄마와 이모는 목욕하기 위해 샴푸와 비누 같은 것이 들어 있는 바구니를 들고 다함께 사람들이 없는 개울가 저 위에 갔다. 그곳에는 졸졸 흐르는 물과 들어가면 무릎 정도의 깊이인 안전한 냇가였다. 깜깜한 밤이라서 우리조차 서로서로가 잘 보이지 않았다. 그저 시원하게 흐르는 물소리만 들렸다. 시골의 밤은 도시의 밤보다 훨씬 고요한데다가 불빛까지 거의 없으니 더 고요하게만 느껴졌다.

엄마와 이모는 물에 들어가 목욕을 하기 시작했고 우리는 엄마와 이모가 목욕이 끝나기를 기다려야 했다.

"아이고! 시~원하다. 언니야 집에서 씻는 것보다 여서 씻는 게 더 시원하재?"

"어. 시원하네~"

잠시 후 몇분도 채 안 되 심심한 장난꾸러기 쭌이 오빠가 말했다.

"야, 그냥 지금 터뜨리자. 심심해."

나와 성욱이는 덩달아 "그래!" 우리는 폭죽막대기 끝에 가지고 온 라이터로 불을 붙였다. 그랬더니 밝은 불빛과 함께 폭죽이 하늘위로 솟아오르며 빵빵 터졌다. 그랬더니 엄마가 다급한 목소리로 말했다.

"야! 지금 이모들 목욕하는데 폭죽 터뜨리면 어떡해! 불빛 때문에 다 보이잖아! 그리고 소리 때문에 사람 모여들면 어떡하려고!!"

"히히히"

"크크큭"

준이 오빠는 이 재미를 더 돋우려는지 "야! 야! 더 터뜨리자!!!" 엄마는 장난기 어린 준이 오빠의 말에 "야! 허쭌!!!!!!!!" 우리는 더 재미있다는 듯이 더 터뜨리기 시작했다. 조용한 효선이 언니는 히히 웃기만 하고 윤정이 언니는 호호 웃고 있다. 허짜 언니는 "아! 허쭌! 니땜에 동생들이 나쁜 걸 배우잖아!! 히히"

다행히 우리 엄마와 이모의 목욕은 무사히 끝났고 남은 폭죽을 다 떠뜨린 후에야 집으로 터벅터벅 돌아갔다. 오랜만에 즐거웠던 옛기억을 더듬어 본다는 것은 참 행복한 일이다. 얼마 전에 설날 때 모처럼 모두가 만났는데, 너무 서로가 낯설었다. 옛날만큼 자주 만나지 않았다는 증거였다. 모두가 그저 전자기기에 무표정으로 시선을 고정한 채 소중한 시간을 최악으로 낭비했다. 그 순간이 나는 너무 슬펐다. 더 이상 우리가 밝은 웃음으로 함께 놀 수 없단는 것을. 더 이상 우리가 같이 넘어지면 일으켜세워 함께 어깨동무를 하기엔 너무 커버렸다는 것을. 성욱이와 나는 부끄러움이 많아 얘기조차 하지 못하게 된 사춘기 소녀, 소년에 불과했고 윤정이 언니와 효선이 언니, 자영이 언니는 바쁜 사회생활에 얽매여 있고, 그 생활에 박혀살고 있었다. 가장 친했던 준이 오빠마저도 나에겐 너무 멀어져버린 사촌이 되어버렸다.

우린 어디서부터 멈춰버렸을까. 우리 그때의 정이 언제부터 조금씩 사라져갔는. 한 3~4년 전부터인가 우리는 외할머니집 사랑방 벽지 한구석에 방명록을 적기 시작했다. 처음에는 오빠와 내가 자주 놀러 와서 글을 처음 남기게 되었고, 그후로부터 오는 사람마다 쓰기 시작했다. 가끔은 쭌이 오빠 가족만 올 때도 있고 우리 가족만 올 때도 있고, 자주는 우리 가족과 쭌이 오빠랑만 같이 간 적도 있었다. 내가 외동딸이라서 가장 많이 놀아줬던 사촌은 쭌이 오빠였다. 윤정이 언니랑 효선이 언니, 허짜 언니, 성욱이, 성호는 그 방명록에 코빼기도 보이지 않았다. 손소 언니랑 웅락이 오빠나 그 위에 이모, 외삼촌들 자식들은 어렸을 때부터 나이 차이가 많이 나서 같이 어울려 놀기에는 거리가 많이 멀었다. 거의 그 방명록을 계속 채우고 있는 건 나뿐이었다.

"2014년 2월 19일 수요일. 이아현, 나 혼자 왔다감."

언젠가부터 우리는 외사촌이라는 이름 아래 거의 남남으로 지낸 것이다. 나만 느끼는 건지 모르겠지만 요즘 외사촌들을 만날 때마다 차가운 낯섦과 어색한 기류를 계속 느끼게 된다. 그럴수록 같이 있으면 더 불편하게 느껴진다. 그래서 자리를 피하게 되고 같이 이야기를 나누면 말도 잘 통하지 않았고 마치 이방인을 대하는 느낌이었다.

내가 더 이상 그때의 친근함을 기억하지 못할 때에는 그나마 남아 있는 사진들이 나를 위로해 주었다. 한편으론 그때도 열심히 놀았지만 더 열심히 놀아서 더 많은 추억을 만들 걸 하는 생각이다. 나는 어렸을 때 항상 관심을 받으려고 투정을 부리고 떼만 썼던 것 같다. 그때의 10년이 주옥같이 지나갈 때면 어떻게 10분도 되지 않을까? 시간은 더 이상 우리를 기다려주지 않았던 것이다.

내가 궁극적으로 걱정되는 것은 지난 기억을 다시 기억하지 못할 때, 내 정겨웠던 외사촌들을 잊어버렸을 때이다. 윤정이 언니, 우리 언제 봉숭아물을 다시 물들이지? 쭌이 오빠 우리 언제 다시 얼음썰매를 다시 탈까? 성욱아, 성호야 우리 언제 다시 술래잡기를 같이하지? 효선이 언니, 자영이 언니 우리 언제 다시 여름에 냇가에서 물놀이를 같이 할 수 있을까? 아마, 못하겠지? 다시는… 왜냐하면 우린 더 이상 어린아이가 아니니까.

외할머니가 항상 우리를 기다리시는 그곳.
경상북도 포항시 북구 죽장면 매현리를 아시는지…?

이 책의 배경이 바로 이곳, 경상북도 포항시 북구 죽장면 매현리입니다. 저의 외할머니댁이 있는 곳이죠. 이곳엔 맑은 계곡이 유명하고 청아한 고로쇠 물이 유명합니다. 또 겉은 빨갛고 속은 노오란 사과가 유명합니다. 제가 어렸을 때는 저의 제 2의 고향입니다. 사계절 내내 맑은 물이 졸졸 흘렀고, 푸른 산들이 둘러싸여 있는 이곳. 공기는 청정하기 그지없습니다.

우리는 봄이면 쑥을 뜯고 냉이를 뜯었지요. 여름에는 정말 할 일이 많았습니다. 앞밭에 열린 달콤한 딸기도 따야 하고 딸기 옆에 있는 석류나무 한 그루에서 석류 1~2개를 수확했습니다. 낮동안에는 물놀이가 일상이었고, 밤이 되면 개구리 노래가 항상 우리들의 귀에 흘러들었습니다. 가을이 오면 우리는 더없이 바쁘지요. 외할머니집 안에는 있는 우람한 감나무에서 감들을 따고, 잠자리채로 꼬리가 빨간 고추잠자리를 잡는다고 아우성입니다. 겨울에는 춥기만 하냐고요? 전혀요! 우리는 오히려 겨울이 덥답니다. 얼음 위를 뛰어다니느라 숨이 차고 썰매를 타느라 정신이 없거든요. 지금까지 삶아온 제 삶의 전체를 이곳에서 보냈다 하더라도 과언이 아닙니다. 정말 자주 갔으니까요. 하지만 이 이야기가 옛이야기가 되었다는 걸 아시나요? 지금은 더 이상 맑은 물이 없습니다. 왜냐고요? 여름이면 피서객들이 놀러 와서는 그 물들을 훼손시키고 휙 가버리는 것입니다. 몇 년 전부터 제 고향이 더러워지는 걸 보고 있을 수밖에 없었습니다. 피서객들은 낮에는 고기를 구워먹고, 쓰레기를 버리느라 정신없고, 밤이면 푸른 풀밭에 불을 지피느라 난리입니다. 푸른 풀밭이 시커면 잿밭이 되어버렸습니다. 시커면 연기는 투명한 공기를 회색빛이 돌게 하고 맑게 졸졸 흘러내리던 물가에는 쓰레기가 쌓여 물이 흐르기는커녕 고여서 더러워졌습니다. 자신들이 먹던 음식물쓰레기를 아무렇

지 않게 물에 투척하는 것이었습니다. 더러운 물에 기름이 둥둥 뜨고 풀바닥
에는 쓰레기가 덕지덕지 떨어져 있습니다. 어떻게 태연하게 자연을 죽일 수
있죠? 어렸을 때부터 지금까지 그 사람들이 얼마나 미운지… 전 그 모습을
보며 항상 결심했습니다.

"우쒸. 내가 이 냇가를 사서 사람들이 못 들어오게 할 거야. 그리고 한없이
깨끗한 물로 돌려놓겠어."

인간은 자연에게 허락조차 받지 않고 막 들어와서 살더니 어쩜 이렇게 더
럽힐 수 있을까요. 간혹 여러분은 어느 곳이든지 그런 짓을 하지는 않으신지
요? 저희 가족은 그 모습을 일찍이 보고 쓰레기는 항상 주워가는 행동을 실
천하고 있습니다.

전 솔직히 이 책을 쓰면서 궁극적으로 이루고 싶은 목적이 있습니다. 바로
경상북도 포항시 북구 죽장면 매현리를 다시 깨끗하게 되돌려 놓는 것입니
다. 그저 부탁하고 싶습니다. 만약 여러분들이 이 책을 읽으시고 그곳에 가게
된다면 꼭 모두가 깨끗한 자연을 볼 수 있게 되었으면 좋겠습니다.

결국 나는 내가 계획했던 분량을 다 채우지 못했다. 이번에 책을 쓰면서 느꼈던 건 참으로 많다. 먼저 책을 쓴다는 것은 굉장히 힘든 일이라는 것. 나는 적어도 약간의 생각과 새로운 주제라면 수준 높게까지는 아니더라도 완벽히 글을 쓸 줄 알았다. 하지만 내 예상은 완전히 빗나갔고 나는 완전한 패닉 상태에 빠졌다. 솔직히 말해서 나의 게으른 성격이 한몫을 하기는 했다. 추억을 떠올려본다는 것은 어려운 것. 평소에 추억할 때는 잠깐의 시간에 짧은 장면으로 행복을 느꼈지만 책쓰기에서는 정말이지 최대한 세세하게 모든 장면을 기억해야만 했다. 그래서 머리에 쥐가 날 지경이었다. 하지만 책쓰기라는 것이 힘들지만은 않았다. 인생 처음으로 진지하게 책을 써봤다. 전에 한번 판타지 만화에 빠져 나도 한번 스토리를 써봐야지 하며 공책에 써보기는 했지만 너무 감명 깊었던 탓일까, 내가 쓴 이야기와 내가 본 만화이야기가 거의 똑같이 되어버렸다. 즉, 글을 베껴 쓴 격이었다. 그래서 내 아이디어가 너무 신선하지 않다는 절망에 빠져 한동안 책쓰기는 거들떠보지도 않았다.

뭣도 모르던 1학년을 마치고 이제 학교를 여유롭게 볼 수 있는 2학년이 되어서야 우리 학교 도서관에서 책쓰기동아리가 있다는 것을 알게 되었다. 처음에는 친구의 추천으로 도서관을 따라갔다.

그런데 막상 동아리에 가입하려니 걱정과 부담이 먼저 앞섰다. 내가 과연 책을 쓸 수 있을까? 그러나 곧 나는 왠지 재미있겠다라는 생각에 덥석 들어갔다. 어떻게 보면 내 재미를 위해서 들어갔다. 그러다보니 책임감이라는 쇠고랑이 느슨해지더니 점점 책쓰기를 미루게 되었고 결국 부끄럽게도 2쪽을 썼다. 다른 동아리부원이 책을 술술 쓰고 있을 동안 나는 친구들과 이야기를 술술 하며 놀고 있었다.

드디어 그날이 왔다. 책쓰기 축제가 열리고 나는 차마 얼굴도 들 수 없는 2

쪽짜리 책(거의 책이 아니었지만)을 들고 갔다. 축제장에 딱 들어가는 순간, '아! 이게 심심풀이로 쓰는 책이 아니구나.'라는 생각이 들었다. 우리 학교 도서부원뿐만 아니라 많은 학교에서의 학생들이 쓴 꽉 찬 책들이 쌓여 있었다. 남이 50쪽 쓸 동안 나는 겨우 2쪽이라니…! 나는 또 착각에 빠져 '뭐, 지금만 잠깐 부끄럽다가 끝나겠지.'라고 했는데 아뿔싸!!!!! 이럴 수가… 우리 학교 책쓰기 부서가 출판사에 채택됐다는 것이다.

'난 망했구나.'

우리 학교의 특출한 책쓰기 부원들 덕분에 나의 흐지부지한 2쪽짜리 책이 채택되다니…. 나는 벼랑 끝에 서 있었다. 좋은 기회였지만 이것은 나의 기회가 아니라고 생각하고 완전히 포기해 버렸다. 하지만 사서선생님께서 내 손을 놓지 않으시고 끝까지 기다려 주신 덕분에(사실 놓아주기를 바랬건만…) 그나마 많아진 10쪽짜리 책을 내게 되었다. 감사합니다. 제가 출판사에 책을 내놓게 해주셔서. 비록 허술하지만 읽어주셔서 감사합니다. 아! 당연히 뒷이야기는 열심히 쓸게요. 진짜에요.

※ 편집자주 : '감나무가 있는 미재마을에서'는 미완성 작품입니다. 차례의 총 3부 중에서 완성된 1부만 실었습니다.

칠판 뒤에서 일어나는 250쪽의 이야기

고산중학교 1학년 11반 정혜원

차례

0. 그리운 북소리 4기를 떠올리며

'스윽~ 철퍼덕'

"아이고."

책상 옆 책꽂이의 책들이 서서히 기울더니 결국은 요란한 소리를 내며 누워 버리고 말았다. 한꺼번에 확 세우려고 힘을 주니 만만한 양이 아니었다. 결국 몇 개씩 잡아 세웠다. 그러다 보니 책꽂이에 언제 꽂아났는지 기억도 나지 않는 공책과 책들이 많이 보였다. 눈에 띄는 몇 개는 뽑아서 빠르게 넘겨보고 다시 꽂았다.

거의 다 꽂아 갈 때쯤 책 한 권이 내 눈길을 끌었다. 내 첫 책, 칠판 뒤 비밀공간이었다. 초등학교를 졸업하고 그와 함께 같은 학교를 다니던 친구들과도 헤어지고 초등학교에서의 생활들은 모두 막을 내렸다. 초등학교에서 활동하던 책쓰기 동아리 활동도 함께 막을 내렸다. 책쓰기 동아리는 나에게 초등학교에서의 많은 추억을 남겨주었다. 그 추억의 한 자락, 칠판 뒤 비밀공간은 우리가 6학년 동안 바쁜 시간을 쪼개가며 쓴 글들이 엮어져 만들어진 결과물로 각자 우리들의 책장에 남아 있다.

1. 북소리 4기, 그 여정의 시작

내가 책쓰기 동아리의 존재를 알게 된 것은 5학년 중순 쯤이었다. 동아리에 들어가기에는 이미 늦은 때였다. 아쉬웠지만 다음을 기약했다.

6학년 새 학기가 시작되고 새로운 친구들을 만났다. 그중엔 작년에 책쓰기 동아리에 있었던 보미도 있었다. 도서관에서 책쓰기 동아리 원을 새로 모집할 때 보미와 함께 신청을 했다.

신청하고 몇 주 뒤 점심시간에 도서관으로 오라는 연락을 받았다. 점심을 얼른 먹고 보미와 도서관으로 내려갔다.

"책쓰기 동아리인데 도서관으로 오라고 하시길래……."

도서관 안쪽에 계시는 사서 선생님께 말씀을 드리자 선생님께서 책상에 앉으라 하셨다. 아무도 없는 걸 보니 우리가 가장 먼저 온 듯 했다. 몇 분이 지나고 아이들이 하나 둘씩 오기 시작했다. 낯이 익은 아이들이었다.

다 모이고 나자 선생님께서 한 명 한 명 자기소개를 시키셨다. 같은 학교, 같은 학년이라 자기소개라고 해봤자 이름, 반뿐이었지만 말이다.

자기소개가 끝나자 선생님께서는 인쇄물을 한 장씩 나눠주셨다. 인쇄물 맨 위에는 동아리 이름 '북소리 4기'가 크게 적혀 있었다. 그 밑에는 책쓰기 동아리 활동 계획, 규칙이 간략하게 적혀있었고 선생님의 휴대전화 번호도 적혀 있었다.

인쇄물에 관한 설명이 끝나고 책쓰기 동아리 모임 시간에 관해 의논을 했다. 일주일에 하루는 점심시간과 방과 후에 모일 건데 시간이 안 되는 요일에 손을 들라고 하셨다.

▲ 사서선생님께서 주신 인쇄물

다들 학원 다니고 과외 하느라 바빠서 웬만한 요일은 안 되는 애들이 많았다.

　수요일에는 단축 5교시라서 5교시 수업을 한 다음에 점심을 먹고 1시 조금 넘어서 하교하는 날이라서 다른 요일보다 방과 후에 시간이 많아서 인지 손을 든 아이가 가장 적었다. 딱 한명, 찬미가 시간이 되지 않았다. 방과 후에 가야 할 학원이 있다고 했다. 선생님이 찬미에게는 어쩔 수 없지만 수요일로 해야겠다고 하시자 찬미는 시간을 맞추도록 노력 해보겠다고 하였다.

　열 명 정도 되는 초기 북소리 4기와의 첫 만남이었다.

2. 위대한 저서, 걸리버 여행기 속으로

본격적인 책쓰기가 시작되기 전 생각하는 힘 키우기 활동으로 '위대한 저서 읽기'라는 프로그램을 했었다. 걸리버 여행기를 읽은 후 목요일마다 외부 선생님께서 오셔서 토론을 하는 프로그램이었다. 처음에는 걸리버 여행기를 읽고 토론을 한다 길래 의아했다. 나에게 '걸리버 여행기'란 어릴 때 읽었던 소인국에 가 거인 취급을 받는 걸리버의 이야기가 담긴 얇은 동화책 한 권일 뿐이었다.

'위대한 저서 읽기' 첫 번째 날, 우리가 한 달 정도 읽으며 토론할 책을 받았다. 내가 아는 걸리버 여행기가 아니었다. 얇은 동화책이 아닌 두껍고 작은 글자가 빽빽한 걸리버 여행기 '원작'이었다. 목차를 보아도 걸리버가 간 곳은 '소인국'만이 아니었다. 게다가 소인국의 이름도 따로 있었다. 내가 어릴 때 읽었던 걸리버 여행기는 도대체 뭐란 말인가. 충격을 받은 채 1부 초반을 읽어오라는 과제를 받고 첫 번째 활동이 끝났다.

집에 와서 책을 들고 침대에 앉았다. 책을 펼쳐 보았다. 10분 정도는 새로운 책에 대한 흥미를 가지고 읽었다. 그런데 시간이 지날수록 딱딱한 어투와 어려운 말들에 눈꺼풀이 무거워져 왔다. 꾸벅꾸벅 졸면서 그냥 책장만 넘기는 투로 읽어야 하는 양을 채웠다.

다음주, 위대한 저서 읽기 두 번째 날이 되었다. 선생님께서 걸리버 여행기에 나오는 조너던 스위프트가 풍자한 내용들을 설명해주셨다. 그걸 듣고 보니 걸리버 여행기가 조금 더 흥미로워 보였다. 17세기의 영국 사회 이야기를 하실 때는 조금 지루하긴 했지만 설명을 재미있게 해주셨다.

한 달간 매주 정해주신 양만큼 걸리버 여행기를 읽고 목요일 마다 그 부분에 대한 선생님의 설명을 듣고 토론을 했다. 단순히 책을 읽는 활동이었다면 걸리버 여행기는 혼자 책을 읽었을 때처럼 졸리기 만한 딱딱한 책일 뿐이라는 기억으로 남았을 텐데 선생님의 설명이 있어서 꽤 흥미로웠던 것 같다.

3. 우여곡절 뼈대 잡기

'위대한 저서 읽기'가 끝나고 본격적인 책쓰기가 시작되었다. 시작부터 문제가 많았다. 그냥 쓰고 싶은 글 주제를 하나 잡아서 쓰면 되는 건 줄 알았는데 그게 아니었다. 픽션을 쓸 건지 논픽션을 쓸 건지 부터해서 뼈대를 잡아가는 과정이 꽤 까다로웠다. 그만큼 뼈대가 중요하다는 사서선생님의 말씀이다.

선생님께서 주신 픽션과 논픽션에 대한 인쇄물에 따르면 픽션은 작가가 상상해서 만든 이야기, 즉 꾸며낸 이야기이며 논픽션은 실제로 있었던 일이나 연구 조사한 것을 토대로 하며 반드시 사실이고 진실인 이야기이다.

사실 나는 픽션과 논픽션 중 하나를 선택하라고 하였을 때 막막했다. 픽션을 고르면 어떤 이야기를 써야하며 논픽션을 골랐을 때도 어떤 이야기를 써야 할지 감이 오지 않았다.

그래서 난 대충 논픽션 쪽을 생각하며 주제 정하기로 넘어갔다. 내가 생각하는 여러 주제들을 간략한 설명과 주요 독자, 글의 종류와 함께 써놓으면 친구들이 그 주제들에 대한 흥미성, 가능성, 유용성 점수를 매겨 주는 것이다. 내가 생각한 주제들은 '내 일주일 생활', '내가 꿈꾸는 미래의 생활', '좋아하는 연예인 탐구', '나만의 포토샵 활용법' 등이 있었는데 친구들이 매겨준 점수와 내가 생각하는 가능성을 고려해 본 결과 내 글의 주제는 '내 일주일 생활'로 확정되었다.

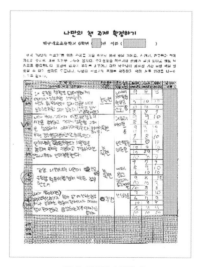

▲ 주제 선정하기 활동지

주제를 잡았으니 더 구체적인 글 내용들, 즉 목차와 그에 딸린 내용들을 생각해야 했다. 사서선생님께서는 그것들을 마인드맵으로 그려보라고 하셨다. 주제에서 가지를 뻗어 목차를 적고 그 목차에서 또 가지를 뻗어 내용을 적었다. 악필이라서 그렇게 보이진 않겠지만 다른 사람들도 알아볼 수 있을 정도로 나름 깔끔하게 정리되었다.

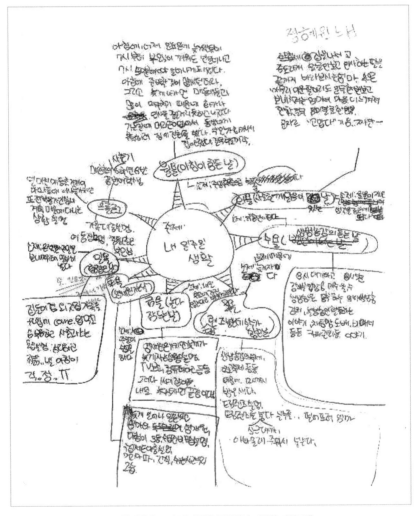

▲ 책 내용을 쓰기 전 내용을 구상하여 기록한 마인드맵

4. 아지트의 등장

북소리 4기의 활동은 컴퓨터실에서도 이루어졌지만 도서관에서 활동하는 시간도 많았다. 처음에는 도서관의 책상에서 둘러 앉아 활동을 했지만 전교생이 도서관을 들락거리고 바로 옆 책상에서 다른 아이들이 책을 읽고 있는 옆에서 동아리 의논한다고 이야기를 하고 있을 수는 없는 노릇이었다.

그러던 와중에 도서관 안쪽에 있는 사서선생님의 자리 옆쪽 구석진 자리에 큰 이동식 칠판이 하나 놓아졌다. 그 칠판은 도서관 책상들을 등지고 있었고 칠판 앞에 생긴 작은 공간은 북소리 4기가 의자를 들고 들어가 앉아 속닥거릴 수 있을 만큼 충분했다. 마카로 칠판에 적으면서 의논을 할 수도 있었고 그 뒤에서 의논을 하면 아무도 쳐다보지 않기 때문에 우리는 점점 자주 칠판 뒤 가서 동아리 활동을 하기 시작했다. 그렇게 점점 칠판 뒤 공간은 우리들의 아지트로 자리잡아 갔다.

그리고 이 칠판 뒤에서 우리 책의 제목도 탄생하였다.

5. 우리 책이 밖으로 나오다

칠판 뒤에서 동아리 활동을 하면서도 내용들을 구상하여 그려놓은 마인드 맵 등을 참고하여 열심히 글을 썼다. 집에서도 틈틈이 컴퓨터 앞에 앉아 키보드를 두드렸다. 그걸 보신 엄마가 컴퓨터에서 그만 좀 내려오라고 하시며 혼을 내시기도 했다. 그렇게 완성된 내 글은 여러 번의 검토와 편집 끝에 친구들의 글들과 함께 제본이 되었다.

도서관에서 선생님께 우리 책이 제본된 것을 받았을 때의 기분은 말로 표현하기 힘들다. 정말 기뻤다. 하얀 표지에 칠판그림과 그 칠판 위에 하얗게 적힌 책 제목, 그리고 그 칠판 위에서 포즈를 잡고 있는 우리들. 다른 책들에 비하면 그다지 예쁜 표지는 아니었지만 내 눈에는 우리 책 표지가 가장 예뻐 보였다.

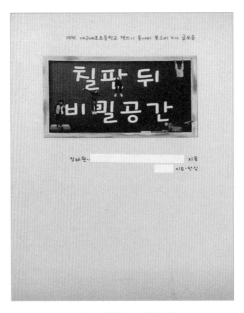

▲ 제본 된 '칠판 뒤 비밀공간'

제본된 책을 받고 얼마 안 되어 책 축제를 준비해야 했다. 대구시민문화회관에서 열리는 것인데 각 학교의 책쓰기 동아리가 모이는데다가 우리 책이 처음으로 공개되는 날이었다. 게다가 부스하나를 맡아 꾸며야 해서 준비할 것이 꽤 많았다.

칠판 뒤에서 의논한 결과 5가지 아이디어가 나왔다. 그 아이디어들로 부스를 꾸밀 것들을 준비했다. 다 같이 문구점에 가서 준비물을 사서 도서관에서 만들었다. 집에 가는 시간을 늦춰가며 만든 결과는 만족스러웠다.

책 축제날, 선생님 차 트렁크에 부스를 꾸밀 것들과 우리 가방을 넣고 모두 차에 타 대구시민문화회관으로 향했다. 도착하자마자 트렁크를 열어 준비해 온 것을 하나씩 들고 부스들이 있는 곳으로 들어갔다. 어떤 학교들은 이미 부스를 다 꾸며 놓은 상태였고 몇몇 학교들은 꾸미고 있었다. 우리는 우리학교 이름이 적힌 부스를 찾아 준비해온 것들을 걸고 붙이고 놓았다. 다른 학교들도 잘 꾸몄지만 역시 우리 입장에서는 우리 학교 부스가 가장 깔끔하고 아이디어도 좋았다.

6. 믿기 힘든 결과

학교 수업을 마치고 보미와 도서관으로 내려갔다. 여느 때처럼 사서 선생님께 갔다. 선생님께서는 우리에게 믿기 힘든 말씀을 하셨다. 우리 책이 출판된다는 것이다.

제본과 달랐다. 우리 책이 서점에 있고 도서관 책장에 꽂혀 있으며 그걸 다른 사람들이 뽑아서 읽는다는 생각에 가슴이 두근거렸다.

우리는 우리가 쓴 글들을 더 검토해야 했다. 작가소개, 후기도 썼고 몇 십 번 읽었던 글들을 또 몇 십 번 읽었다. 우리 책이 출판 된다는 생각에 많이 힘들지는 않았다.

표지, 속 내용 등이 모두 편집이 끝난 파일을 이메일로 받아봤을 때도 우리 책이 출판 되는 게 실감나지 않았다.

그렇게 우리는 졸업을 했고 각자 중학교에 가서 조금씩 우리 책을 잊어 갈 때였다. 1학기 말쯤 출판 기념회가 있다는 연락이 왔다. 출판 기념회가 있고 얼마 후 우리는 출판 된 책을 받았다. 6학년 때 받은 제본된 책과 달리 출판사, 바코드가 찍혀 있었다. 이때서야 우리 책이 출판된 것이 실감이 났다.

7. good-bye, 북소리 4기

처음엔 열 명이 조금 넘던 북소리 4기가 점점 줄어들더니 거의 한 학기를 남은 6명에서 활동을 했다. 이제는 각자 중학교에 가서 연락이 뜸해졌지만 북소리 4기 활동을 하는 동안 같이 웃고 장난치고 가끔은 진지하게 의논도 했던 것이 기억이 난다.

시간이 지나면 북소리 4기를 거의 잊겠지만 책장에 꽂힌 '칠판 뒤 비밀 공간'을 보면 어렴풋이 생각이 날 것이다.

비밀 도서관에서 생긴일

최보경, 손민경, 문소연 | 그림 : 원지원

어느 나라에 작은 소녀가 살고 있었습니다.

소녀는 뛰어 노는 것을 좋아하고 호기심이 많았으며,

그만큼 새로운 것에 대한 겁이 없었습니다.

흐린 어느 날, 소녀는 흙먼지가 날리는 들판에서 놀고 있었습니다. 그런데 그때 갑자기 비가 한두 방울씩 떨어지는 것이었습니다. 소녀는 빨리 집으로 가야겠다고 생각했습니다.

소녀는 울상을 지으며, 집으로 가기 위해 달렸습니다.
그런데 이런, 방향을 잘못 잡았던 탓인지
집이 아닌 커다란 학교에 도착했습니다.
학교는 새로 지었는지 빗속에서도
반짝반짝 빛이 났답니다.

소녀는 언제나처럼 호기심이 나서 학교로 들어갔습니다.
학교는 문이 열려있었지만 안이 매우 깜깜했습니다.
아, 그런데 저 멀리서 불을 켜놓은 곳이 보였습니다.
깜깜한 학교가 무서웠던 소녀는 반가워하며
얼른 불이 켜진 곳으로 다가갔습니다.

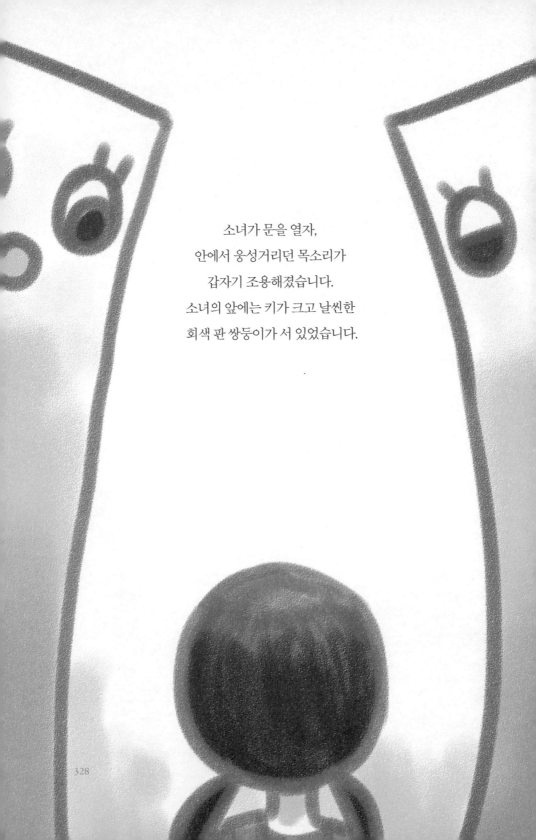

소녀가 문을 열자,
안에서 웅성거리던 목소리가
갑자기 조용해졌습니다.
소녀의 앞에는 키가 크고 날씬한
회색 판 쌍둥이가 서 있었습니다.

"언니, 사람이야!"

그중 하나가 깜짝 놀라 소리를 질렀습니다. 그러자 맞은편에 서 있는 그녀의 쌍둥이가 화내듯 말했습니다.

"목소리가 너무 큰 것 아니니? 꼬마 손님일 뿐이야."

"그렇지만 사람이잖아!"

"북트럭!"

그러자 저 편에서 드르륵 하고 바퀴 구르는 소리가 나더니 꼭 바퀴 달린 책장처럼 생긴 것이 달려왔습니다.

"어쩌지? 어쩌지?"

바퀴 달린 책장이 눈을 데구르르 굴렸습니다.

"음…."

그 사이 호기심 많은 소녀가 무작정 도서관 안에 들어왔습니다.
"막을까? 막아야 해! 우리가 말하는 걸 애가 사람들한테 말할지도 몰라!"
맨 처음 소리를 질렀던 회색 판이 여전히 겁에 질린 얼굴로 말을 했다.
"괜찮을 거야. 꼬마니까 으레 그러듯 사람들은 안 믿어."
바퀴 달린 책장이 말했습니다.

소녀는 이 모든 것들이 움직이는 것이 그저 사람이 탈을 쓴 것처럼 느껴졌습니다. 우리가 놀이동산에 갔을 때 흔히 볼 수 있는 동물 탈을 쓴 사람들처럼요.

"안녕 꼬마야! 난 북트럭이라고 해!"
바퀴 달린 책장이 상냥하게 소녀에게 말했다.
"안녕."
"여기가 어딘 줄 알아?"
"몰라…."

북트럭이 사탕을 꺼내 소녀에게 주었다.

"여긴 도서관이야. 그리고 난 여기서 사서 선생님이 없을 때 역할을 대신
하지! 사탕 좋아하니?"

소녀는 사탕을 받으며 되물었습니다.

"사서 선생님이 뭔데?"

"학생들에게 도서관 이용방법과 독서생활을 지도하고 모르는 과제가 나
오면 책을 찾을 수 있도록 가르쳐 주시는 선생님이지. 아, 지금 사탕을 먹지
는 마. 도서관 안에서는 음식을 먹으면 안 되거든."

"근데 도서관이 뭐야?"

"다양한 책을 수집해서 정리해 놓고 있어서 책을 읽고 과제를 수행할 수
있는 곳이야."

소녀는 엄마가 읽어주던 빨갛고 파란 표지들로 싸인 알록달록한 네모 상
자들로 가득 찬 곳이 도서관이라고 생각했습니다.

도서관 안이 문 너머에서처럼 다시 시끄러워지자 소녀가 귀를 막았습니다. 북트럭이 약간 목청을 높여 말했습니다.

"여러분, 제발 조용히! 도서관에서는 시끄럽게 하면 안 되잖아요!"

그리고는 북트럭이 소녀에게 손짓을 하며 말했습니다.

"이리 들어와, 도서관을 안내해 줄게!"

소녀는 사탕을 손에 들고 자박자박 걸어서 북트럭의 뒤를 따랐습니다.

북트러이 큰 책상 위에 있는 컴퓨터 앞에서 걸음을 멈추었습니다.

"대출이랑 반납을 책임지는 분이야."

컴퓨터는 부끄러운 듯 얼굴을 붉히더니 모니터를 꺼버렸습니다.

"하하, 이해해. 원래 부끄럼을 많이 타거든."

"대출? 반납?"

"여기엔 책이 많은데, 그걸 빌려가는 걸 대출이라고 하고, 또 책을 읽고 정해진 날짜가 지난 후에 돌려주는 걸 반납이라고 해."

"그럼 나도 가져갈 수 있어?"

"음, 네가 여기에 입학하면 빌릴 수 있어."

"북트럭! 북트럭! 나도 걔한테 소개시켜줘!"

소녀는 소리 나는 곳으로 고개를 돌렸습니다. 그곳에는 또 다른 컴퓨터가
조그마한 책상 위에 앉아 있었습니다.

"아, 여기는 책을 검색해주는 분이야. 책 제목만 치면 어느 서가 어떤 곳에
있는지 말해 주지."

"안녕 꼬마야~!"

검색을 맡은 컴퓨터가 명랑하게 말했습니다.

"도서관에 온 걸 환영해! 하지만 시기가 좀 안 좋을 때 찾아온 것 같아."

그 말이 떨어지기가 무섭게, 작은 소리로 수군거리던 소리들이 갑자기 커졌습니다.

북트럭이 한숨을 푹 쉬며 소녀 옆에 있는 책장에 말을 붙였습니다.

"아직 안 끝났어?"

"서로 자기 말만 옳다고 하시니… 그나저나 어서 마무리지어야 할 텐데. 이것 때문에 새로온 아이들이 무서워서 말을 못하고 있어."

소녀는 북트럭과 '신간도서'라고 붙여져 있는 서가를 뒤로한 채 소리가 나는 좀 커다란 서가들 쪽으로 다가갔습니다. 네 개의 서가는 가운데에 책상 여러 개를 둔 채 서로 마주보고 있었습니다.

"무슨 일인지 궁금하지?"

어느새 북트럭이 따라와 소녀에게 물었습니다.

"아까 반납이라는 게 빌려간 책을 일정 기간 후에 돌려주는 거라고 했지?"

"응."

"그런데 이번에 책 하나가 빌려져 갔는데 돌아오지 않았어. 처음엔 빌려간 사람이 잃어버린 거라고 생각해서 그 빌려간 학생에게 다시 사달라고 하려 했는데, 빌려간 목록에 없었어."

책상에는 두껍고 붉은 책 한 권과 갈색의 표지에 금색의 제목이 예쁜 책이 앉아 있었습니다. 둘은 마주 본 채 심각한 표정으로 말을 했습니다. 큰소리의 원인은 그 둘이 아닌 서가와 서가 안에 있는 책들이 서로에게 비난을 하며 나는 것이었습니다.

"그렇게 되면 우리 중 누군가가 그 애를 데려간 거야. 그 애는 인기가 많아서, 항상 다른 서가들이 탐냈거든."

"그 애는 어떤 책이랑 놀러갔었어. 그게 마지막 모습이야."

소녀의 뒤에서 쉰 목소리가 슬프게 말했습니다.

"문학(800)!"

"분명히 총류(000)에 있는 백과사전이었어. 총류(000)는 자기 쪽에 사람이 안 오니까 백과사전을 시켜서 납치해 간 거라고!"

문학(800) 서가 옆의 또 다른 서가가 날카롭게 말했습니다.

"하지만 도서부 아이가 정리를 했을지도 몰라."

역사(900) 서가 맞은편의 서가가 낮게 말했습니다.

역사(900) 서가가 팔짱을 낀 채 반박을 했습니다.

"과학(400), 일단 옳고 그른 것을 떠나서 의심 가는 부분은 모두 의심해 봐야 하는 것 아니야?"

"그렇지만…."

"사라진 책이 네 품에 있던 아이라고 해도 그렇게 태연하게 말할 수 있을까?"

두 서가가 말다툼을 시작하자 북트럭이 난처해 하며 둘을 말리고, 소녀는 조금 난감해졌습니다.

"애, 꼬마야."
소녀의 귀에 작은 목소리가 들렸습니다.
"여기야, 네 아래."
소녀의 발치에 작은 동화책이 서 있었습니다.
동화책은 초롱초롱한 눈을 반짝이며 말을 이었습니다.
"난 백설 공주의 이야기를 알고 있어.
들어주지 않을래?"
"그렇지만 북트럭이 화낼 텐데."
"괜찮아!
어차피 도서관은 책 읽는 곳인 걸.
내가 이야기를 끝낸 후에
나를 제자리에 데려다놓기만 하면
북트럭은 화내지 않을 거야.
그 애는 원래 어느 책장에 꽂혀야 할지
모르는 책들을 꽂아주는 일을 하는데,
자리를 찾아줘야 하는 책이 많아지면
힘들어 하거든. 어쨌든 이리 와!"

소녀는 작고 귀여운 동화책을 따라 걸었습니다. 동화책은 새것인지 표지가 아주 깨끗했습니다.

"틀림없이 여기서 싸움이 날 거야. 책들이 쏟아지고, 책장이 서로 부딪힐지도 모르지. 거기에 어린 아이가 있는 게 얼마나 위험한지!"

동화책은 책장들로부터 떨어진 곳에 위치한 푹신한 소파가 있는 곳에서 털썩 주저앉았습니다. 그 바람에 책의 표지가 조금 찢어져 버렸습니다.

"아야! 이런, 조심할 걸…"

소녀는 울상이 된 동화책을 쓰다듬어주었습니다. 동화책은 눈물을 약간 글썽이다가 다시 초롱초롱하게 돌아왔습니다.

"그럼 내가 이야기를 해줄게! 아, 진짜 떨려! 사실 내가 새로 와서, 아직 아무도 나를 일지 않았거든…"

동화책은 흠흠 하고 목청을 가다듬고는 이야기를 시작했습니다.

"옛날 옛적에, 어느 왕국에 왕비님이 살고 있었어. 그 왕비님이 아이를 가졌는데, 어느 겨울날 창밖을 바라보니……"

소녀는 동화책의 이야기를 재미있게 들었습니다. 소녀와 동화책이 이야기를 나누는 것을 보고는, 동화책들이 수줍게 바라보다 소녀에게 주춤주춤 다가갔습니다.

"저, 저기, 난 닐스의 모험 이야기를 알고 있어. 호, 혹시 들을래?"

어떤 수줍은 책이 얼굴을 빨갛게 붉히며 말을 걸었습니다. 소녀는 웃으며 고개를 끄덕였습니다.

소녀가 엘리스의 모험 이야기를 듣고 있던 그때, 쌍둥이 회색 판 자매가 동시에 소리를 질렀습니다!

"사람이다! 사서선생님이야!"

그러자 저 너머에서 시끌시끌 말다툼을 하고 있던 북트럭과 책들이 동시에 꺅 비명을 지르며 일제히 제자리를 향해 달려갔습니다. 소녀의 앞에 잔뜩 쌓여있던 동화책들도 당황하더니 모두 원래의 자리로 달려갔습니다. 소녀에게 이야기를 들려주던 엘리스와 맨 처음 소녀에게 다가왔던 백설 공주는 말 없이 소녀의 옆에 앉았습니다.

소녀는 왜 모두들 이렇게 허둥지둥 달리는지 몰랐습니다.

"어머, 불이 켜져 있었네?"
그때,
맑고 예쁜 여자 목소리가 들리더니
밝은 갈색 머리의 여자가
도서관으로 들어왔습니다.
그녀는 소녀를 발견하고
눈을 동그랗게 뜨며 물었습니다.
"안녕 꼬마야!
그런데 네가 여기 불을 켜났니?"

"아니오. 선생님은 누구세요?"

"응, 난 이 도서관의 사서선생님이야."

소녀도 눈을 동그랗게 뜨며 말했습니다.

"선생님이 없을 때는 북트럭이 사서선생님이라는데요?"

잠깐 소녀가 한 말을 생각하던 선생님은 까르르 웃으며 말했습니다.

"어머, 요즘 애들도 생각하는게 기발하구나. 그거 읽던 책이니?" 선생님이 앨리스와 백설공주를 가리키며 물었습니다. 소녀가 고개를 끄덕였습니다.

"엘리스 이야기를 해줬는데, 끝까지 못 들었어요."